Sushi criminale

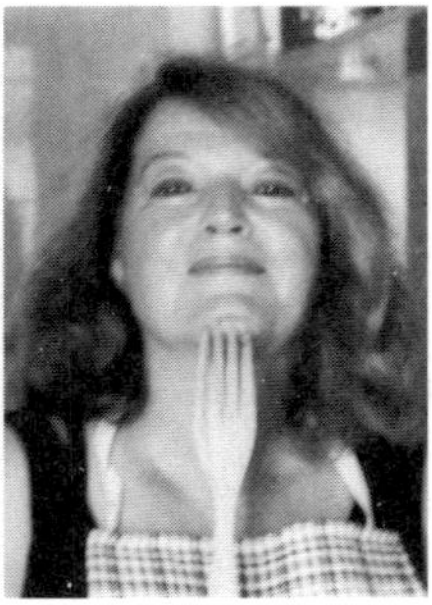

Christamaria Fiedler wurde in Berlin geboren und lebt heute in Schöneiche bei Berlin und auf Gran Canaria. Seit 1967 arbeitet sie als freie Autorin für Verlage, Presse, Rundfunk und Fernsehen in Sachen Kinderliteratur.

Christamaria Fiedler

Sushi criminale

CARLSEN

Außerdem von Christamaria Fiedler im Carlsen Verlag lieferbar:

Spaghetti criminale
Risotto criminale
Kürbis criminale
Popcorn criminale
Ketchup criminale
Lilli Holle und die Weihnachtsfamilie

FSC
Mix
Produktgruppe aus vorbildlich bewirtschafteten Wäldern und anderen kontrollierten Herkünften

Zert.-Nr. SGS-COC-1940
www.fsc.org
© 1996 Forest Stewardship Council

Veröffentlicht im Carlsen Verlag
April 2009
Mit freundlicher Genehmigung des Thienemann Verlages

Umschlagfoto: Boris Brackrock, unimak / iStockphoto /
Jennifer Borton / chuwy / ?Russell Tate
Umschlaggestaltung: formlabor
Corporate Design Taschenbuch: Dörte Dosse
Druck und Bindung: GGP Media GmbH, Pößneck
ISBN 978-3-551-35836-3
Printed in Germany

– 1 –

Ach, was sind diese Mädchen reizend!, dachte Agathe Rosenbusch gerührt. Wie sie da mit ihren jungen, enttäuschten Gesichtern und dem geflochtenen Bambuskästchen so ratlos vor ihrer Wohnungstür standen.

»Und Sie haben wirklich keine Sushis bestellt?«

»Ich schwöre es!« Agathe Rosenbuschs magere Hand legte sich feierlich auf ihr Herz, das unter einem dünnen blauen Baumwollpulli schlug. »Ich weiß nicht einmal genau, was das ist … diese Susis?«

»Sushis! Kleine Reisröllchen. Sie haben sie mit Krabben, Avocado, Thunfisch- und Räucherlachsstreifchen bestellt.«

»Ich habe gar nichts bestellt!«, wiederholte Agathe Rosenbusch beharrlich. Trotzdem streifte ihr Blick den Inhalt des Kästchens neugierig. Hm, das sah ja richtig lecker aus!

Die Mädchen seufzten und schauten synchron auf ihre Uhren. »Feierabend!«, sagten sie wie aus einem Munde. Im selben Moment drückten sie der überraschten Frau das flache Bambuskästchen in die Hand. »Hier, bitte, nehmen Sie!«

»Aber …«

»Lassen Sie es sich schmecken! Zurückbringen können wir es ohnehin nicht mehr. Es war die letzte Bestellung. Vielleicht ist es ja eine Verwechslung gewesen.« Die Blonde mit den hübschen blauen Augen lächelte verständnisvoll. »Wir berechnen Ihnen selbstverständlich nichts!«

»Aber …«

»Wenn es Ihnen recht ist, zeigen wir Ihnen jetzt noch, wie man diese Sushis perfekt isst. Bestimmt haben Sie keine Essstäbchen im Haus.« Die zierliche Dunkelhaarige zauberte eine Serviette, ein Paar Essstäbchen und eine Flasche mit rotbrauner Soße aus ihrer Tasche hervor. »Dürfen wir?«

»Ich weiß gar nicht, was ich sagen soll!«, hauchte Agathe Rosenbusch überwältigt. »Das kommt alles so plötzlich … Und dann auch noch umsonst!« Sie kicherte ein fast vergessenes, ungeübtes Lachen und gab ihre Wohnungstür frei.

Endlich.

»Sie sind bereits die dritte Geschädigte!«, erklärte die junge Inspektoranwärterin Beate Bündig im Dezernat für Eigentumsdelikte der Polizeidirektion Mitte, in der Agathe Rosenbusch Anzeige gegen unbekannt erstattete.

»Aber die zwei waren doch so nett!«, flüsterte die alte Frau verwirrt. »Zwei schrecklich reizende Mädchen! Ich hätte sie vielleicht nicht alleine im Zimmer lassen sollen, aber sie hatten doch extra um ein Glas Wasser gebeten …«

»Sie waren so ›nett‹ Ihre gesamte Monatsrente mitgehen zu lassen, liebe Frau Rosenbusch! Außerdem haben sie Ihnen eine goldene Uhr, zwei Halsketten und einen Ring mit einem wertvollen Aquamarin gestohlen.« Die Stimme der Inspektoranwärterin klang beinahe vorwurfsvoll. »Wie alt sind die Trickbetrügerinnen ungefähr, Frau Rosenbusch?«

»Oh, sehr jung. Zwölf, dreizehn vielleicht. Ich hatte den Eindruck, dass sie sich mit diesem Service ihr Taschengeld aufbessern. So was machen doch die Schüler heutzutage und das ist ja auch gut so, nicht wahr?«

»Ich fürchte, dass es keinen Sushi-Homeservice gibt.« Inspektoranwärterin Bündig seufzte tief.

»... es keinen Sushi-Homeservice gibt?«, echote Agathe Rosenbusch verwirrt. »Was wollen Sie damit sagen? Dass die Mädchen die Sushis selber gemacht haben?«

»Das vermute ich.«

»Alle Achtung!«, sagte die alte Dame überrascht. »Die Dinger haben nämlich großartig geschmeckt. Und dabei sahen sie wie richtige kleine Kunstwerke aus!«

– 2 –

Als Isy an diesem Morgen die Bettdecke beiseitewarf, war sie überzeugt, dass dies ein wundervoller Tag werden würde.

Es war der 12. September, der Himmel war blau, auf den Balkonkästen glitzerte Morgentau und die Hausfrauen kauften Pflaumen zum Muskochen ein. Ihre beste Freundin Amanda wartete wie jeden Morgen an der Ecke neben dem kleinen Reisebüro auf sie.

Den alten Mann, der ein paar Minuten später vor dem Supermarkt plötzlich auf sie zugeschossen kam, kannten sie beide nicht. Wortlos blieb er vor ihnen stehen und starrte sie aus dicken Brillengläsern durchbohrend an. Isy und Amanda wechselten einen verwunderten Blick.

»Haben Sie ein Problem?«, erkundigte sich Amanda.

»Können wir helfen?«, ergänzte Isy.

Der Weißhaarige lächelte höhnisch. »Vielen Dank, aber ich möchte nur meine Rente, den Camcorder, die Lapislazulibrosche meiner Gattin und meine goldene Krawattennadel zurück!«

»Warum wollen Sie nicht auch noch Ihr wertvolles Tafelsilber von uns zurück?«, spottete Amanda und beugte sich zu Isys Ohr. »Der hat was an der Waffel!«

»Mir reicht es, wenn ihr mir die Dinge zurückgebt, die ihr aus dem Schreibtisch gestohlen habt, als ich einen Augenblick aus dem Zimmer ging, um die Brille zu holen.« Er lachte bitter. »Kompliment! Ihr seid flinker als die Diebe von Bagdad!«

»Hören Sie bitte, Sie irren sich!«, seufzte Isy. »Wir kennen Sie überhaupt nicht! Außerdem sind wir nicht kriminell, sondern haben schon öfter der Polizei geholfen Kriminalfälle aufzuklären. Und zwar erfolgreich! Sie brauchen sich nur über uns zu erkundigen.«

»Wir sind inzwischen sogar so berühmt, dass der Polizeipräsident uns duzt!«, mischte sich Amanda ein. »Haben Sie noch nie von dem Postraub in Altgrünheide gehört, dem vereitelten Schmuggel von Wanderfalken aus dem Berliner Zoo oder dem geklauten Goldschmuck aus dem Museum für Islamische Kultur?«

»Ich sag doch, dass ihr Diebe seid! Sogar Goldschmuck aus dem Museum habt ihr mitgehen lassen! Und damit prahlt ihr noch?« Der alte Mann griff sich erschüttert ans Herz.

»He, Sie haben mich falsch verstanden!«, rief Amanda verblüfft. »Wir haben die alten Klunker nicht geklaut! Im Gegenteil, wir haben die Beute dem Museum zurückgegeben. Für 'n Appel und 'n Ei und eine Jahreseintrittskarte!« Sie trat einen Schritt auf ihn zu, aber der Mann wich entsetzt zurück. »Wir sind das berühmte Duo criminale!«

Und während er nun mit gellender Stimme »Polizei! Hilfe! Polizei!« rief, fuhren die Köpfe der Kunden vor dem Supermarkt erschrocken zu ihnen herum.

Sie rannten! Sie rannten mit keuchendem Atem

und brennenden Lungen, sie rannten kopflos und blind, und als sie endlich erschöpft und verschwitzt auf der Schwelle des Klassenzimmers standen, hatte der Unterricht bereits begonnen. Die 7b hatte ein Lied für das Geburtstagskind Sophie gesungen und schrieb nun mehrere Aufgaben von der Tafel ab.

»Nun, was gab es denn wieder für Katastrophen?«, fragte Dr. Trisch bei ihrem Eintritt gutmütig. Er wusste, dass Isy und Amanda schon seit Jahren in der Klasse »die Katastrophenweiber« genannt wurden. Diesen Spitznamen hatte man ihnen verpasst, weil sie ständig von einem Schlamassel in den nächsten tappten. »Ein Fall für zwei« und »Mord ist ihr Hobby« lauteten noch die mildesten Lästersprüche.

»Entschuldigen Sie bitte«, keuchte Amanda, »aber uns hat einer beschuldigt ihm seine Rente und seine Krawattennadel geklaut zu haben!«

Die Klasse begann zu kichern. Diese Ausrede war wirklich außergewöhnlich!

»Das mussten wir erst mal klären«, fügte Isy atemlos hinzu. Dann rutschte sie erleichtert auf ihren Stuhl. Sollten die anderen nur gackern. Hauptsache, sie waren diesem Verrückten entwischt. Aber wie die Leute vor dem Supermarkt sie und Amanda angestarrt hatten! Die hatten sie beide tatsächlich für Diebinnen gehalten. Eine Gänsehaut rann Isy über den Rücken, bevor sie die Aufgaben von der Tafel in ihr Matheheft zu übertragen begann.

Die Sonne brannte, als sie das Schulhaus verließen. Es war, als wollte sie noch einmal Tschüs sagen, bevor sie für lange Monate auf die andere Seite der Erdkugel verschwand.

Ohne es verabredet zu haben, steuerten Isy und Amanda noch einmal den Vorplatz des Supermarktes an, wo auf Marktständen leuchtend gelbe Kürbisse, dunkelblaue Zwetschgen, lilafarbene Zwiebelzöpfe und zeppelinartige Schmorgurken zum Kauf angeboten wurden. Die reiche Ernte des Sommers sollte so rasch wie möglich in die Einkaufstüten der Verbraucher gelangen.

Ein Spruch besagte, dass Verbrecher immer wieder an den Ort ihres Verbrechens zurückkehrten. Nichtverbrecher offensichtlich auch, dachte Isy belustigt. Anders war es nicht zu erklären, warum sie beide den Wunsch gehabt hatten, noch einmal auf diesen merkwürdigen, verwirrten Mann zu treffen und zu versuchen ihm seinen absurden Verdacht in aller Ruhe auszureden. Vielleicht hatte man ihn ja wirklich reingelegt, ihm Rente und Krawattennadel tatsächlich geklaut, dann könnten sie ihn zur Polizei begleiten, zu der sie die besten Beziehungen hatten. Aber der weißhaarige Alte mit den starken Brillengläsern war nirgendwo zu entdecken.

Dafür entdeckten sie zwei Typen aus ihrer Klasse, die soeben am Blumenstand einen entzückenden Moosröschenstrauß erstanden hatten. Etwas so Zartes wie diese kleinen Rosen hatte Isy noch niemals in Gummibärchens Pranken gesehen.

»Was habt ihr denn vor?«, wunderte sich auch Amanda.

»Nichts …«, nuschelte Tannhäuser, Wagnerfan und Superhirn der 7b, der mit richtigem Namen Reginald Häuser hieß.

Gummibärchen alias Hagen Golz guckte nur zu Boden und sagte gar nichts.

Beiden war es offensichtlich nicht besonders angenehm, Isolde Schütze und Amanda Bornstein hier zu treffen.

»Nichts? – Na, hört mal, solche tollen Blumen, wo ihr doch sonst zwei Sparbrötchen seid!«, spottete Isy.

»War ein Sonderangebot.«

»Nun sagt schon endlich, wer hat Geburtstag?« Amanda platzte vor Neugier.

»Das wisst ihr doch. Sophie. Wir haben doch für sie gesungen.«

»Und da seid ihr eingeladen?«, fragte Isy erstaunt.

»N-n-nicht direkt …«

»Wie? Ihr geht einfach uneingeladen hin?«, fragte Amanda empört.

»Wir dachten, vielleicht freut sie sich.« Gummibärchen schnupperte verlegen an den Rosen. »Außerdem, wer zuerst kommt, kriegt das größte Stück Kuchen. Das ist doch immer so. Wieso kommt ihr eigentlich nicht mit?«

Ja, warum gingen sie eigentlich nicht mit?

Natürlich brauchten sie ein Geschenk.

Zum Glück hatte der Supermarkt nicht nur

Moosröschen im Sonderangebot. Auch silberne Notizbücher, pinkfarbene Einkaufskörbe fürs Rad, Kränze aus Kunstgrün, Pfeffernüsse im Zwölferpack und Spielkarten.

Amanda nahm ein Kartenspiel. »Meinst du, sie mag das?«

Isy zögerte. Sie wusste nicht viel von Sophie. Ihr war bekannt, dass sie jeden Satz gern mit »eigentlich« begann, aber nicht, welche Musik das graue Mäuslein aus der vorletzten Reihe bevorzugte, ob Sophie Moschino mochte oder es für einen neuen Müsliriegel hielt, ob sie bei Liebesfilmen dahinschmolz, Jazzdance liebte, Bogenschießen betrieb oder lieber historische Bücher las.

Das Kartenspiel sah geheimnisvoll aus.

»Ist das für Rommé?«, erkundigte sich Amanda bei der Verkäuferin an der Kasse.

»Das ist ein Tarot!«, antwortete ihr die rothaarige Frau über die Schulter.

Sofort ließ Amanda das Spiel wie eine heiße Kartoffel auf den Schnäppchentisch zurückplumpsen.

»Was ist los? Willst du es nicht?«, fragte Isy verblüfft.

»Nein!« Amanda schüttelte sich förmlich. »Beim Tarot gibt es eine Todeskarte, sagt meine Mutter. Irgend so eine gehenkte Person! Das ist mir zu grausig!«

»Nein, das hier ist das Tarot der Mademoiselle Lenormand!«, meldete sich die Frau von der Kasse. Es stand gerade kein Kunde da. »Die Bilder sind wunderschön und einen Tod gibt es auch nicht. Es gibt Bücher, in denen steht, wie man die Karten deuten muss.«

»Dann nehmen wir es!«, entschied Amanda und sie kramten in ihren Taschen nach Geld.

– 3 –

Punkt zwei waren sie bei Sophie. Sie wohnte in einem Plattenbau am Spielplatz gleich hinter dem Supermarkt. Wenn sie geschockt war, als sie zu viert aus heiterem Himmel vor ihrer Tür auftauchten, so ließ sie es sich jedenfalls nicht anmerken. Erwartungsvoll steckte sie den Kopf aus dem Türspalt und Isy musste an einen Specht denken, der aus seinem Astloch blinzelt.

»Alles Gute noch mal!«, polterte Gummibärchen und drückte Sophie die Rosen in die Hand. »Von Reggi und mir.«

Auch Isy überreichte das gemeinsame Geschenk von ihr und Amanda. »Ein Tarot! Es soll sehr hübsch sein. Hoffentlich gefällt es dir.«

»Oh, ein Tarot!«, murmelte das Geburtstagskind. »Das ist doch jetzt ganz in.«

Zu Isys Verwunderung stürmten Hagen und Reginald ziemlich zielsicher in Familie Klawitters Wohnzimmer, wo der Fernseher lief und durch die geöffnete Balkontür die milde Septembersonne lugte. Als wären sie hier zu Hause, ließen sich die

Jungen auf die blau gemusterte Couchgarnitur fallen.

»Wann kommt denn dein Besuch?«, erkundigte sich Amanda und sah sich nach Sophies Geburtstagstisch um. Der war jedoch nirgends zu entdecken. Vermutlich stand er in ihrem Zimmer.

»Eigentlich kommen nur alle Großeltern, aber erst zum Kaffee.« Sophie strich sich den Pony aus der gewölbten Stirn. »Aber eigentlich, äh, bin ich gerade beim Kuchenbacken …«

»Na, dann gehen wir doch in die Küche!«, schlug Gummibärchen vor und wälzte sich aus den Polstern. »Was willst du denn backen?«

»Einen Marmorkuchen.«

»Aus der Packung?«

»Aus der Packung.«

Die vier folgten ihr im Gänsemarsch durch den Flur in die Küche, wo Sophie auf dem grau gesprenkelten Kunststoffbelag der Arbeitsfläche schon die Teigschüssel und die Zutaten für ihren Geburtstagskuchen bereitgestellt hatte.

Profihaft begann Gummibärchen die Anleitung auf der Packung zu studieren. »Den Kuchen übernehmen Reggi und ich. Marmorkuchen! Das ist eine meiner leichtesten Übungen!«, prahlte er und wies mit dem Kopf Richtung Wohnzimmer. »Macht es euch inzwischen gemütlich!«

Also gingen die Mädchen ins Wohnzimmer und machten es sich gemütlich. Amanda öffnete das Tarot und schnüffelte in dem Heftchen mit den Lege- und Deutungsmöglichkeiten, das den Karten beilag, während Sophie Kartoffelchips und Schokowaffeln aus einem Teil der Schrankwand kramte. Dann stellte sie Tannhäusers und Gummibärchens Rosen in eine Glasvase und anschließend sahen sie sich gemeinsam die bunten Kartenbilder an. Es gab Blumen und Bäume, Fische im Wasser, einen lichten Birkenweg, ein Schiff, Eulen und einen grünen Park.

»Mademoiselle Lenormand war die Kartenlegerin von Napoleon und seiner Frau Josephine«, klärte Amanda das Geburtstagskind auf. »Keine Angst, du brauchst nur das Heftchen zu lesen, dann weißt du, wie es geht.« Dabei riss sie eine Tüte Paprikachips mit ihren Zähnen auf.

»Denk an deine Diät!«, warnte Isy, denn Amanda schlug sich seit einiger Zeit mit allen möglichen Schlankheitskuren herum.

Doch es war schon zu spät: Die erste Hand voll Chips knirschte bereits zwischen Amandas Zähnen. Vergessen schienen die tapferen Tage mit harten Eiern, kalten Würstchen, Pellkartoffeln oder Apfelreis.

Aus der Küche drang wildes Gekicher. Vermutlich erzählten sich die Jungen wieder Witze. Reginald Häuser, der Klassenbeste, und Hagen Golz, der laut Amanda den IQ einer Pizzatomate besaß, waren wahrhaftig ein seltsames Paar!

Sophie stellte den Fernseher an und eine Weile schauten sie einem Trickfilm zu. Während Amanda und Sophie fasziniert auf den Bildschirm starrten, begann sich Isy rasch zu langweilen. Was machten sie eigentlich hier? Warum waren sie bloß mit Gummibärchen und Tannhäuser mitgetrottet? Und was mochte die Jungen wirklich dazu bewogen haben, Sophie zu besuchen? Nächstenliebe bestimmt nicht!

Zumindest stand fest, dass die Jungen sich bei Familie Klawitter gut auskannten. Isy durchforstete ihr Gehirn, aber sie fand keine Erklärung dafür. Soweit sie wusste, hatten Gummibärchen und Tannhäuser zu Sophie keinen Kontakt.

Mittlerweile näherte sich der Trickfilm glücklicherweise seinem Ende und die Paprikachips in der Tüte ebenfalls. Kurz danach verschwand Amanda sang- und klanglos im Flur. Ein paar Minuten lang unterhielt sich Isy noch mit dem Geburtstagskind, dann verließ auch sie die Couch, um den Kopf in die Küche zu stecken.

In dem Backofen neben der Tür rauschte heiße Luft und die Jungen redeten so laut, dass sie Isys Kommen gar nicht bemerkten. Sie hatten es sich am Küchentisch mit zwei Dosen Bier gemütlich gemacht. Amanda stand am Fenster. Seit zwei Wochen rauchte sie nicht mehr. Es war eine Wette mit Gummibärchen, wer länger durchhielt. Isy ahnte, wie sehr sie sich nach einem Glimmstängel sehnte.

»Will noch jemand?«, nuschelte Tannhäuser gerade, öffnete den Kühlschrank, wo er eine Flasche Eierlikör aus dem Seitenfach nahm, und goss die gelbe, zähflüssige Masse in das leere Glas des Freundes. Dann zauberte er eine weitere Flasche mit einer klaren, apfelsinenfarbenen Flüssigkeit hervor und schenkte Amanda und sich einen kräftigen Schluck ein.

Isy sah, wie er und Gummibärchen einander zufrieden anlächelten. Dann leckte Gummibärchen seinen Likör aus und spülte mit einem Schluck Bier nach.

»Prost!«, sagte Isy laut. Nun hatte sie den Grund für die Nächstenliebe der beiden Jungen herausgefunden!

»Glotz nicht so vorwurfsvoll!«, grunzte Gummibärchen. »Schließlich ist Geburtstag!«

Ohne auf seinen aggressiven Ton einzugehen, trat Isy an den Backofen und lugte durch die Glasscheibe. Der Teig hatte sich bereits schön aufgeplustert, aber er war noch ein wenig blass.

»Ja, genau! Sei bloß kein Spielverderber!«, motzte auch Amanda. Ihre Augen glänzten seltsam. Sie erinnerten Isy an blauen Taft.

Tannhäuser holte ein neues Glas aus dem Schrank. Dann zeigte er auf die Flaschen. »Was darf's sein? Eierlikör oder Breezer?«

»Danke. Ich trinke keinen Alkohol.«

»Das ist kein Alkohol!«, versicherte Tannhäuser hochrot mit schwitzender Stirn und schenkte Isy etwas von der apfelsinenfarbigen Flüssigkeit ein. »Das ist ein Orangensaftgetränk. Probier selbst!«

Nur zögernd nahm Isy das Glas und probierte. Tannhäuser hatte nicht gelogen, der Saft schmeckte wunderbar kalt und überhaupt nicht nach Schnaps. Erst jetzt merkte sie, wie durstig sie war. Dankbar ließ sie sich noch einmal von Tannhäuser nachgießen und erhob auch keinen Einwand, als er ihr Glas zum dritten Mal füllte. Sie löschte ihren Durst und genoss die wohlige Wärme, die sie angenehm zu durchströmen begann. Der Backofen heizte der kleinen Küche ordentlich ein.

Eine Weile sprachen sie über neue Filme und tauschten Klassentratsch aus, dann öffnete Gummibärchen eine neue Dose Bier. »Wir sind für Recht und Einigkeit, drum trinken wir 'ne Kleinigkeit!«, grölte er.

»Wir sind für Einigkeit und Recht, drum wird vom Saufen uns nie schlecht!«, ergänzte Tannhäuser brüllend und leerte seinen Apfelsinensaft.

»Was sind denn das für starke Sprüche?«, quietschte Amanda entzückt.

Die haben sie aus dem Fußballstadion, dachte Isy angeekelt und stand auf, wobei sie zu ihrer Verwunderung ein wenig schwankte. »Ich finde, wir sollten Sophie nicht allein lassen!«

Als hätte sie es gehört, steckte Sophie den Kopf in die Tür und sog schnuppernd die Luft ein. »Oh, das riecht ja schon richtig gut! Eigentlich, äh, muss ich jetzt die kalten Platten fürs Abendbrot aus dem Deli-Laden holen. Sie sollten jetzt fertig sein. Kommt ihr allein klar?«

»Ich komme mit!«, entschied Isy spontan und folgte Sophie auf die Straße. »Ist es weit?«

»Eigentlich nicht. Höchstens eine Viertelstunde.«

»Bist du sauer, dass wir gekommen sind? Es war Reggis und Hagens Idee.«

»Nein, wieso? Dann ist es wenigstens nicht so langweilig.«

Sie gingen rasch und Isy merkte mit Unbehagen, dass ihr Herz plötzlich wie nach einem Hundertmeterlauf zu klopfen begann. Außerdem verspürte sie ein leichtes Schwindelgefühl. Was war los mit ihr? Wurde sie etwa krank? Waren das die ersten Anzeichen einer Grippe?

Auch Sophie musterte sie besorgt. »Du bist ja auf einmal so blass. Hast du was Schlechtes gegessen?«

Benommen schüttelte Isy den Kopf. »Ich hab nur von eurem Orangensaft getrunken.«

»Was für einen Orangensaft? Wir haben gar keinen Orangensaft!«

»Aber ...«

Sie hatten das Geschäft erreicht. Eine Verkäuferin schob ihnen zwei große Platten mit kaltem Braten, Käse, Fisch und leckeren Salaten über den marmornen Verkaufstresen. »Ist es so recht?«

Sophie nickte würdevoll und bezahlte. Dann nahmen sie jede eine Platte.

Auf dem Rückweg schwieg Isy wütend. Amanda und die Jungen hatten sie reingelegt! In diesem sogenannten Orangensaft war doch Alkohol gewesen! Weshalb war ihr denn auf einmal so komisch geworden? Wieso schmerzte ihr Kopf? Aber warum hatte sie keinen Alkohol herausgeschmeckt? Den merkte man doch sonst in der lahmsten Erdbeerbowle!

»Wieso kennen sich Tannhäuser und Gummibärchen eigentlich so gut bei dir aus?«, forschte sie, als es ihr wieder etwas besser ging. Die frische Luft tat gut.

»Reggi hat mir manchmal Nachhilfe in Englisch gegeben«, erklärte Sophie. »Manchmal hat ihn Hagen abgeholt. Eigentlich fühlen die sich bei mir schon wie zu Hause.«

»Den Eindruck habe ich auch ...«, murmelte Isy und versuchte sich lieber nicht vorzustellen, in was für einem Zustand sie Amanda und die Jungen gleich in Familie Klawitters Küche antreffen würden ...

– 4 –

Isys Erwartungen wurden noch übertroffen. Es war total krass! Schon als sie die Wohnungstür öffneten, ließen sie vor Schreck beinahe die Platten fallen.

Es roch grässlich angebrannt!

Aus der Tür drang bitterer Qualm, der nicht von Amandas blöden Mentholzigaretten stammte, und in der Küche kratzte Gummibärchen gerade die schwarze Kruste von Sophies Geburtstagskuchen ab. Tannhäuser sah ihm mit glasigen Augen dabei zu.

Isy fiel auf, dass er nicht mehr hochrot, sondern ziemlich bleich aussah. Von Amanda fehlte jede Spur.

»Was habt ihr gemacht?«, schrie Sophie und riss das Küchenfenster auf. »Mein schöner Kuchen!«

»Und was habt ihr mir in den Orangensaft geschüttet?«, brüllte Isy ebenfalls und stampfte mit dem Fuß auf. »Wo ist überhaupt Amanda?«

»Pst!« Gummibärchen legte den Finger an die Lippen und blinzelte treuherzig. »Bratwurst schläft.«

Tatsache! Amanda lag im Wohnzimmer auf der blauen Couch und schnarchte.

Das war der Hammer!

Seit Amanda damals in der dritten Klasse mit Fingern voll blitzender Ringe und ihrem kehligen fränkischen Dialekt zu ihr in die Schulbank gerutscht war, hatte Isy die Freundin nicht betrunken gesehen. Und was hatten sie seitdem nicht schon alles an Niederlagen und Triumphen, Katastrophen und haarsträubenden Abenteuern miteinander geteilt! Es gab keine in der 7b, die Isy so gut kannte wie Amanda, und Amanda kannte keine so gut wie sie. Ihre Freundschaft fühlte sich trotz mancher Kräche und Kränkungen einfach gut an. Sie brauchte Amanda und Amanda brauchte sie. Besonders jetzt.

Energisch rüttelte sie die Freundin wach. »Steh auf, Amanda! Hast du vergessen, wo du bist?«

Verwirrt riss Amanda die Augen auf. »Wo bin ich denn?«

»Bei Sophie! Auf Sophies Geburtstag. Außerdem bist du besoffen!«

Eine Weile starrte Amanda stumm an die fremde

Zimmerdecke. Dann erhob sie sich unsicher und taumelte zur Tür. »Mir wird schlecht!«

Kaum hatten sie Amanda ins Bad geschleppt, als sie in der Küche einen dumpfen Knall vernahmen. Isy und Sophie wechselten einen erschrockenen Blick. Was war denn jetzt schon wieder los? Voll böser Ahnung stürzten sie in die Küche, wo sich Gummibärchen um seinen am Boden liegenden Kumpel bemühte. »Was ist passiert?«

»Umgefallen!«, wimmerte Gummibärchen nur. »Reggi ist einfach umgefallen!«

Ach du lieber Himmel! Was sollten sie tun? Entsetzt sah Isy auf Tannhäuser, der wie eine leblose Puppe auf Klawitters glänzend poliertem Fußboden lag. Die Mittagssonne lugte neugierig über eine straff gespannte Scheibengardine und warf goldene Fünkchen auf Tannhäusers wächsernes Gesicht. Wie unschuldig dieser Tag doch begonnen hatte! Erst dann hatten sich die Ereignisse förmlich überschlagen und jetzt musste Tannhäuser vielleicht sogar noch ins Krankenhaus!

»Was habt ihr alles getrunken?«, fragte Isy scharf, während sie neben ihrem Mitschüler kniete und angstvoll nach seinem Puls tastete. »Außer Bier und diesem ... Orangensaft?«

»Hauptsächlich Eierlikör«, gab Gummibärchen zu, der auf einen Schlag ziemlich nüchtern wirkte. »Aber Reggi hat am Ende noch was Stärkeres probiert. Ich glaube, es war Wodka oder Korn ...«

»Korn hat mein Vater nicht.« Sophie nahm eine Flasche mit einer wasserhellen Flüssigkeit aus dem

Kühlschrank und studierte das Etikett. »Hier, das ist finnischer Wodka!«

Nebenan im Badezimmer rauschte das Wasser und Isy spürte, wie ihr der Schweiß ausbrach. Sie konnte Tannhäusers Puls nicht finden! Stellte sie sich so ungeschickt an, war er so schwach oder war er gar nicht mehr da? »Wir müssen ihn in die stabile Seitenlage bringen!«, hörte sie sich wie aus weiter Ferne befehlen. Es klang wie in einem Fernsehkurs über Erste Hilfe. Sie wuchteten Tannhäuser in jene lebensrettende Lage, die sie letztes Jahr im Schullandheim von Sanitätern gelernt hatten. »Er braucht einen Arzt!«, sagte Isy ernst.

Wie auf Bestellung begann Sophie hysterisch zu schluchzen. »Erst diese Sauerei in der Küche, dann der verbrannte Kuchen und jetzt auch noch das! Und jeden Moment kann meine Mutter kommen! Wenn die einen Rettungswagen vor unserem Haus sieht, rastet sie aus!«

»Was für ein Rettungswagen?«, hauchte Amanda schwach von der Tür.

Niemand gab ihr eine Antwort.

Verzweifelt beugte sich Isy über Tannhäuser. Er stöhnte leise. Sie verstand Sophie. Sie hatten ihr kräftig den Geburtstag vermasselt! Aber das zählte jetzt nicht. »Reginald muss zum Arzt!«, wiederholte sie drängend. »Auch wenn du noch so viel Bammel vor deiner Mutter hast. Oder hast du noch nie was von einem Kreislaufzusammenbruch gehört?«

»Ruft doch endlich die 112 an!«, jammerte

Gummibärchen. »Quatscht nicht rum! Reggi braucht Hilfe!« Dabei sah er aus, als ob er selber welche nötig hätte.

»Ja, du hast gut reden!«, fuhr ihn Sophie an. »Dein Vater ist ja auch nicht bei der Polizei. Wie ich meinen kenne, ist er morgen in der Schule beim Direktor und macht einen Riesenkrach!« Sie schnaubte heftig in ein geblümtes Taschentuch.

Isy spürte, wie sie ein nadelspitzer Schreck durchfuhr. Sophie hatte Recht. Ihr Vater war bekannt dafür, dass er bei jeder Kleinigkeit zum Direktor raste. Bei Alkohol unter Mitschülern seiner Tochter kannte er bestimmt kein Pardon.

»Eure Eltern erfahren es sowieso!«, prophezeite Sophie düster.

»Mein Vater rastet aus!«, murmelte Gummibärchen bedrückt. »Der ist nur noch stinkig in letzter Zeit. Bestimmt bricht er mir alle Knochen!«

»Und meine Mutter steckt mich ins Internat!«, brüllte Amanda. »Seit sie mich mal mit meiner Kusine beim Wermutnippen erwischt hat, droht sie mir das an!«

Das mit dem Internat hörte Isy zum ersten Mal von der Freundin. »Okay!« Sie erhob sich entschlossen. »Wir rufen jetzt den Rettungsdienst! Danach bringt ihr, Amanda und Hagen, Tannhäuser auf den Spielplatz vorm Haus. Dort setzt ihr ihn auf eine Bank und wartet, bis der Notarzt kommt. Dann macht ihr euch diskret aus dem Staub!« Sie sprach hastig und entschieden und ohne sich um die aufgerissenen Augen der anderen zu kümmern.

»Aber mein Vater merkt doch, dass ihr fast den ganzen Bacardi-Breezer für meine Omas ausgetrunken habt!«

»Dann füll ihn mit Orangensaft und Wodka auf!«, sagte Isy wie eine erfahrene Barfrau. »Den Saft kannst du gleich holen gehen.«

»Und was mach ich mit dem verbrannten Kuchen?«

»Da kleckern wir nachher Schokoladenguss drüber. Ich helfe dir!«

»Aber wie sollen wir Tannhäuser wegschleppen?«, fragte Amanda, deren Knie wacklig wie Götterspeise waren.

»Wir müssen ihn schultern!«, seufzte Gummibärchen hüttenkäsegrau. »Stell dir einfach vor, es wäre Krieg, Bratwurst!« Das war sein Lieblingsname für das blonde Mädchen, das nach der Wende mit seinen Eltern aus Nürnberg in den Ostteil Berlins gekommen war.

»Das stell ich mir lieber nicht vor!«

Dann bat Isy das verstörte Geburtstagskind, den Rettungsdienst anzurufen und um Hilfe für eine »hilflose männliche Person« auf dem Spielplatz zu bitten. Anschließend hoben Gummibärchen und Amanda stöhnend Reginald Häuser vom Fußboden auf und schleiften ihn zur Wohnungstür.

»Halt!«, rief Isy, bevor Amanda und Gummibärchen mit ihrer schweren Last im Treppenhaus verschwanden. »Heute ist Donnerstag, der 12. September, 15:30 Uhr. Wir sind nie zusammen hier gewesen! Ist das klar? Niemals! Schwört es!«

Amanda, Gummibärchen und Sophie schworen es.

Am nächsten Morgen fehlte Tannhäuser im Unterricht. Es hieß, er habe eine Erkältung. Die, die es besser wussten, schwiegen lieber. Amanda klagte über Kopfschmerzen und Gummibärchen sah noch immer etwas seekrank aus. Er machte sich Sorgen um seinen Freund. Obwohl er dessen Handy fast stündlich anrief, nahm Reginald Häuser nicht ab. »Hoffentlich denkt er nicht, ich hätte ihn im Stich gelassen!«, seufzte er niedergeschlagen.

Dann begann die erste Stunde. Es war Grammatik. In der zweiten folgte Bio und in der dritten Stunde platzte Dr. Trisch in eine Fuge von Bach und fragte mit prüfendem Blick, wer von den Schülern den gestrigen Nachmittag mit Tannhäuser verbracht habe.

Isy sah an die Tafel, Amanda starrte auf ihre Fingernägel, Sophie blickte aus dem Fenster und Gummibärchen musterte interessiert den Schrank. Man hätte eine Stecknadel in der Klasse fallen hören.

»Niemand?«, fragte Trischi erstaunt. »Nicht einmal du, Hagen?«

»Nicht einmal ich«, wiederholte Gummibärchen blinzelnd. »Er hatte … was vor.«

»Hat er dir gesagt, was?«

Gummibärchen schüttelte den Kopf. Sein unsicherer Blick traf den von Isy. Die begriff und hob die Hand. »Also, ich glaube, er wollte zu einer

Party. Aber wohin und mit wem, das weiß ich nicht. Er hat nur Party gesagt.«

»Ah, ja?« Der Klassenleiter, der inzwischen genauestens über Tannhäusers Zusammenbruch informiert war, nickte dem Musiklehrer zu und verließ die Fuge samt Bach.

Isy atmete durch. Ihr Herz klopfte. War es ihr gelungen, Trischi auf eine falsche Fährte zu locken? Und würde Tannhäuser die Klappe halten?

Tannhäuser wohnte im ersten Stock einer Stadtvilla am Park. Isy war vor langer Zeit einmal bei ihm gewesen, um sich ihre Selma aus einem Wurf junger Katzen auszusuchen.

Isy, Amanda und Gummibärchen trafen sich gegen drei im Park. Er war nicht groß und die Pariser und Londoner hätten vielleicht über ihn gelacht, aber zwanzig Bäume, ein paar Büsche, ein Papierkorb, eine Bank und ein Schild *Schutt abladen verboten!* machten aus dem grünen Fleckchen behördlicherseits einen Park.

Isy und Amanda standen im Schatten eines alten Ahornbaumes. Von hier war das rote Dach von Tannhäusers Haus gut zu erkennen.

Gummibärchen hatte in der Mittagspause Reginalds Mutter am Telefon erwischt und in einem kühlen Ton erfahren, dass ein Krankenbesuch nicht erwünscht sei. Nun spähte er mit der obligatorischen Tüte Gummitiere in der Hosentasche hinter einer knorrigen Kiefer hervor. Von dort hatte er den Eingang im Blick.

Sophie war nicht erschienen und die drei zweifelten, dass sie noch kommen würde. Den ganzen Vormittag war sie wie ein Eis am Stiel gewesen. Isy fürchtete, dass selbst ihre aufopfernde Hilfe beim Aufräumen der Wohnung und beim Glasieren des Marmorkuchens mit Schokolade die Scharte nicht mehr hatte auswetzen können. Sophie war stocksauer auf sie.

»Man müsste wissen, ob die Alte im Haus ist«, rief Gummibärchen.

»Damit ist zu rechnen«, gab Isy zurück. »Vielleicht kann Amanda Tannhäusers Mutter ablenken?«

Amanda verschluckte sich fast an ihrem Drops. »Warum denn ich?«

»Dich kennt sie nicht. Du hast ja damals keine Katze bei ihr abgeholt. Du könntest klingeln und sie in ein Gespräch verwickeln, während sich Hagen von hinten anpirscht und über den Balkon zu Reginald steigt.«

»Und was soll ich ihr erzählen?«

»Was du willst. Dass du ganz in der Nähe wohnst und dass ... äh, deine Katze entlaufen ist. Ob sie die vielleicht gesehen hat. Häusers haben selbst zwei Katzen. Reginalds Mutter hat sicher Verständnis dafür.«

»Hm«, machte Amanda unschlüssig.

»Na los, hau schon ab!«

»Aber höchstens fünf Minuten!«, murrte Amanda. Dann schlenderte sie widerwillig auf die andere Straßenseite und drückte auf den Klingelknopf der Familie Häuser, während Gummibärchen um das Eckgrundstück schlich, um an einer geeigneten Stelle über den Zaun zu hüpfen.

Eine Weile beobachtete Isy, wie die Freundin im Gespräch mit Tannhäusers Mutter war. Sie schienen sich angeregt zu unterhalten, aber Isy wusste, wie unbehaglich Amanda in dieser Situation zu Mute war. Es war ja auch total uncool, andere Leute anzuschwindeln, sie hatten jedoch leider keine Wahl. Wenn Tannhäuser auspackte, dann waren sie alle dran! Ungeduldig trat sie von einem Fuß auf den anderen. Im Unterholz zankten sich zwei Amseln. Isy entdeckte eine Ziegenlippe unter den Kiefern. Sie war essbar, doch die Schnecken hatten sich schon an ihr gütlich getan. Eine Weile suchte sie den Platz nach weiteren Pilzen ab. Ein leichter Wind strich durch die Zweige, und als sie den Kopf hob, winkte Gummibärchen frech von Familie Häusers Balkon. Der traute sich was!

Endlos lange Minuten verstrichen unter dem alten Ahorn, bis sich Amanda und Hagen wieder im Park einfanden und Bericht erstatteten.

»Seine Mutter war total nett!«, seufzte Amanda bekümmert. »Es war mir echt peinlich ... Hoffentlich kommt sie nicht mal in die Klasse und sieht mich.« Sie biss sich nervös auf den Daumennagel.

»Ihr glaubt es nicht!«, platzte Gummibärchen los. »Reggi hatte wirklich den totalen Blackout! Lag im Bett, hörte gemütlich die Ouvertüre zu den Meistersingern und konnte sich an überhaupt nichts mehr erinnern. In seinem Kopf war ein großes schwarzes blubberndes Loch! Erst als ich ihm von Sophies Geburtstag erzählt hab, kehrte langsam die Erinnerung bei ihm zurück …«

»Und?«, fragte Isy gespannt.

Gummibärchen lächelte breit. »Na, was meinst du? Natürlich hält er die Klappe!«

– 5 –

Das Büro der Inspektoranwärterin Bündig hatte auf Emily Wirsing eine ziemlich ernüchternde Wirkung. Nirgends hingen Steckbriefe von gefährlichen Verbrechern, kein Einschussloch zierte nach einem heißen Schusswechsel Spiegel, Schrank oder Tür und auch unter dem Blazer der mädchenhaften Polizeibeamtin beulte sich kein Halfter mit einer schweren Clock oder was immer die Polizisten an Waffen benutzten. Ebenso gut, fand Emily Wirsing, könnte sie jetzt auch im Büro eines harmlosen Taubenzüchtervereins sitzen …

Vielleicht ahnte die Inspektoranwärterin Bündig ja, was für eine Enttäuschung sich da unter dem grauen Dutt zusammenbraute? Jedenfalls lächelte sie still in sich hinein. Das Leben war nun mal keine Fernsehserie! Und schon gar keine amerikanische. Dann fuhr sie fort: »Die Mädchen haben also am gestrigen Donnerstag, dem 12. September, nachmittags gegen 15 Uhr bei Ihnen geklingelt. Nachdem Sie versichert hatten den Bringdienst nicht bestellt zu haben, haben sie Ihnen die Sushis kostenlos überlassen, weil sie plötzlich behaupteten schon Feierabend zu haben?«

»So hat es sich zugetragen. Aber ich hatte wirklich nichts bestellt, das müssen Sie mir glauben!«, bat die alte Frau in ihrem fränkisch klingenden Dialekt.

»Ich glaube Ihnen. Und ich vermute, dass die Mädchen Ihnen anschließend in die Wohnung gefolgt sind, um Ihnen zu zeigen, wie man diese japanische Spezialität mit Stäbchen isst.«

»Woher wissen Sie das?«

Inspektoranwärterin Bündig seufzte. »Weil das die Methode der beiden ist! Das können bereits drei Geschädigte bestätigen.«

»Dreimal haben die das schon gemacht?«, entfuhr es Emily Wirsing entsetzt.

»Dreimal ist Anzeige erstattet worden. Allerdings rechnen wir damit, dass manch ein Betroffener den Verlust seiner Wertgegenstände noch gar nicht bemerkt hat. Ihnen fehlt also seit dem Besuch der beiden Trickdiebinnen Bargeld in Höhe von 600 Euro, eine wertvolle alte Bernsteinkette …«

»… mit einer echten Fliege aus dem Jura drin!«

»… und ein neues Handy der Marke Nokia«, fuhr Beate Bündig unbeirrt fort.

»So ist es. Das Handy ist ein Geburtstagsgeschenk meines Schwiegersohnes, des Staatssekretärs Dr. Schlumbühl-Strunz.«

»Versuchen Sie bitte die Mädchen genau zu beschreiben, Frau Wirsing!«

»Also, die große Blonde war ziemlich groß und blond.«

»Wie groß? So wie ich? So wie Sie? Größer?«

»Ungefähr so wie Sie, Frau Kommissarin.«

»Eher mittelgroß.« Beate Bündig machte sich Notizen. »Übrigens bin ich Inspektoranwärterin, Frau Wirsing.«

Noch nicht mal Kommissarin?

Emily Wirsing schluckte schwer. In diesem Dezernat hatte man es offensichtlich nur mit den unteren Rängen zu tun.

»Augenfarbe?«

»Blau.«

»Das andere Mädchen?«

»Kleiner als die Blonde.«

»Wie viel kleiner?«

»Ach Gottchen, fünf Zentimeter vielleicht.«

»Augenfarbe?«

»Hellbraun. Man nennt das auch Haselnussbraun.«

»Wie waren die Mädchen gekleidet?«

Frau Wirsings feiste Finger verflochten sich noch fester ineinander. »Wie die jetzt halt so rumlaufen. T-Shirts, Jeans, am Hintern zwei Nummern zu groß ...«

»Haben sich die Mädchen vielleicht mit einem Namen angesprochen?«

»Die große Blonde, die hieß wohl Miranda oder Amanda oder so ähnlich.«

»Miranda oder Amanda?« Die Polizistin notierte sich die Namen, als ihr Chef Oberinspektor Christoph Roth in ihr Büro schaute. »Ich hab da jemanden für dich am Telefon, Beate!«

»Eine Sekunde!«, entschuldigte sich die Inspektoranwärterin und folgte dem Backenbärtigen auf den Flur. Kaum aber war die Tür hinter ihr ins Schloss gefallen, sprang Emily Wirsing auch schon auf und begann unter den Schreibtisch zu spähen. Wenn hier schon kein Steckbrief hing und keine Einschusslöcher zu sehen waren, dann musste es doch wenigstens ein Band geben, das ihre Aussage aufzeichnete! Das sah man doch in jedem Film! Sie verrenkte sich, soweit es ihr Ischiasnerv zuließ, doch unter dem Schreibtisch befand sich nichts weiter als ein paar Flocken Staub. Vielleicht hätte sie ja noch die Akten im Regal verrückt und die Vase umgestülpt, wenn ihr nicht plötzlich der schreckliche Verdacht gekommen wäre, dass es hier im Raum vielleicht eine versteckte Kamera gab.

Und so fand die Inspektoranwärterin Bündig Emily Wirsing wenig später bewegungslos wie eine Statue auf ihrem Stuhl sitzend vor, allerdings mit einem leicht ziehenden Schmerz im Ischiasnerv.

»Haben Sie denn kein Gerät, um meine Aussage aufzuzeichnen?«

»Morgen, Frau Wirsing, morgen wird ein richtiges Protokoll mit Ihnen gemacht. Heute schreibe ich mir nur Stichworte auf. Übrigens habe ich gerade einen interessanten Hinweis erhalten. Einer der Geschädigten glaubt die beiden Trickdiebinnen gestern früh vor einer bekannten Supermarktkette erkannt zu haben. Als er sie zur Rede stellte, stritten sie alles ab, worauf er die Polizei rief, aber die Mädchen konnten leider entkommen. Es gibt in der Nähe zwei Schulen und auf die werden wir unser Augenmerk richten!«

»Dann würde ich Ihnen aber empfehlen, dass Sie Phantomzeichnungen anfertigen lassen«, empfahl die alte Frau streng. Die sollten hier bloß nicht denken, dass sie, Emily Wirsing, Schwiegermutter eines Staatssekretärs, aus Dummsdorf war!

– 6 –

Der September nahm seinen Lauf. Die Tage wurden kühler, die Nächte frischer, die Birken blasser. Auf den Balkonen wurden verblühte Lobelien durch violettes Heidekraut ersetzt, die Wälder füllten sich mit Pilzsammlern und die Spinnen spannen in Spinneneile kunstvolle Netze von Ast zu Ast. Aus offenen Fenstern duftete es nach Apfelkompott und Amanda Bornstein probierte eine neue Kürbisdiät aus. Über den verpatzten Geburtstag wurde nicht mehr gesprochen. Sophie ging ihnen beharrlich aus dem Weg und Tannhäuser hing mürrisch in seiner Bank, holte sich die besten Noten und roch nach Kaugummi.

Mit anderen Worten: Es war voll langweilig, wie Isy fand. Der ganz normale Schulalltag eben. Oder doch nicht?

Am Mittwoch brachte Trischi einen Fremden in den Deutschunterricht mit. Der Besucher hieß Dr. Timon Weiß und war Sozialmediziner.

Ein Arzt in Deutsch? Was sollte das denn?

»Dr. Weiß ist Bombenfachmann«, klärte Trischi die Klasse auf. »Sein Spezialgebiet sind ... süße Bomben.«

»Meinen Sie Kalorienbomben?«, platzte Amanda heraus und alle lachten. Aber der Gedanke war gar nicht so abwegig. Schließlich hatte Dr. Trisch vor einiger Zeit wegen akuten Schwabbel-Alarms in der 7b einen Ernährungsspezialisten eingeladen, was zur beabsichtigten Folge hatte, dass sich jetzt einige der Mädchen, einschließlich Amanda Bornstein, genauer damit befassten, was sie sich auf ihre Teller luden. Trischi ließ keine Gelegenheit aus, sie alle klüger, gesünder und schöner zu machen, wie er gern behauptete.

Gespannt lehnte sich Isy zurück, während Dr. Weiß am Lehrertisch Platz nahm und über sein Forschungsprojekt zu sprechen begann. Im Auftrag einer norddeutschen Universität untersuchte er als Sozialmediziner den Genuss von alkoholischen Getränken unter Schülern, weil immer mehr Kinder und Jugendliche Probleme damit hätten, und das mit steigender Tendenz.

»Warum komme ich gerade zu euch?«, fragte der Mann und Amanda bemerkte, dass er ein Armani-Jackett trug, bevor sie die Gesichtsfarbe wechselte. Auch Isys und Sophies Nasen wurden blass, während Gummibärchen zu einer schwitzenden

Salzsäule erstarrte. Nur Tannhäuser blieb cool. Die Arme vor seinem grünen Pullover verschränkt musterte er den Fremden mit kühlem Interesse.

Das kann kein Zufall sein!, dachte Isy erschrocken. Dahinter walten doch pädagogische Kräfte! Den hat uns Trischi eingebrockt, weil er was ahnt, aber nichts beweisen kann. Dieser Dr. Weiß mochte als Sozialmediziner und Aufklärer getarnt sein, doch in Wirklichkeit saß er als Schreckschusspistole hier. So viel war klar!

»Ich komme heute zu euch, weil der Name eurer Schule mit A beginnt, genau wie das Alphabet und meine Vortragsliste«, erklärte der Täuscher.

Danach sprach Trischis »Schreckschusspistole« über Alkopops. Zu Isys Ärger hatten schon alle von diesen Getränken gehört. Nur sie war so blöd gewesen an Sophies Geburtstag darauf reinzufallen!

»Alkopops sind bunt und appetitlich«, sagte der Arzt. »Sie schmecken frisch und fruchtig und ihr Aroma erinnert an leckere Limonade. Ihr Alkoholgehalt beträgt 4,7 bis 5,5 Prozent – ähnlich wie Bier.«

Danach entspann sich eine rege Diskussion, ob ein Glas Eierlikör zu Ostern oder ein Glas Bowle zu besonderen Anlässen schon gefährlich sei. Henriette wollte wissen, was Tequila ist, und Rose fragte, ob ein Mon Chéri auch schon süchtig mache. Als sie ihre Frage gestellt hatte, sah sie sich verlegen um. Jennifer Niemann berichtete, dass der Boxer ihrer Großmutter regelmäßig Cognac trank. »Das ist gut gegen Staupe!«, behauptete sie.

Der Suchtforscher bewies Humor, indem er Jennifer fragte, ob der Boxer nach dem Genuss dieser »Medizin« manchmal ihre Oma beißen würde.

»Nein, aber den Tierarzt!«, antwortete Jennifer prompt.

Sophie Klawitter, Amanda Bornstein, Hagen Golz, Reginald Häuser und Isolde Schütze beteiligten sich an keiner Diskussion. Sie schwiegen.

Bevor die »Schreckschusspistole« ihre vorbereiteten Fragebögen zu verteilen begann, bot Dr. Weiß ihnen an, sich im Falle eines Alkoholproblems an ihn oder an den Klassenlehrer Dr. Trisch, den neuen Drogenbeauftragten der Schule, zu wenden. Dann neigten sich alle Köpfe in der Klasse über Fragen wie: *Ist dir der Alkoholvorrat deiner Eltern zugänglich?*, *Hast du schon einmal Alkohol getrunken?* oder *Hattest du bereits einen Schwips oder Rausch?*

Einen Moment überlegte Isy, ob sie aufgrund ihrer jüngsten Erfahrung Frage Nummer drei mit einem Ja beantworten sollte, doch sie entschied sich dagegen. Zwar war das Ausfüllen der Zettel anonym, aber Vorsicht war die Mutter der Porzellankiste. Und kannte Trischi nicht ihrer aller Handschriften bestens? Bevor sie den Fragebogen abgab, warf sie einen Blick zu den Jungen. Auch Tannhäuser und Gummibärchen schrieben eifrig und Isy hätte nur zu gern einen Blick über ihre Schultern geworfen. Hatten sie ehrlich geantwortet? Oder hatte der alte Baron von Münchhausen zwei würdige Nachfolger gefunden?

– 7 –

Diese Frage beschäftigte auch Amanda in der Pause unter der alten Kastanie auf dem Hof. »Was hast du bei Frage drei geschrieben?«, erkundigte sie sich bei Isy.

»Nichts!«, grinste die. »Und du? Du warst doch blau wie tausend Ritter!«

»Aber nicht so wie Tannhäuser und Gummibärchen!«, protestierte die Freundin. »Ich wüsste gern, wie Hagen und Reginald Frage Nummer drei beantwortet haben.«

»Na, Münchhausen wäre blass vor Neid!«

»Hagen hat einen ziemlichen Schock gekriegt!«, kicherte Amanda. »Vielleicht hilft's ja! Hältst du das übrigens für einen Zufall, dass dieser Dr. Weiß …?«

»Nein.«

»Ich auch nicht. Da steckt Trischi dahinter …« Knisternd begann Amanda ihr Pausenbrot auszuwickeln.

Verwundert betrachtete Isy die bunten Röllchen in dem Butterbrotpapier.

»Meine neue Diät!« Amanda schob sich ein grün umrandetes Plätzchen in den Mund. »Lecker! Der Kürbis war so langweilig. Magst du auch eins?«

Isy schüttelte den Kopf. »Iiiih … kalter Reis!«

»Das ist nicht irgendein Reis, das ist japanischer Klebreis in Norialgen gewickelt und mit Krabben und grüner Gurke garniert.«

»Und wie nennt sich das?«

»Wie sich das nennt? Sushi natürlich! Lebst du hinterm Mond?«

»Tut mir leid, aber wir essen zu Hause nicht so neumodisches Zeug.«

Natürlich kannte Isy Sushi – allerdings nur vom Hörensagen.

»Neumodisch ist gut! In Japan isst man das seit Hunderten von Jahren.« Amanda suchte sich ein neues Röllchen mit rosa gebratenen Krabben aus. »Noch nie was von Sushi-Bars gehört? Aber selber machen ist natürlich billiger.«

»Was? Diese Dinger hast du selber gemacht?«, staunte Isy. »Ist ja total cool.«

Bevor Amanda antworten konnte, tauchten Saskia und Binette kichernd unter der alten Kastanie auf. Von allen Mitschülerinnen der 7b mochten Isy und Amanda Sassi und Bini am liebsten. Sassi trug eine enge schwarze Lederhose, die total verschärft aussah.

»Ihr nascht doch nicht etwa Schnapspralinen?« Schelmisch drohten sie mit dem Finger. »Schwere Suchtgefahr! Ihr wisst ja jetzt Bescheid!« Dabei warfen sie einen neugierigen Blick auf Amandas Butterbrotpapier und Binette erstarrte betroffen. »Das sind doch nicht etwa … Sushis?«

Statt einer Antwort hielt ihr Amanda das Päckchen hin. »Klar sind das Sushis. Sogar selber gemacht. Willst du mal kosten?«

»Lieber nicht!« Abrupt drehte sich Bini um und zog Sassi mit sich. Erst in einem gehörigen Abstand blieben sie stehen und warfen ihnen seltsame

Blicke zu, bevor sie die Köpfe zusammensteckten und tuschelten.

»Was ist denn mit denen los?«, entfuhr es Amanda empört. »So schlecht sind meine Sushis doch nun wirklich nicht! Oder?«

Isy kannte Sushi nur aus der Werbung. Dass sich Amanda, Hobbyköchin und erklärte Freundin der italienischen Küche, nun auch noch mit dieser Spezialität aus ekelig rohem Fisch beschäftigte, gefiel ihr gar nicht. Aber vielleicht stimmte es ja, was die Freundin erzählt hatte, und die fernöstliche Speise schmeckte superleicht und enthielt nur wenig Kalorien.

Sie saßen nach dem Unterricht in Familie Bornsteins edler Schleiflackküche und Amanda führte Isy vor, wie man diese Sushis herstellte. Dazu breitete sie eine kleine Strohmatte vor sich aus, belegte sie mit einem grünen Algenblatt und strich eine Handvoll von der klebrigen Reismasse darauf.

Es war total ungewohnt, fand Isy. Gewöhnlich stand die Freundin mit roten Backen am Herd und die ganze Küche roch paradiesisch nach Knoblauch und Pasta. Oder Amanda ließ Olivenöl in einer großen Pfanne prasseln, goss Teig hinein und schmurgelte Crespelle, italienische Omeletts, die sie mit Spinat und Käse füllte. Manchmal überraschte sie Isy auch mit tintenschwarzen Nudeln, grünen Muscheln oder pinkfarbenem Paprikareis. So war es bis jetzt immer gewesen und Isy verspürte eine leise, ziehende Sehnsucht danach.

Warum musste Amanda diese blöden Diäten machen? Letzte Woche hatte es nur Kürbis gegeben, die Male davor harte Eier oder langweilige Würstchen, die ihnen schon bald zum Hals raushingen. Aber all das war auf jeden Fall besser gewesen als diese kalten Reisbatzen mit rohem Fisch!

Amanda ahnte von Isys Gedanken nichts. Sie zeigte auf die Näpfchen mit Avocadostückchen, Krabben, Thunfisch, geräuchertem Lachs und gehacktem Ei. »Willst du deine mit Thunfisch, Krabben oder Lachs?«

»Ich will gar keine! Rohen Fisch esse ich nicht!«

»Siehst du hier rohen Fisch?«, entrüstete sich Amanda. »Ich mache sie nicht mit rohem Fisch. Es gibt hier nun mal keinen so frischen Fisch wie in Japan. Aber Thunfisch aus der Dose, Krabben, Gemüse, Ei oder Räucherlachs tun es auch.« Dann beugte sie sich wieder über ihre Matte. Ihre Wangen glühten und ihre Finger belegten eifrig Algenblatt um Algenblatt mit all den köstlichen Zutaten.

»Hast du schon abgenommen mit dem Zeug?«

»Fünfunddreißig Gramm!«

»Mehr nicht?«

»Wieso? Hab doch gerade erst angefangen. Das kommt noch!«, verkündete Amanda optimistisch. Geschickt rollte sie die gefüllten Noriblätter zu großen grünen Zigarren und legte sie auf eine ovale Platte. Dann schob sie die Sushi-Rollen vorsichtig in den Kühlschrank. »Erst mal kühlen, dann lassen sie sich besser schneiden!«

Obwohl sich Isy sicher war, nichts von den Dingern probieren zu wollen, musste sie doch im Stillen zugeben, neugierig auf diese seltsamen Sushis geworden zu sein!

Für die nächste halbe Stunde gingen sie in Amandas großzügiges Zimmer und legten eine CD auf. Es war schön bei Amanda. Die Wohnung war riesig groß und hell und meistens leer. Amandas Mutter besuchte häufig ihre Freundinnen, shoppte in der City oder ritt im Grunewald aus. Einen großen Bruder wie Benedikt, der morgens eine Stunde das Bad blockierte, hatte die Freundin auch nicht.

»Du hast ein Leben!«, seufzte Isy.

»Na ja!«, sagte Amanda und zündete ein Räucherstäbchen an. Es roch zart nach Zitronengras und Sandelholz. »Was machen wir denn in den Herbstferien?«

»Schlag was vor!«

Amandas Blick streifte schwärmerisch das Poster von Prinz William über ihrem Bett mit der neuen Tagesdecke in Erdbeerrot. Dort, wo früher Diana hing. »Ich finde, ein Sprachkurs in London wäre nicht schlecht! Wie oft haben wir uns schon vorgenommen etwas für unsere Bildung zu tun!«

Das stimmte. Und Prinz William war immer noch zu haben. Isy grinste. Nach Dianas tragischem Tod und dem Ableben der gütigen alten Queen-Mum mit den pastellfarbenen Hüten war in Amandas ungebrochene Liebe zum englischen Königshaus etwas Neues, Sehnsüchtiges, Männliches getreten. »Aber das ist ja schon in zwei Wochen!«, sagte Isy. In der Presse hatte sie gelesen, dass sämtliche Flieger für die Herbstferien bereits ausgebucht waren. »Ich glaub, ich bleibe die zwei Wochen lieber zu Hause und schlafe aus!«

»Sonne wäre natürlich auch toll!«, träumte Amanda unbeirrt weiter. Bilder von goldschimmernden Dünen und flirrendem Licht tauchten vor ihren Augen auf. Buttergelbe Hibiskusblüten und weißer Oleander säumten den duftenden Weg ihrer Vorstellung. »Gran Canaria wäre jetzt klasse!«, seufzte sie entrückt.

»Aber zu teuer!«, ergänzte Isy. Amanda tat so, als hätten sie beide das gleiche, dicke Sparschwein im Stall! »Apropos was für unsere Bildung tun: Denkst du auch an Herrn Rimpaus Lesung morgen?«

Amanda nickte. »Logo. Was ziehen wir an?«

»Herrn Rimpau ist das schnuppe!«

»Okay, aber für das Publikum müssen wir uns schon aufbrezeln ...«

»Nehmen wir ihm Blumen mit?«

»Unbedingt. Muss ja nicht teuer sein. Die Rosen für Sophie von Tannhäuser und Gummibärchen waren ja auch ein Sonderangebot.«

»Erinnere mich nicht daran!«, stöhnte Isy.

Dann legten sie Anastasia auf, blätterten in Zeitschriften, surften durchs Internet und holten schließlich die Sushi-Rollen aus dem Kühlschrank.

Amanda schnitt die dunkelgrünen »Zigarren« mit ihrem schärfsten Messer vorsichtig in Scheiben und schlug vor auf dem Fußboden zu essen.

»Auf dem Küchenboden? Spinnst du?«

»Das ist in Japan so Sitte!«

»Dann mach doch lieber Spaghetti!«, nörgelte Isy und half der Freundin mit finsterer Miene, die Fußbank mit japanischer Würzsoße, Stäbchen und der Platte Sushis wie einen Tisch zu decken.

»Wir müssen knien!«, erklärte Amanda.

»Da kriege ich einen Krampf! Ich bin empfindlich!«

»Na hör mal, die Japaner knien ein Leben lang! Da wirst du es ja wohl mal zehn Minuten aushalten.«

»Fünf!«, murrte Isy und wollte sich gerade auf die Knie niederlassen, als Amanda noch etwas einfiel.

Sie verschwand für einen Moment in der Diele und tauchte mit zwei seidenen Kimonos wieder in der Küche auf. »Guck mal hier, mit Kirschblütenmuster! Die hat Dad vor zwei Jahren für mich und meine Mom aus Tokio mitgebracht.«

Mit skeptischer Miene musterte Isy die Kleidungsstücke. »Sollen wir diese Fummel etwa anziehen?«

»Klar, ist doch stilecht!«

Kichernd wickelten sie sich in die Kimonos und setzten sich auf ihre Fersen, aber es war weder einfach, so zu sitzen, noch, mit den Stäbchen zu essen.

Bereits nach dem zweiten Sushi schnappte Isy entsetzt nach Luft. »Wasser!«, keuchte sie. Ihr Mund brannte höllisch.

Grinsend nahm Amanda zwei Dosen Cola aus dem Kühlschrank. Ausgerechnet Cola! Das war ja nun total unjapanisch, wenn es das Wort überhaupt gab!

»Was zum Teufel ist das, das so brennt?«

»Ach, das ist Wasabi, grüner japanischer Meerrettich! Am besten, du isst Sushis, wo kein Wasabi drauf ist, wenn du so empfindlich bist.«

»Am besten, ich esse überhaupt keine Sushis!« Isy schob ihren Teller weg. Ende der Japanfestspiele! Außerdem bekam sie wirklich einen Krampf im Zeh, wenn sie auch nur eine Minute länger so hockte!

»Hast du, äh, vielleicht einen Pudding, Amanda?«

Als sie auf dem Heimweg an dem vertrauten Zeitungskiosk vorbeikam, sprang ihr eine Schlagzeile ins Auge:

Sushi-Mädchen erneut zugeschla...

Den Rest verdeckte die deutsche Ausgabe der Vogue.

Das war doch wirklich merkwürdig, stellte Isy fest. Wo man auch hinschaute, sie waren tatsächlich zurzeit einfach in aller Munde, diese verflixten Sushis!

– 8 –

»**Diese gottverdammten** Sushis!«, fluchte der Herr in dem grünen Lodenmantel und ließ sich auf den Besucherstuhl von Beate Bündig fallen. »Sagen Sie mal, wird man denn in diesem Staat überhaupt nicht geschützt?« Seine Stimme klang asthmatisch. Die Aufregung tat ihm gewiss nicht gut.

»Vor Trickbetrug müssen sich die Bürger selber schützen. Sonst müssten wir vor jede Wohnungstür einen Polizisten stellen«, lächelte Beate Bündig.

»Ich wünschte, wir hätten einen gehabt, was, Anny?«

Seine Frau im roten Lodenkostüm nickte schwach. Seitdem die beiden Betrügerinnen an diesem Nachmittag gegen vier Uhr mit ihrer gerade von der Post abgeholten Pension und ihrer Schmuckkassette verschwunden waren, fühlte sie sich krank.

»So, jetzt erzählen Sie bitte von Anfang an«, bat die Inspektoranwärterin und begann zum fünften Mal in einem Sushi-Fall eine Anzeige gegen unbekannt aufzunehmen. Es ist immer dasselbe, dachte sie verwundert, während sie dem Ehepaar Krimske aufmerksam zuhörte. Die Leute werden leichtsinnig, sobald sie etwas umsonst bekommen können. Auch dieses Paar in molligem Loden, das bestimmt nicht unvermögend war, bildete da keine Ausnahme. Allein der gestohlene Schmuck hatte einen Wert von über 15.000 Euro.

Die beiden Eheleute gaben zu, Sushi zu kennen,

schließlich gingen sie häufig zum Essen aus, aber sie hätten nie einen Pizza- oder Sushi-Bringdienst in Anspruch genommen. »Deshalb waren wir ja so verwirrt, als die Mädchen behaupteten, wir hätten diese Futo-Maki bei ihnen bestellt. Sie glaubten uns nicht und verhielten sich regelrecht aufdringlich.«

»Futo-Maki?«, fragte die Inspektoranwärterin.

»Besonders große Sushis, auch Riesensushi genannt.« Herr Krimske atmete schwer. Das kam von der Aufregung. »Sushis sind kleine Kunstwerke!«

»Es gibt so viele Arten und Formen«, ergänzte seine Frau. »Wir sind immer wieder ganz erstaunt.«

Ich muss endlich einmal Sushi essen gehen, nahm sich Beate Bündig vor. Sonst kann ich nicht mitreden. Dieser Fall zwingt mich regelrecht zur Recherche!

Eine Viertelstunde später hatte sie ihre Fragen gestellt und ihre Antworten erhalten. Alle Aussagen stimmten mit denen aus den anderen drei Vernehmungen überein. Die Sushi-Mädchen hatten ein fünftes Mal zugeschlagen!

»Ist Ihnen etwas Besonderes aufgefallen? Irgendeine Zufälligkeit, ein Detail, über das wir noch nicht gesprochen haben? Jede Kleinigkeit kann wichtig sein!« Die Inspektoranwärterin sah aufmunternd in die erschöpften Gesichter. Aber sie konnte keine Reaktion mehr entdecken. Das Paar würde sich erst einmal von dem Schock erholen und die Sache in Ruhe verarbeiten müssen. Es war nicht ungewöhnlich, dass sich das Gehirn erst nach einigen Stunden, manchmal sogar Tagen oder Wochen, plötzlich an dieses oder jenes Detail zu erinnern begann. Sie schob ihnen ihre Visitenkarte über den Tisch. »Rufen Sie mich an, falls Ihnen noch etwas einfallen sollte.«

Der Anruf erreichte Beate Bündig am nächsten Vormittag beim Friseur. Sie unterbrach die Behandlung, kramte ihr Handy aus der Handtasche und meldete sich.

»Immer im Dienst!«, murmelte ihre Lieblingsfriseurin Petra Rentner mitfühlend. Schließlich hatte die Kundin ihren Termin im Salon bereits dreimal wegen einer Dienstverschiebung ändern müssen. Und selbst jetzt blieb das Dezernat wie der böhmische Nebel an der Inspektoranwärterin kleben!

Beate Bündig lauschte der Frau in rotem Loden, die jetzt einen weinroten Hausanzug trug und in der Küche ihres Hauses Salat putzte. Den Telefonhörer hatte sich Anny Krimske dabei zwischen Ohr und Schulter geklemmt. »Entschuldigen Sie, wenn ich Sie störe, Frau Kommissarin ...«

»Inspektoranwärterin, bitte. Sie stören mich nicht, Frau Krimske.«

»Mir ist da heute Nacht etwas eingefallen. Wir haben ja kaum geschlafen. Dieser Verlust ... die herrlichen Perlen meiner Mutter, die Broschen und Gemmen aus Venedig, alles Andenken an liebe Menschen, Reisen, ferne Orte ...«

Die Stimme brach ab und Beate Bündig hörte ein unterdrücktes Schluchzen.

Dann fasste sich die Frau wieder. »Alles, was wir ein Leben lang mit Liebe zusammengetragen und gehütet haben und was wir einmal den Kindern hinterlassen wollten, nehmen uns diese gewissenlosen Gören einfach fort!«

Wieder eine Pause, ein Seufzer.

»Aber ich schweife ab. Jedenfalls, heute Nacht ist mir plötzlich eingefallen, dass ich die Mädchen schon einmal gesehen habe, vor kurzem erst, aber ich bin einfach nicht darauf gekommen, wo das gewesen sein könnte. Durch einen Zufall bin ich heute darauf gestoßen. Ich hatte nämlich die Trekkingschuhe meines Mannes letzten Herbst in eine Zeitung gewickelt, und als ich sie vorige Woche auspackte, fielen mir zwei Mädchen auf dem Titelblatt auf, denen unser Polizeipräsident gerade die Hand schüttelte. Sie hatten wohl eine gute Tat vollbracht.« Die Frau hustete. »Und ausgerechnet dieses alte Exemplar der Tageszeitung hab ich vor genau einer Stunde für meine Kartoffelschalen aus dem Altpapierstapel im Keller gezogen. Da sprang mir sofort das Titelblatt in die Augen und die verblüffende Ähnlichkeit dieser Mädchen mit den beiden Betrügerinnen! Es stehen ja sogar ihre Namen darunter! Isolde Schütze und Amanda Bornstein aus der 7b der …«

»Haben Sie die Zeitung noch?«

»Natürlich. Aber sie ist eben alt, zerknittert und schmutzig.«

»Ich bin gleich bei Ihnen«, versprach die Inspektoranwärterin, riss das Handtuch von den Schultern und stürzte mit nassen Haaren und ohne die neue Tönung »Wildkirsche« aus dem Salon.

– 9 –

Die Autorenlesung begann pünktlich um 15 Uhr.

Natürlich kamen sie zu spät. Wie immer musste Amanda erst noch einen Fleck entfernen, war ihr der Samtrock zu eng und die Bluse nicht schick genug und der dunkelblaue Nagellack musste auch erst noch trocknen, bevor sie endlich mit ihren gelben Nelken in der Hand aufbrechen konnten.

Die Buchhandlung, in der die Lesung stattfand, quoll vor Besuchern über und sie fanden gerade noch auf einem abgestellten Heizkörper Platz. Der Autor selbst saß eingezwängt wie eine Sardine zwischen Stapeln seiner Bücher und einer dickbusigen Buchhändlerin an einem schmalen Holztisch und las.

Patrick Mortimer Rimpau war ein mittelgroßer, sportlicher Mann mit grau meliertem Haar und einer schönen Stimme, die ihm bei seinen Lesungen sehr zugutekam. Beifällig musterte Isy sein dezentes Outfit, und ein Gefühl des Stolzes überflutete sie geradezu, als Herr Rimpau am Ende des ersten Kapitels aufschaute und ihr und Amanda in freudigem Erkennen zublinzelte. Sie winkten verschwörerisch mit ihren Nelken, bevor er die Seite umblätterte und die erwartungsvolle Stille im Raum mit neuen, spannenden, präzise formulierten Sätzen füllte.

Sie hatten den berühmten Krimiautor und seinen reizenden Hund Alfredo im Herbst vor zwei Jahren im Schullandheim in Altgrünheide kennengelernt, wo sie den Schriftsteller zunächst eines Postraubes verdächtigten. Doch zum Glück hatte sich alles aufgeklärt und Herr Rimpau war ihnen auch nicht böse gewesen. Im Gegenteil. Seit jenen Tagen war er ihnen ein überaus verständnisvoller Freund geworden, der sich mehr als einmal bei ihren turbulenten Abenteuern als ihr Schutzengel erwies.

Soweit Isy sehen konnte, waren sie und Amanda die einzigen Jugendlichen im Raum. Das war nicht weiter verwunderlich, denn Patrick Mortimer Rimpau schrieb für ein reiferes Publikum. Isy aber verschlang seine spannenden, kenntnisreichen Kriminalromane vom ersten Tag ihrer Begegnung an mit Begeisterung. Um auch Amanda zu seinem Fan zu machen, hätte der Autor allerdings alles Schmalz aus deutschen Schmalztöpfen zusammenkratzen und mit viel Liebe, Lust und Leidenschaft aufbereiten müssen, dachte Isy belustigt. Währenddessen las Herr Rimpau mit gleichmäßiger Konzentration und die Leser hingen gespannt an seinen Lippen.

Es dauerte nicht lange, bis Isy spürte, dass auch an ihren Lippen etwas hing. Es waren die zusammengekniffenen Augen einer alten Dame mit grauem Dutt aus der vorletzten Reihe, die sie scharf ins Visier genommen hatte. Was sollte das denn? Stimmte irgendetwas an ihr nicht? Nervös musterte Isy ihr Shirt und ihre Jeans. Aber es war nichts zu entdecken. Kein Fussel, kein Fleck.

Etwas an dem gespannten Blick der Frau war außerordentlich unbehaglich. Isy entschloss sich dazu, zurückzustarren, bis sich die Dame abwandte.

Doch bald darauf fuhr der Dutt erneut herum. Dieses Mal musterte sie Amanda mit einem scharfen Zug um den Mund.

Isy beugte sich zu der Freundin. »Die alte Frau mit dem Dutt in der vorletzten Reihe starrt uns die ganze Zeit so komisch an. Kennst du die?«

Verwundert schüttelte Amanda den Kopf.

Dann hat sie uns eben in der Zeitung gesehen, entschied Isy. Das Übliche.

In diesem Augenblick beendete der Autor das zweite Kapitel und nahm einen Schluck aus dem Wasserglas. Die Zuhörer hatten nun die Gelegenheit, Fragen zu stellen, und es entspann sich eine rege Diskussion. Herr Rimpau erörterte gerade die Chance des Kriminalromans als Spiegel der Gesellschaft, als sich die kleine Person mit dem grauen Dutt plötzlich erhob und die Lesung verließ. Nach einem kurzen Zögern glitt auch Isy von dem Heizkörper herab und folgte der Unbekannten wie hypnotisiert.

Etwas in dem seltsamen Verhalten der Frau hatte sie alarmiert. Sie hätte nicht sagen können, warum.

Und doch war sie überzeugt, dass dieses abrupte Verlassen der Lesung in irgendeiner Weise mit Amanda und ihr zusammenhing.

Doch kaum hatte sie einen Schritt auf die nachmittäglich belebte Straße gemacht, kam sie sich auch schon schrecklich albern vor. Was war in sie gefahren Herrn Rimpaus Lesung wegen einer Person zu verlassen, die einen Dutt trug und sie andauernd anstarrte? Nervös blickte sich Isy um. In diesem Moment sah sie den grauen Dutt im Café auf der anderen Seite verschwinden.

Was nun? Sollte sie ihrem Bauchgefühl vertrauen und der Frau nachspionieren oder zu Amanda in die Lesung zurückkehren? Zweifel sogen sie sekundenlang strudelnd in ein großes schwarzes Loch. Dann überquerte Isy hastig die Straße, öffnete die Tür des Cafés und tauchte in den anheimelnden Duft von frischem Pflaumenkuchen und Kaffee ein.

In dem hellen Gastraum mit Sofas aus geflochtenem Rattan und afrikanischen Kissen in bunten Farben ließen es sich einige Damen und Herren bereits lecker schmecken. Der Dutt war nicht dabei.

»Ich suche meine Oma!«, sagte Isy zu der Serviererin. »Klein, grauer Dutt …«

»Telefoniert!« Die Bedienung zeigte freundlich ins Foyer.

Dort befand sich hinter einem Raumteiler aus üppigen Grünpflanzen eine offene Telefonzelle aus Plexiglas, wo die gesuchte Person nicht nur gut zu sehen, sondern auch sehr gut zu hören war.

»Kann ich bitte die Inspektoranwärterin Bündig sprechen? Es ist dringend!«, sprudelte es aus der alten Frau in ihrer hellen Mädchenstimme und dem leicht kehligen Dialekt, der Isy an Amanda erinnerte, hervor. »Ich bin eine der Geschädigten im Sushi-Fall. – Ja, ich habe Anzeige erstattet. Und jetzt bin ich gerade in einer Dichterlesung von Patrick Mortimer Rimpau, dem bekannten Krimiautor. Was glauben Sie, wen ich da sehe? – Erraten! Ich habe sie natürlich sofort wiedererkannt, alle beide! Aber jetzt geben Sie mir bitte unverzüglich die Frau Inspektoranwärterin, sonst muss ich mich an meinen Schwiegersohn Dr. Schlumbühl-Strunz, den Staatssekretär, wenden.« Sie räusperte sich. »Am besten, Sie schicken gleich eine Hundertschaft! Die Verdächtigen sehen nicht so aus, als würde es zu einem Schusswechsel kommen …«

Die nächsten Sätze hörte Isy schon nicht mehr. Sie wusste nicht, ob sie lachen oder heulen sollte! Eine ganze Hundertschaft! Die Frau musste doch mit dem Klammerbeutel gepudert worden sein!

Halb belustigt, halb schockiert rannte sie zur Buchhandlung zurück, vor deren Schaufenster Amanda ratlos mit ihren gelben Nelken stand. »Hast du was am Kopf? Einfach aus der Lesung abzuhauen!«

»Später! Jetzt müssen wir verschwinden! Gleich kommt die Polizei.«

»Die Polizei? Aber wieso denn?«

»Weil die Alte eben die Kripo angerufen hat!«

Genervt zog Isy die Freundin um die nächste Hausecke. »Sie behauptet, uns wiedererkannt zu haben.«

»Wiedererkannt? In was für einem Zusammenhang denn?«

»Frag mich nach Sonnenschein!« Isy zerrte ein Tempo aus ihrer Jeans und putzte sich die Nase. »Vielleicht leidet sie ja unter Verfolgungswahn?«

»Dann muss das ansteckend sein«, sagte Amanda und schnupperte traurig an den Nelken. »Denk mal an den verrückten alten Mann vor dem Supermarkt.«

Ach, richtig!, erinnerte sich Isy. Gut kombiniert von Amanda. Um die Wahrheit zu sagen, hatte sie den komischen Typen fast schon wieder vergessen. Vorsichtig spähte sie um die Ecke und sah die Frau mit dem Dutt gerade noch in die Buchhandlung huschen.

Isy lächelte zufrieden. Ha, das würde eine schöne Überraschung werden, wenn sie gleich den leeren Heizkörper entdeckte!

Auf dem Weg zur U-Bahn-Station raste ein Polizeiauto mit Blaulicht an ihnen vorbei und hielt mit kreischenden Bremsen vor der Buchhandlung. Zwei Polizisten stiegen aus. Die Hundertschaft war etwas kleiner ausgefallen.

Isy spürte, wie ihr eine Gänsehaut über den Rücken lief. O Mann, das war ja wirklich ernst! Was war passiert, dass fremde Leute sie beschimpften und beschuldigten? Irgendetwas stimmt nicht!, durchfuhr es Isy beklommen. Aber was?

Hatte irgendein teuflischer Regisseur etwa heimlich mit ihnen die Hauptrollen eines Albtraums besetzt?

– 10 –

In dieser Nacht träumte Isy, dass sie und Amanda verhaftet wurden. Eine Hundertschaft uniformierter Polizeibeamter stürmte mit vorgehaltener MP das Schulgebäude und nahm sie und Amanda mitten im Unterricht fest. Deutlich hörte sie das Klicken der Handschellen. Dann wurde sie wach.

Etwas klickte auch im Flur und Isy begriff, dass sich ein Schlüssel im Schloss der Wohnungstür drehte. Benedikt kam mal wieder auf leisen Sohlen von seiner neuen Freundin geschlichen.

Eine Weile lag Isy wach und starrte ins Dunkel. Natürlich konnte sie diesen schrecklichen Traum Amanda morgen früh auf keinen Fall erzählen. Die Freundin würde vor Angst einen Herzinfarkt kriegen! Zum Glück wurden Träume nur selten wahr. Hieß es nicht immer, sie wären nur Schäume?

Bis zur zweiten Schulstunde glaubte Isy an diesen Spruch. Dann wurden sie und Amanda von zwei Beamten in Zivil aus dem Unterricht geholt. Es war bei Frau Schmalfuß in Biologie.

»Von jetzt an nicht mehr miteinander reden«, sagten die Herren, als sie zum Wagen gingen.

»Haben Sie denn überhaupt einen Haftbefehl?«,

protestierte Isy. »Ohne Haftbefehl müssen wir nämlich nicht zu einem Verhör mitkommen!«

»Ihr seid nicht verhaftet«, erklärte der dickere der beiden Männer und das Auto setzte sich in Bewegung. »Und wir fahren auch zu keinem Verhör. Es handelt sich lediglich um eine polizeiliche Befragung.«

»Hätten Sie die nicht auch in der Schule durchführen können?«, erkundigte sich Isy und bewies mit dieser Bemerkung, dass sie dank ihrer Kenntnis zahlreicher Kriminalromane durchaus wusste, wie der Hase lief.

»Da gibt es keine Vorschriften.« Der Beamte, dem die Inspektoranwärterin heute früh erklärt hatte, wie wichtig es sei, den verdächtigen Mädchen einmal den Ernst der Lage mit aller Härte vorzuführen, verbiss sich tapfer ein Schmunzeln. Dann verschränkte er die Arme vor der Brust und konzentrierte sich darauf, was er seinen Skatbrüdern heute Abend wohl zum Bier anbieten sollte. Buletten mit Kartoffelsalat? Pizza Margherita? Oder doch lieber belegte Brötchen?

»Bleib ganz ruhig, das klärt sich alles auf«, flüsterte Isy und griff nach Amandas eiskalter Hand. Auch ihr Herz schlug vor Aufregung zum Zerspringen. Sie durchschaute zwar nicht, was hier lief, aber es war tröstlich, zu wissen, dass sie sich nichts vorzuwerfen hatten. Diese alte Hexe aus der Lesung versuchte offenbar mit allen Mitteln ihnen etwas anzuhängen, aber was man nicht getan hatte, konnte einem auch nicht bewiesen werden. Wer auch immer ihnen an den Kragen wollte, würde am Ende den Kürzeren ziehen!

Mit dieser Überzeugung stieg sie neben der käsebleichen Amanda die Stufen zum Eingang der Polizeidirektion Mitte empor. War es wirklich erst letzten Herbst gewesen, als sie der Polizeipräsident persönlich auf diesen Stufen empfangen und ihnen zu ihrem Erfolg gratuliert hatte, die vermisste Josepha aus den Fängen eines Kidnappers befreit zu haben? Damals waren sie die Helden gewesen!

Was aber waren sie heute?

Wie Isy schon vermutet hatte, vernahm man sie getrennt. Amanda war mit einem Typen mit blondem Backenbart namens Oberinspektor Roth in einem Zimmer des Dezernats verschwunden und Isy saß vor dem Schreibtisch einer jungen Frau mit mädchenhafter Figur und fuchsschlauen hellgrünen Augen.

»Mein Name ist Bündig, wie kurz und bündig«, stellte sie sich vor und reichte Isy die Hand. »Ich bin Inspektoranwärterin. Und du bist Isolde Schütze?«

Isy nickte abwartend.

»Isolde«, fuhr die Kriminalbeamtin fort, »wir haben dich und Amanda zur Klärung eines Sachverhaltes zu uns gebeten.«

»Was wirft man uns eigentlich vor?«, fragte Isy hitzig.

»Man wirft euch noch gar nichts vor. Wir wollen

nur gemeinsam ein paar Termine überprüfen. Um genau zu sein, fünf.«

»Geht es um Alibis?«

»Korrekt.«

»Amanda und ich hatten noch nie Ärger mit der Polizei. Im Gegenteil, wir haben geholfen, wo wir konnten. Mit Erfolg. Das können Ihnen die Hauptkommissare Dr. Rose, Leo Buschklopfer und Fred Baltruschat bestätigen. In den Zeitungen wurden wir sogar als Duo criminale bezeichnet und der Polizeipräsident hat uns schon öfter gelobt.«

Die Inspektoranwärterin nickte. »Ich bin informiert.« Dann warf sie einen Blick in ihre Aufzeichnungen. »Hier hätten wir erst mal den 28. August, nachmittags gegen 14 Uhr und noch einmal um 16 Uhr. Erinnerst du dich, was du an diesem Tag um diese Zeit gemacht hast?«

»Aber das ist doch schon vier Wochen her!«

»Genau. Lass dir ruhig Zeit zum Nachdenken.«

Isy spürte, dass sie zu schwitzen begann. Warum wollte die Polizistin wissen, was sie vor vier Wochen gemacht hatte? »Was war denn das für ein Wochentag?«

»Ein Mittwoch.«

Ein Mittwoch im August, dachte Isy fieberhaft. Die Ferien waren jedenfalls schon vorbei gewesen, die Schule hatte wieder begonnen. Mittwochs hatten sie sechs Stunden. Die letzte Stunde war Erdkunde. »Es kann sein, dass ich bei meiner Freundin war. Mindestens bis fünf.«

»Bei Amanda Bornstein?«

Isy nickte.

»Gehst du oft nach Schulschluss zu ihr?«

»Oft. Ihre Eltern haben eine große Wohnung. Meistens sind wir allein, hören Musik, chatten im Internet, kochen und quatschen.«

Beate Bündig lächelte. Vielleicht erinnerte sie sich an ihre Teeniezeit. »Was kocht ihr denn so?«

»Na ja, meistens kocht Amanda. Vorwiegend italienische Küche. Pasta mit Tomaten, Käse oder so. Zurzeit macht sie leider Diät.«

»Gibt es Zeugen für deinen Besuch bei Amanda Bornstein am 28. August gegen 14 und 16 Uhr?«

Sollte das ein Witz sein? Isy zuckte die Schultern. »Ich nehme an, bloß Amanda.«

Die Inspektoranwärterin sah wieder in ihre Unterlagen. »Kommen wir zu Montag, dem 2. September. Exakt 15 Uhr. Was kannst du mir dazu sagen?«

Isy starrte auf ihre Füße. Was war hier eigentlich los? Wieso war das wichtig? Und woher sollte sie jetzt noch wissen, was sie an dem verflixten Montag gemacht hatte? »Montags gehen wir meistens zum Sport. Außerschulisch. Volleyball und solche Sachen.«

»Wann beginnt das immer?«

»Gewöhnlich gegen halb vier.«

Die Inspektoranwärterin dachte einen Augenblick nach. Konnten die Mädchen um 15 Uhr die Nummer mit den Sushis abgezogen haben und pünktlich beim Sport erschienen sein? Sie verglich im Geiste die Adressen und Entfernungen. Es wäre knapp geworden. »Habt ihr am 2. September am Sport teilgenommen?«

»Ich müsste Amanda fragen. Entweder haben wir an diesem Montag mitgemacht oder die Woche darauf. Wir machen ja nicht jedes Mal mit. Amanda ist nicht sehr sportlich.« Isy zögerte einen Augenblick. »Man muss sich eintragen.«

Beate Bündig hob den Kopf. »Eine Anwesenheitsliste? Und wer führt die?«

»Meistens Frau Köhler-Kant. So heißt unsere Sportlehrerin.«

»Danke für den Hinweis. Wir werden das prüfen.«

»Kann ich jetzt gehen?«

»Ich würde gerne noch zwei Termine mit dir durchgehen. Möchtest du etwas trinken?«

Isy schüttelte den Kopf.

»Okay, machen wir weiter. Da wäre der 12. September, 15 Uhr nachmittags. Erinnerst du dich noch, was du da gemacht hast?«

Und ob sie sich erinnerte! Isy hatte das Gefühl, einen unsichtbaren Boxhieb in den Bauch erhalten zu haben. Ach, darum ging es! Deshalb waren sie hier! Es ging die ganze Zeit nur um diesen unglückseligen Nachmittag bei Sophie. Um Tannhäusers Zusammenbruch und seinen Transport ins Krankenhaus! Die anderen Fragen waren nur zur Ablenkung gedacht gewesen. Isys Gedanken rasten wie ein Karussell. Irgendwie musste die Polizei Wind bekommen haben, dass sie und Amanda mit der ganzen Sache zu tun gehabt hatten. War es strafbar, ihren hilflosen Mitschüler auf dem Spielplatz auszusetzen? Hatte man sie in Verdacht, Tannhäuser volltrunken gemacht zu haben? Auf jeden Fall musste sie jetzt auf der Hut sein! Bloß nichts zugeben! »Ich kann mich nicht erinnern.«

»Kleine Gedächtnisstütze: Es war ein Donnerstag.«

Isy schüttelte den Kopf. »Null Ahnung. Ehrlich. Vielleicht fällt es mir ja wieder ein.«

»Das hoffe ich. Bitte melde dich, wenn du es weißt.« Beate Bündig warf einen heimlichen Blick auf ihre Uhr. In einer Viertelstunde begann eine Dienstbesprechung bei ihrem Chef. »Letzte Frage, Isolde. Wo warst du am 25. September zwischen 14 und 15 Uhr?«

»War das nicht vorgestern?« Isys Antwort kam wie aus der Pistole geschossen. »Bei Amanda.«

»Gibt es Zeugen?«

»Amanda.«

»Habt ihr in dieser Zeit mal die Wohnung verlassen?«

»Nein.«

»Ganz bestimmt nicht?«

»Nein.«

»Auch nicht für eine halbe Stunde?«

»Nein.«

»Was habt ihr gemacht?«

»Wir haben gekocht.«

»Ah, Pasta!«

»Nein. Amanda hat Sushis gemacht.«

»Sushis?«, wiederholte die Inspektoranwärterin mit leuchtenden Augen. »Wie interessant!«

Das »Georgio« war nicht nur Amandas Lieblingsrestaurant mit dem besten Eis zwischen Rostock und Rom. Es wartete mit seinen marmornen Säulen, edlen Hölzern, gestärkten Tüchern, blitzenden Karaffen und stilvollen Kerzen auf jedem Tisch auch mit einem perfekten Ambiente auf. Und auf diesen Schreck hin brauchten Isy und Amanda etwas Luxus!

Den ganzen Weg über hatte sich Isy den Kopf zerbrochen, wer der Kripo den Hinweis auf Sophies Geburtstag gegeben haben mochte. Und warum hatte man ausgerechnet sie und Amanda und nicht etwa Sophie oder Gummibärchen vernommen?

Auch Amanda war ratlos. Auch sie hatte bei der Frage nach dem Nachmittag des 12. Septembers beinahe einen Herzanfall gekriegt. Auch sie hatte felsenfest behauptet, sich an nichts erinnern zu können.

Erschöpft steckte sie ihre Nase in die Speisekarte. Nichts vermochte sie besser zu trösten als eine Portion Pasta! Wie neugierig sie alle in der Klasse angestarrt hatten, als sie wieder in den Unterricht zurückgekehrt waren! Wie beleidigend Sassi und Bini getuschelt hatten! Amanda seufzte gequält. »Was ist denn das überhaupt für ein Dezernat?«

»Das Drogendezernat, nehme ich an.«

»Und die interessieren sich für Alkohol unter Jugendlichen?«

Isy pustete sich eine Strähne aus der Stirn. Es war warm bei Signore Georgio. »Alkohol ist eine Droge.«

»Lächerlich!«, zischte Amanda und seufzte tief. Was sollte sie wählen? Involtini, die kleinen Rouládchen? Lasagne mit Pilzen? Ravioli mit Muscheln gefüllt? Sie entschied sich für Signore Georgios leckere Spaghetti Bolognese.

»Und deine Diät?«, wunderte sich Isy. »Iss lieber einen Blattsalat.«

»Bin ich eine Ziege? Wir nehmen beide Pasta. Pasta beruhigt die Nerven!« Amanda lud Isy meistens ein. Denn Amanda bezahlte nie, sondern ließ die Summe ihrem Vater auf die Rechnung setzen. Der Steuerberater speiste mit seinen Klienten mindestens einmal in der Woche bei Signore Georgio. Die Kosten konnte er absetzen. Es war eine Lösung zu aller Zufriedenheit.

Nervös sah sich Amanda um. »Wo steckt denn Georgio?«

Wie aufs Stichwort kam der Padrone aus der Küche geschossen. Er brachte einen Duft von Wein und Oliven mit und beugte sich zu Amanda, um sie auf die Wange zu küssen. Auch Isy bekam einen Kuss. »Wo seid ihr gewesen, ragazze? Schmeckt es euch nicht mehr bei mir?«

»Amanda hat Diät gemacht«, verriet Isy grinsend. »Sie kaut jetzt Sushis!«

»Petze!«, zischte die Freundin.

Signore Georgio rang dramatisch die Hände. »Mamma mia! Japanisch! Jetzt gibt es erst mal knusprige Bruschetta con porcini! Vom Haus. Von Signora Violetta und mir. Un momento!« Mit wehender Schürze verschwand er zu seiner Frau in die Küche.

»Porcini?«, fragte Isy neugierig.

»Das sind Steinpilze.« Amanda strahlte. Endlich schien sie sich zu beruhigen.

»Wir müssen uns genau überlegen, was wir als Alibi für den 12. September angeben«, sagte Isy ernst. »Das muss hieb- und stichfest sein!«

»Wichtig ist, dass wir dasselbe sagen.« Amanda kaute an ihrem dunkelblau lackierten Daumennagel. »Was hältst du von Zoo?«

»Und die Eintrittskarten?«

»Dann eben Museum.«

»Das ist dasselbe, Amanda. Wir haben keine Eintrittskarten.«

»Dann haben wir sie eben weggeschmissen. Wer hebt so was schon wochenlang auf?«

Das klang logisch.

»Oder wir nehmen das Museum für Islamische Kultur. Da haben wir doch freien Eintritt, weil wir geholfen haben die Kunsträuber zu fassen. Die Jahreskarten gelten noch bis Oktober. Klar, wir sagen, dass wir uns den Goldschmuck mal wieder ansehen wollten.«

Aus der Küche drang der kräftige Waldduft gebratener Pilze.

Isy spürte erstaunt, wie hungrig sie war. »Bloß ansehen? Ein bisschen mehr Begründung wäre besser.«

»Wieso muss man das begründen, wenn man ins Museum geht?«

»Muss man nicht. Aber es klingt gut.« Isy sah aus den Augenwinkeln, wie der Padrone mit den duftenden Bruschette nahte. »Wir könnten sagen, dass wir für einen Aufsatz oder einen Wandzeitungsbericht recherchieren wollten.«

»Für einen Wandzeitungsbericht?«

»Gut, die 7b hat zwar schon seit einem halben Jahr keine Wandzeitung mehr, aber das weiß die Polizei ja nicht.«

»Und was sagen wir in der Klasse, weshalb uns die Polizei aus dem Unterricht geholt hat?«

»Ganz einfach: Weil sie ohne uns mal wieder nicht weiterkommt!«

– 11 –

Am anderen Morgen war es Thema Nummer eins in der 7b: Die Katastrophenweiber hatten einen neuen Fall! Doch je mehr sich ihre Klassenkameraden bemühten wenigstens ein Zipfelchen vom Geheimnis zu erhaschen, desto schweigsamer wurden Isy und Amanda.

Schließlich nahmen sie nach Schulschluss den Bus und fuhren ins Präsidium, wo sie beim Pförtner nach der Inspektoranwärterin Bündig fragten.

»Seid ihr angemeldet?«

»Nein, aber wir wollen eine Aussage machen.«

Der Mann telefonierte kurz. Dann winkte er sie durch.

Die Inspektoranwärterin erwartete sie bereits an der Tür. Sie war auf dem Sprung zu einer Dienstbesprechung.

»Wir möchten unsere Aussage ergänzen, was wir am Donnerstag, dem 12. September, um 15 Uhr gemacht haben«, erklärte Isy. »Es war uns entfallen. Man wird ja nicht jeden Tag verhört.« Sie lächelte selbstbewusst.

Die Inspektoranwärterin ging zu ihrem Schreibtisch und suchte die Unterlagen heraus. »Und wo seid ihr nun gewesen?«

»Wir waren im Museum für Islamische Kultur.«

»Ach, tatsächlich!«

»Ja, wir wollten einen Bericht über den antiken Goldschmuck für unsere Wandzeitung schreiben. Natürlich wollten wir auch gleich mal sehen, wie er jetzt ausgestellt ist. Ein paar Fragen hatten wir auch.«

»Tja, ihr habt ihn ja damals wohl für das Museum gerettet.« Die Inspektorin strich sich durch das rotblonde Haar. »Von wann bis wann bitte genau?«

»Von wann bis wann … was?«

»Von wann bis wann wart ihr im Museum für Islamische Kultur?«

»Wir sind gleich nach dem Unterricht gefahren. Ich denke mal, es war so kurz nach zwei, als wir dort waren. Auf die Uhr geschaut hab ich nicht.«

»Wie lange habt ihr euch dort aufgehalten … ungefähr?«

Isy sah Amanda an. »Bis halb vier bestimmt, oder?«

Amanda nickte. »Ich war jedenfalls noch vor dem Abendbrot zu Hause.«

Die Inspektoranwärterin schrieb etwas in ihre Unterlagen. Sie sah kurz auf. »Zeugen?«

Isy verdrehte die Augen. »Hunderte! Wir waren ja nicht allein. Aber wir kennen sie natürlich nicht.«

»Wolltet ihr nicht etwas fragen?«

»Ja, wir wollten zum Direktor, aber dann … Es war dann nicht mehr so wichtig.«

»Habt ihr noch die Eintrittskarten?«

Auf diese Frage hatte Isy gelauert. »Ja, wir haben doch eine Jahreskarte, unsere Belohnung für unsere Hilfe bei dem Fall mit den Kunsträubern.«

»Hm. Habt ihr etwas gekauft? Wart ihr im Restaurant? Gibt es irgendwelche Belege?«

»Aber, Frau Inspektoranwärterin, bei den Preisen!« Isy lächelte spöttisch.

»In Ordnung. Vielen Dank für euren Besuch. Wir werden das überprüfen«, sagte die Inspektoranwärterin und reichte ihnen die Hand. Die Besprechung hatte bereits begonnen. Mit einem Seufzer dachte sie, dass eine Überprüfung des Alibis vermutlich ergebnislos blieb.

»Sie hat uns nicht geglaubt«, stellte Amanda fest, als sie das Dezernat verließen.

»Mach dir keinen Kopf! Dieses Museum ist das sicherste falsche Alibi, das es gibt! Hunderte von Besuchern und Aufsichtspersonen, die sich nicht jedes Gesicht merken können.« Isy strahlte zufrieden. »Die haben wir echt ausgetrickst, Amanda! Kurz und bündig. Und jetzt machen wir einen Besuch.«

Sie hatte Amanda nicht gesagt, was sie vorhatte, aber die Freundin erkannte das Haus sofort wieder. »Was wollen wir denn bei der?«

»Sie hat uns verpetzt, diese Tusse! Es kann nur sie gewesen sein! Wessen Vater ist denn bei der Polizei?«

Isy drückte auf den Klingelknopf und nach einigen Sekunden öffnete sich die Tür zögernd einen Spalt. Ein Gesicht schaute heraus wie ein neugieriger Specht aus seinem Astloch. Vor drei Wochen hatte Sophie genauso geguckt. »Was wollt ihr denn hier?«

»Nur eine Frage. Lässt du uns rein?«

»Eigentlich kommt gleich meine Mutter ...«

»Es dauert nicht lange.« Ungeduldig trat Isy von einem Fuß auf den anderen.

»Na schön, fünf Minuten!« Endlich gab Sophie den Weg auf die blaue Couch im Wohnzimmer frei.

»Du erinnerst dich an deinen Geburtstag«, begann Isy. »Wem hast du davon erzählt?«

Sofort stand die alte Wut in Sophies Gesicht geschrieben. »Wem soll ich davon erzählt haben? Du glaubst doch wohl nicht ...!«

»Ich glaube gar nichts. Ich erinnere dich nur, dass du dein Ehrenwort gegeben hast.«

»Das habe ich auch nicht vergessen!«

»Aber die Kripo weiß Bescheid.«

»Die Kripo?« Sophie Klawitter wurde aschfahl.

»Ja, die Kripo. Und sie interessiert sich dafür, was Amanda und ich ausgerechnet an diesem Donnerstagnachmittag gemacht haben. Ist das nicht merkwürdig?«

Sophie nickte und glitt schlaff in einen Sessel, als wären ihr die Beine eingeknickt.

»Merkwürdig finde ich auch, dass sich die Polizei überhaupt nicht für dich und Gummibärchen interessiert.« Isy holte tief Luft. »Aber unsere Namen und unsere Adressen kennen sie.«

Eine Weile starrten Isy und Amanda auf Sophie und die starrte ängstlich zurück. Wie eine trübe, kalte Wolke hing das Schweigen im Raum.

»Ich habe jedenfalls nicht mit der Kripo gesprochen, falls ihr das meint.« Sophies Stimme klang hilflos und dünn.

»Das musstest du gar nicht. Es reicht, wenn du es deinem Vater gesagt hast.«

»Ausgerechnet dem!« Sophie machte eine Handbewegung, die nicht leicht zu deuten war.

»Wahrscheinlich hast du Muffensausen gekriegt oder dein Vater hat es aus dir rausgeprügelt, was weiß ich«, knurrte Isy. »Jedenfalls hast du uns verpfiffen.«

»Ich habe euch nicht verpfiffen!«, brüllte Sophie.

»Aber wenn du es nicht warst, wer soll es dann gewesen sein? Herrgott, wir sitzen total in der Tinte, Amanda und ich! Meinst du, es macht Spaß, von der Kripo aus dem Unterricht geholt zu werden?«

Einen Augenblick sah es aus, als würde Sophie aus dem Zimmer stürzen. Dann riss sie sich zusammen. »Wer ... wer verhört euch denn?«

»Inspektoranwärterin Bündig vom Dezernat für ...«

Noch ehe sie es laut ausgesprochen hatte, spürte Isy, wie sie ein kalter Schreck durchfuhr. Verdammt! Sie hatte einen Fehler gemacht! Wie hatte sie bloß so blind sein können? Sophie Klawitter war unschuldig und ihr Auftritt hier voll peinlich!

Bevor Amanda kapierte, was los war, hatte sie die Freundin schon von der Couch gezerrt und der überraschten Sophie die Hand gedrückt.

»Tut mir leid. Vielleicht bist du wirklich ehrlich und hast mit der Sache nichts zu tun. Aber du verstehst, dass wir sauer sind? Bis jetzt haben wir unser Ehrenwort nicht gebrochen und der Kripo nichts gesagt. Also, halt auch du weiterhin die Klappe, denn wenn wir auspacken, bist du mit dran!«

»Ich weiß«, flüsterte Sophie und schob sie hinaus. »Kommt bloß nie wieder!«

»Wieso glaubst du plötzlich nicht mehr, dass sie uns verpetzt hat?«, wunderte sich Amanda auf dem Heimweg. »Das hat doch alles so gut gepasst.«

Es hatte zu nieseln begonnen und das Laub auf den Bürgersteigen war glitschig und glatt geworden. Sofort fingen die alten Leute an vorsichtig zu laufen.

»Weil ich blind war! Hast du nicht gelesen, was bei der Bündig an ihrer Tür steht? Vor Aufregung hab ich's irgendwie nicht gecheckt. Und als dieses Suppenhuhn Sophie uns dann fragte, wer uns verhört hat, da fiel bei mir der Groschen. Verstehst du?«

»Nein. Was steht denn an ihrer Tür?« Amanda war vor dem kleinen Reisebüro stehen geblieben. Seit ein paar Tagen warb es mit attraktiven Städtefotos, Fischattrappen und ausgestopften Wildgänsen für eine Seereise in den nordischen Herbst.

»Dort steht: *Dezernat für Eigentumsdelikte*. Weiß der Kuckuck, warum mir das nicht gleich komisch vorgekommen ist!« Isy klang kleinlaut. »Irgendwie war ich total überzeugt, dass sich das Drogendezernat für Tannhäusers Alkoholproblem interessiert. Aber die Bündig sitzt nicht im Drogendezernat. Die kümmert sich einen Dreck um besoffene Schüler!«

»Aber warum will sie dann wissen, wo wir am Nachmittag des 12. Septembers waren?«

»Das möchte ich auch gern wissen!«

Amanda warf einen letzten, sehnsüchtigen Blick auf den nordischen Herbst. »Dezernat für Eigentumsdelikte? Was heißt das konkret?«

»Die Bündig ist für Raubüberfälle, Einbrüche und Diebstähle zuständig.«

Amanda riss ihre blauen Augen auf. »Ist ja

schrill! Was haben wir denn mit Diebstählen zu tun?«

»Das ist die Eine-Million-Euro-Frage, Amanda!«

– 12 –

Das nächste Rätsel lag am anderen Morgen auf ihrem Platz. Es war ein Zeitungsausschnitt.

Sushi-Mädchen tricksen erneut Rentnerpaar aus! Anny K. schluchzt: »Gebt mir meine Perlen wieder!«

Schon wieder Sushi!

Isy klaubte das Stück Papier von ihrem Tisch und wollte es gerade in den Papierkorb werfen, als Amanda plötzlich mit hochrotem Kopf neben ihr stand. Empört hielt sie Isy den gleichen Zeitungsartikel hin. »Hast du das auch gekriegt?«

»Ja. Wirf's weg!«

»Hast du es schon gelesen?«

»Wozu?«

»Dann empfehle ich dir dringend es zu tun!«

Doch ehe Isy den Artikel lesen konnte, befand sie sich schon im Reich der Korb- und Lippenblütler und mitten in der Leistungskontrolle für Biologie.

Erst gegen Ende der Stunde, als Frau Schmalfuß Wolfsmilchgewächse an die Tafel zeichnete, konnte sie einen hastigen Blick auf den Text werfen. Unter der dramatischen Überschrift stand ein Interview mit dem ausgeraubten Ehepaar, von apfelgrünem Filzstift eingerahmt. Am Schluss waren die Termine angegeben, an denen die geheimnisvollen Sushi-Mädchen zugeschlagen hatten. Isy glaubte ihren Augen nicht zu trauen: Es waren exakt die Tage und die Uhrzeiten, zu denen man Amanda und sie befragt hatte!

Was aber hatte das alles mit ihnen zu tun? Wer hatte ihr und Amanda diese Schnipsel auf den Platz gelegt? Und warum?

Verwirrt ließ sie den Zeitungsausschnitt im Biobuch verschwinden. Viel zu langsam verstrichen ihr die Minuten, bis das Klingelzeichen sie endlich von Frau Schmalfuß und ihren langweiligen Gewächsen befreite.

Sofort stürzte sie zu Amanda. »Weißt du, wer in unserer Klasse einen grünen Filzstift hat?«

»Ich!«, sagte Amanda und hob einen grünen Marker hoch.

»Und wer noch?«

»So ziemlich jeder.«

Ärgerlich biss sich Isy auf die Unterlippe. Das hätte sie sich selber denken können. Aber wie sollten sie jetzt eine Nadel im Heuhaufen finden?

Sie gingen auf die Mädchentoilette, wo sich Amanda die Wimpern verlängerte.

»Ist dir klar, dass sich hier was zusammenbraut?«, fragte Isy. »Und zwar gegen uns!«

»Was haben wir denn mit diesen Sushi-Susis zu tun?«, entrüstete sich Amanda. »Hör mal, Süße, wir klauen doch alten Leutchen nicht die Perlen!«

»Jedenfalls gibt es in unserer Klasse jemanden, der uns so was zutraut. Wozu hätte er uns sonst die Zeitungsausschnitte auf den Platz legen sollen? Und die Bündig scheint die Vorsitzende des Verdächtigungsvereins zu sein! Blöderweise habe ich der auch noch erzählt, dass du Sushis machst!« Isy schüttete sich kaltes Wasser in ihr erhitztes Gesicht.

»Denk mal an den Mann vor dem Supermarkt!«, rief Amanda erregt. »Der hat auch behauptet, dass wir ... Und diese Hexe aus der Lesung erst!« Ihre Hand mit dem Kamm erstarrte mitten in der Luft. »Die scheinen alle zu denken, dass wir ...? Aber wieso?«

»Das kann ich dir leider auch nicht sagen.« Verzweifelt stützte sich Isy auf das Waschbecken und starrte in den Spiegel. In so einer Situation waren sie noch nie gewesen! Immer hatten sie die anderen verdächtigt und nun standen Amanda Bornstein und Isolde Schütze, die wackeren Helfer der Kriminalpolizei, wie aus heiterem Himmel selber unter Beschuss! Das war so absurd, als würde sich die Sonne allen physikalischen Gesetzen zum Trotz plötzlich um den Mond drehen.

Die Tür flog auf, zwei ältere Mädchen kamen herein und Amanda hatte ihre Wimpern endlich fertig.

Am Nachmittag gingen sie zu Amanda und legten die guten alten Spice Girls auf. Auch wenn das Leben sie längst in alle Winde zerstreut hatte, waren die Mädchen aus England ihre Lieblinge geblieben. Wie immer besänftigte sie die Musik in sorgenvollen Stunden wie ein lauer Sommerwind, wie ein Bad im spiegelglatten Meer.

Amandas Tee schmeckte gut. Es war grüner Tee, den sie mit Ingwer und Honig gewürzt hatte. Er wärmte sie innen und außen.

Während Amanda ihren Lieblingskaktus und gefährlichen Leibwächter Äschylos mit Wasser versorgte, versuchte Isy Ordnung in das Chaos ihrer Gedanken zu bringen. Hatten sie einen persönlichen Feind in der Klasse? Und wenn ja, was hatte dieser mit der Inspektoranwärterin Bündig, dem alten Mann vor dem Supermarkt und dem grauen Dutt aus Herrn Rimpaus Lesung zu tun?

Isy spürte selbst, wie unlogisch ihre Vermutung war. Es musste einen anderen Grund geben. Und war es nicht so, dass komplizierte Sachen häufig einen besonders einfachen Grund hatten? »Vielleicht haben wir Doppelgänger, Amanda? Diese berüchtigten Sushi-Mädchen?«

»Das erklärt aber nicht, wie sie auf unsere Namen und unsere Schule gekommen sind.«

»Hm.«

Amanda hatte Recht. Das erklärte es nicht. Aber vielleicht hatte eines der Sushi-Opfer ja zufällig ihr Bild in einer alten Zeitung gesehen? »Wir waren doch öfter in der Zeitung und immer standen unsere Namen darunter. Manchmal auch die Schule.«

»Die letzten Zeitungsfotos liegen fast schon ein Jahr zurück.«

»Es gibt ja auch alte Zeitungen, beim Friseur zum Beispiel oder in Arztpraxen. Manchmal denke ich, einige Exemplare stammen noch aus der Kreidezeit ...«

»Selbst wenn es so wäre, könnten sie uns nichts anhängen. Schließlich haben wir für alle Tage Alibis!«

»Das würde ich nicht so laut sagen. Außerdem, immer wenn ich bei dir war, haben wir keine Zeugen.«

»Wäre ja echt komisch, wenn man sich nur noch unter Zeugen besuchen dürfte!«

»Die Polizei sieht das aber leider anders.« Stöhnend streckte Isy die langen Beine aus. »Für Sophies Geburtstag haben wir jetzt zum Glück das wasserdichte, falsche Alibi mit dem Museum. Bleibt aber immer noch der Nachmittag des 2. Septembers.« Nervös fuhr Isy sich mit der Zunge über die Oberlippe. »Ich erinnere mich einfach nicht, ob wir beim Sport waren.«

»Aber ich!« Amanda sprang auf. »Da waren wir beide wirklich beim Sport. Ich hab in mein Tagebuch geguckt.«

»Ist ja krass! Du führst Tagebuch?«, staunte Isy.

Amanda errötete. »Nicht regelmäßig.«

»Wo ist es denn?«

»Versteckt!«

»Also, ich wusste echt nicht mehr, ob es dieser Montag oder der folgende gewesen war«, gab Isy erleichtert zu. »Das hab ich der Bündig auch gesagt. Dann müssten wir uns ja auch in die Liste eingetragen haben.« Zum ersten Mal seit dem Morgen spürte Isy, wie der Druck etwas nachließ. Zu schwer hatte ihr die Last der üblen Verdächtigungen auf der Seele gelegen! Wenn es wirklich stimmte und sie den beiden Trickdiebinnen ähnlich sahen, war es umso wichtiger, dass sie einwandfreie Alibis hatten. Und mit Amandas Tagebucheintrag würden sie der Bündig noch glaubhafter ihre Unschuld beweisen können. Genauso, wie sie auch noch herausfinden würden, wer die fiese Person war, die ihnen heute Morgen so hinterhältig die Zeitungsausschnitte auf ihren Platz geschmuggelt hatte. Isy merkte, wie ihre schlechte Laune verflog. »Wie wär's, Amanda, wenn wir jetzt ein bisschen in deinem Tagebuch blättern?«, fragte sie grinsend. »Oder hast du etwa Geheimnisse?«

– 13 –

Die Inspektoranwärterin Bündig dachte nach. Und zwar über zwei junge Mädchen mit sympathischer Ausstrahlung, über deren Tapferkeit und Zivilcourage in Polizeikreisen bisher nur Lobendes zu hören gewesen war. Was mochte geschehen sein, dass sie scheinbar urplötzlich auf die Seite des Verbrechens gewechselt waren?

»Scheinbar« war das wichtigste Wort bei diesen

Überlegungen. Denn etwas im Inneren der Polizistin weigerte sich diesen Wechsel zu akzeptieren. Ihr Instinkt für Gut und Böse wollte auch weiterhin an die Ehrlichkeit von Isolde Schütze und Amanda Bornstein glauben. Aber alles, was in dem ihr vorliegenden Bericht stand, sprach dagegen. Aus Erfahrung wusste sie, dass man einem Tatverdächtigen niemals glauben durfte. Diesen Fehler hatte sie einmal am Anfang ihrer Laufbahn gemacht. Seitdem hielt sie sich streng an die Fakten. Und darum würde sie sich die Mädchen erneut vorknöpfen müssen.

Seufzend griff die Inspektoranwärterin nach dem Telefonhörer und wählte eine Nummer. Während ihres gestrigen Karatetrainings hatte sich wieder einmal Gundula Schwarz, das erste Sushi-Opfer, bei ihr im Dezernat gemeldet. Beate Bündig hatte heute Morgen die Notiz auf ihrem Schreibtisch gefunden. Den Vorschlag, mit einem anderen Beamten zu sprechen, hatte die alte Dame abgelehnt. Die Inspektoranwärterin lächelte. Sicher wollte sie von ihr persönlich wissen, wie es inzwischen um die Ermittlungen stand. Natürlich hoffte sie, auf schnellstem Wege ihre gestohlene Rente zurückzuerhalten. Und ich kann sie auch nur wieder vertrösten, dachte Beate Bündig und ließ es lange klingeln. Bei alten Leuten musste man Geduld haben. Die waren nun einmal nicht mehr so schnell. Doch Gundula Schwarz meldete sich nicht.

Erst in der Mittagstunde, als die Inspektoranwärterin zum dritten Mal die Nummer der alten Frau wählte, erfuhr sie zu ihrer Bestürzung, dass Gundula Schwarz in der Nacht verstorben war.

»Das war die Aufregung wegen dieses Diebstahls!«, schluchzte die Tochter der Verstorbenen. »Das hat ihr altes Herz nicht mehr verkraftet.«

Bedrückt sprach die Inspektoranwärterin Bündig Valerie Schwarz ihr Beileid aus. Vielleicht hatte die Tochter ja Recht. Vielleicht aber war auch die Lebensuhr der Achtundachtzigjährigen in dieser Nacht ganz einfach abgelaufen? Sie würden es nie erfahren …

Trotzdem musste Beate Bündig wissen, weshalb die Verstorbene sie vierundzwanzig Stunden zuvor noch hatte sprechen wollen. Möglicherweise war ja die Tochter informiert.

»Sie war wegen irgendwas aufgeregt«, erinnerte sich Valerie Schwarz. »Ich hatte sie angerufen, aber sie sagte zu mir: ›Später, Valerie, jetzt hab ich keine Zeit. Jetzt muss ich erst mal mit der Inspektoranwärterin Bündig telefonieren.‹«

»Haben Sie später noch einmal miteinander gesprochen?«

»Am Abend nach der Tagesschau. Aber da war ihre Nachbarin gerade zum Fernsehen gekommen und wir haben uns nur noch eine gute Nacht gewünscht.«

An diesem Nachmittag stützte Beate Bündig immer wieder grübelnd den Kopf in die Hand. Was wäre gewesen, wenn sie das Karatetraining nicht gestern Nachmittag, sondern erst heute Nachmittag gehabt hätte? Was hätte sie von Gundula Schwarz noch erfahren? Und warum war die alte Dame so aufgeregt gewesen? Hatte ihr gutes Zureden etwas genutzt und hatte sie sich doch noch an etwas erinnert? Und wenn ja, wäre es vielleicht sogar entlastend für Isolde Schütze und Amanda Bornstein gewesen?

Sie erhob sich und ging über den Flur, auf dem es aus einigen Büros nach frischem Kaffee roch. Bei ihrem Chef Oberinspektor Roth aber duftete es nach frisch gebrühtem Tee.

»Was willst du dazu?«, fragte er, als er ihr eine Tasse von dem goldschimmernden Darjeeling eingoss. »Steinharten Zwieback oder lieber uralten Keks?«

»Mir genügt eine Auskunft«, sagte die Inspektoranwärterin bescheiden. »Hast du inzwischen jemanden ins Museum für Islamische Kultur geschickt und hat er etwas in Erfahrung gebracht?«

Ihr bärtiger Vorgesetzter nickte. »Ja, und ich würde sagen, es wird eine Überraschung für dich!«

– 14 –

Dieses Mal holte man sie nicht aus dem Unterricht. Diesmal lauerte die Polizei geduldig in ihrem Wagen vor der Schule auf sie. Trotz Sonnenbrille und Baskenmütze hatte Isy nach Schulschluss

Beate Bündig sofort erkannt. »Auch das noch!«, stöhnte sie leise.

»Wir müssen noch einmal miteinander sprechen«, sagte die Kriminalbeamtin kühl. »Wo sind wir hier ungestört?«

Isy zuckte die Schultern. In und um die Schule war doch alles öffentlich.

Die Polizistin schien das ebenfalls so zu sehen. Zielstrebig steuerte sie den Schulhof an. Jetzt, wo die Schülerschaft nach Hause strömte, war er wie leer gefegt. »Dort steht ein herrlicher alter Baum«, sagte Beate Bündig bewundernd. »Lasst uns zu ihm gehen.«

»Das ist unser Frühstücksbaum«, erklärte ihr Amanda. »Eine sechzig Jahre alte Kastanie.«

Die Inspektoranwärterin überlegte, unter was für einem Baum sie wohl seinerzeit mit ihren Freundinnen in den Pausen ihr Schulbrot verzehrt hatte. War es eine Eiche gewesen? Oder eine Linde? Wie schade, dass sie so wenig von Bäumen verstand. »Ich muss noch einmal auf eure Alibis zurückkommen«, begann sie ohne Umschweife. »Die meisten sind ja mangels Zeugen für uns nicht nachprüfbar.«

»Haben Sie denn immer Zeugen gehabt, wenn Sie bei einer Ihrer Freundinnen gewesen sind?«, fragte Isy patzig.

»Nicht immer.« Die Inspektoranwärterin hob eine aufgeplatzte Kastanie vom Erdboden auf und schälte sie aus ihrer stachligen Hülle. Dann ließ sie die glänzende Frucht für ihren Sohn Moritz in der

Jackentasche verschwinden. »Es ist klar, dass in solchen Fällen einer für den anderen als Zeuge herhalten muss. Du für Amanda und Amanda für dich. Kein Problem, solange ihr die Wahrheit sagt.« Sie wischte eine Strähne aus der Stirn. »Wie sieht's denn mit Montag, dem 2. September, aus? Habt ihr was herausgefunden, ob ihr beim Nachmittagssport wart?«

»Ja. Amanda hat's in ihr Tagebuch geschrieben!«

»In ein Tagebuch kann man alles Mögliche schreiben. Auch nachträglich. Solche Einträge sind kein Beweis. Erinnert ihr euch, wer die Anwesenheitsliste geführt hat?«

»Frau Köhler-Kant, wer sonst?«

»In diesem Fall nicht. Eure Sportlehrerin war in der fraglichen Woche auf einem Lehrgang. Ich hatte vor wenigen Minuten eine Unterredung mit ihr.« Beate Bündig schmunzelte über die verblüfften Mienen der Mädchen. »Sie meinte, dass einer von den Schülern die Liste geführt haben muss.«

»Wir jedenfalls nicht«, brummte Amanda.

»Wir werden uns darum kümmern.« Isy sah auf ihre Uhr. »War's das?«

»Nein. Es geht noch einmal um diesen 12. September, ein Donnerstag, wie ihr euch ja erinnern könnt, die Zeit um 15 Uhr.«

Isy spürte, wie ihre Achselhöhlen feucht wurden. Die konnte einen wirklich schwach machen, diese Tussi! Was hackte sie denn jetzt schon wieder auf diesem verflixten 12. September herum? Misstrauisch presste sie die Lippen zusammen.

»Das haben wir doch schon alles gesagt!«, antwortete Amanda für sie mürrisch. »Wir waren im Museum.«

»Ab wann genau bitte?«

»Gleich nach dem Unterricht. Mit der S-Bahn braucht man gut zwanzig Minuten. Wir waren also kurz nach zwei da.«

»Das wisst ihr ganz genau?«

»Natürlich.«

»Und ihr wart ganz bestimmt im Museum für Islamische Kultur? Nicht nur im Pergamonmuseum? Ich meine, sie befinden sich ja beide im selben Gebäude.«

»Das wissen wir.«

»Also, Islam?«

»Islam!«, log Isy ungerührt.

»Dann sagt ihr leider nicht die Wahrheit. Das Pergamonmuseum hatte an diesem Nachmittag zwar geöffnet, das stimmt, aber den Bereich für die Islamische Kultur hatte man ab 13 Uhr aus Sicherheitsgründen wegen des Staatsbesuches des Königs von Tonga für Besucher gesperrt.« Die grünen Augen hinter der Brille blitzten triumphierend. »Ihr hättet schon zum Hofstaat gehören müssen, um dort Einlass zu bekommen.«

Betroffen starrten die Mädchen auf den Boden, aber er tat sich nicht auf und verschlang sie. Kalter Wind blies ihnen um die Ohren und Beate Bündig nahm ihre Brille ab.

»Ich glaube, wir fahren jetzt besser mal auf die Inspektion.«

Wieder saßen sie in dem kleinen Büro der Inspektoranwärterin. Dieses Mal war der bärtige Oberinspektor Roth mit dabei. Und wieder wurden die Alibis wie eine schwer genießbare Speise durchgekaut. Isy hatte das in vielen Filmen gesehen und in vielen Krimis gelesen, aber es war etwas ganz anderes, wenn man es selber erlebte. Das Gefühl, dass niemand in diesem Raum ihnen Glauben schenkte, war einfach zum Ersticken! Natürlich rochen die Beamten mit dem sicheren Instinkt geschulter Polizisten geradezu, dass mit diesem 12. September etwas nicht stimmte. Aber solange sie die Klappe hielten und ihnen der Trickbetrug an den alten Leuten nicht nachgewiesen werden konnte, hatten sie nichts zu befürchten. Daran glaubte Isy fest. Sie waren unschuldig und irgendwann würde die Polizei das einsehen müssen!

»Wo seid ihr an diesem Nachmittag wirklich gewesen?« Beate Bündigs Stimme klang jetzt scharf und ließ keinen Zweifel daran, dass die Inspektoranwärterin auch anders konnte. »Wenn ihr es so wollt, dann haben wir jede Menge Zeit und eure Eltern werden sicher sehr erfreut sein, wenn sie euch in den späten Abendstunden hier abholen dürfen.«

Jetzt brachte sie auch noch ihre Eltern ins Spiel! Ohne Vorwarnung begann Amanda zu schluchzen. Auch Isy spürte, wie ihr Widerstand Risse bekam. Wie lange würden sie das noch aushalten können?

»Hören Sie, Sie verwechseln uns! Alle verwechseln uns!«, würgte Isy hervor. »Wir sind nicht die gesuchten Sushi-Mädchen! Bitte glauben Sie uns doch!«

Die Inspektoranwärterin Bündig, die bis jetzt am Fenster gestanden und auf die Straße geguckt hatte, fuhr herum. »Was für Sushi-Mädchen?«, fragte sie ruhig.

Isy merkte, dass sie einen Fehler begangen hatte.

»Habe ich bei unseren Zusammenkünften jemals von den Sushi-Mädchen gesprochen?« Beate Bündig verließ ihren Fensterplatz und setzte sich an den Tisch. »Es ging immer nur um Termine und Alibis. Aber wenn wir schon beim Thema sind, was könnt ihr uns denn über diese beiden Diebinnen sagen?«

Isy sah es ein: Lügen war nach diesem schrecklichen Patzer zwecklos! »Jemand aus unserer Klasse hat uns einen Zeitungsartikel über diese Sushi-Mädchen auf den Platz gelegt. Darin stand, wann sie zugeschlagen haben. Es waren dieselben Termine, zu denen Amanda und ich hier befragt wurden.«

»Wisst ihr, wer euch diesen Artikel hingelegt hat?«

Isy schüttelte den Kopf.

»Habt ihr den Eindruck, dass er euch verdächtigt?«

»Man kann den Eindruck bekommen ...«, murmelte Isy.

»Uns verdächtigen ja alle!«, platzte Amanda heraus. »Der Mann vor dem Supermarkt hat gleich nach der Polizei gebrüllt, dabei kannten wir den gar nicht. Angeblich sollen wir ihm seine Rente und eine goldene Krawattennadel gestohlen haben!«

»Und die alte Frau auf der Autorenlesung erst!«, ergänzte Isy, froh endlich darüber reden zu können. »Sie war so aus dem Häuschen, dass sie gleich eine Hundertschaft Polizisten für uns angefordert hat!«

Typisch Emily Wirsing, dachte Beate Bündig amüsiert.

»Darum glauben wir, dass wir bestimmt Doppelgänger haben«, sagte Isy.

»Hm, das könnte durchaus sein ...« Die Inspektoranwärterin neigte den Kopf. »Amanda, du machst doch diese Sushis selber. Weißt du, was Futo-Maki sind?«

»Wer weiß das nicht?« Amanda lächelte schwach.

Beate Bündig seufzte. Bisher sprachen die Indizien eindeutig gegen die beiden Mädchen. »Ich soll also Vertrauen zu euch haben? Ich soll an eine Verwechslung glauben? Okay, vielleicht. Aber dann fordere ich von euch, dass ihr auch Vertrauen zu mir habt. Wo bitte wart ihr am Donnerstag, dem 12. September, gegen 15 Uhr?«

Sie gab einfach nicht auf!

Zuerst war die Stille im Raum still. Dann wurde sie laut. Dann dröhnend. Isy holte so tief Luft, wie sie noch niemals Luft geholt hatte. Es schmerzte richtig in der Brust. »Wir haben versprochen darüber zu schweigen. Amanda und ich haben unser Ehrenwort gegeben!«

»Und Ehrenwörter sollte man nicht brechen«, sagte der Oberinspektor Roth. Aus seiner Stimme klang Verständnis. »Nur liegt der Fall jetzt etwas anders. Ich meine, ihr solltet eine Ausnahme machen. Denn wer immer euch an dieses Ehrenwort bindet, würde sicher nicht wollen, dass ihr unter einen noch schwereren Verdacht geratet, oder?«

Einen noch schwereren Verdacht? Wie meinte er das? Beunruhigt suchte Isy Beate Bündigs Blick.

Die verstand. »Es geht nicht mehr nur um den Raub von Renten, Kameras und Schmuck«, sagte sie leise. »Eine alte Dame ist vorletzte Nacht an den Folgen der Aufregung über den Diebstahl ihrer Rente verstorben. Sie war das erste Opfer im Sushi-Fall. Vielleicht hätte ihr altes Herz ja ohnehin aufgehört zu schlagen. Wer weiß das schon genau? Aber durch ihr gewissenloses Handeln haben die Trickbetrügerinnen zumindest einen moralischen Anteil an ihrem Tod.«

»Das … das haben wir nicht gewusst!«, stammelte Isy entsetzt. Ihre Lippen zitterten und auch Amanda sah jetzt aus wie Signore Georgios Zitronensorbet. »Wir können nur wiederholen, dass wir es nicht waren. So gemein sind wir nicht! Da können Sie alle fragen, die uns kennen!«

»Aber eine Person aus eurer Klasse traut es euch doch offensichtlich zu.« Beate Bündig erhob sich und strich ihren Rock glatt. »Ich schlage vor, wir treffen uns in achtundvierzig Stunden in diesem Raum hier. Bis dahin bummele ich endlich mal meine Überstunden ab und ihr könnt euch überlegen, ob ihr euer Ehrenwort brecht und mit uns zusammenarbeiten wollt!«

– 15 –

Niemand erkannte die Katastrophenweiber wieder! Reglos und stumm hockten sie in ihren Schulbänken, käsebleich und unkonzentriert. Isy hatte die ganze Nacht kaum ein Auge zugemacht, Amanda ebenso. Ihre Lider waren schwer wie Blei.

»Wenn wir die Wahrheit sagen, haben wir es hinter uns!«, hatte Isy bei der morgendlichen Begrüßung geseufzt. »Oder willst du vielleicht, dass sie bei uns eine Hausdurchsuchung machen?«

Amanda aber hatte sich nur stumm auf die Lippen gebissen.

Isy begriff, dass die Angst vor dem Internat tiefer in ihr saß als die Angst vor der Polizei. Jetzt reicht's, dachte Isy, noch heute würde sie den Hauptkommissar Leo Buschklopfer anrufen. Vielleicht konnte der Polizeipensionär der Bündig mal die Leviten lesen, damit man sie nicht immer wie Kriminelle behandelte! Isy fühlte sich wie ein Tier im Käfig!

Auch an diesem Morgen hatte bei ihrem Eintritt in die Klasse wieder ein Zeitungsausschnitt auf ihren Plätzen gelegen. Es war ein Interview mit Valerie Schwarz über den tragischen Tod ihrer

Mutter. *Sind die Sushi-Mädchen am Tod der alten Frau schuld?*, lautete die Überschrift und dieses Mal hatten alle in der Klasse schweigend zugeschaut, wie sie die Artikel in winzige Stücke gerissen und mit gewollt gleichgültigen Mienen in den Papierkorb geschnipst hatten, bevor sie sich wieder an ihre Plätze begaben.

Später hatte Isy verzweifelt Sassis und Binis Blick gesucht. Die hatten so getan, als gäbe es plötzlich über dem alten Schrank etwas unglaublich Spannendes zu sehen. Hatte Sophie etwa doch gequatscht? Oder hatte hier jemand zu viel Fantasie? Sie würde es schon noch herausfinden, nahm sich Isy grimmig vor. Doch erst einmal mussten sie wohl durch diese Schmach hindurch!

Auch in der Pause standen sie allein auf dem Hof. Keines der Mädchen ließ sich bei ihnen blicken. Sie wurden ganz offensichtlich gemieden. Ein böses Gerücht hatte offenbar gereicht, um ihren guten Ruf in der Klasse zu ruinieren. Isy schwankte zwischen Enttäuschung und Wut. Wie sagte ihre Oma Dora immer? *Freunde in der Not …*

Wie viele gingen da gleich auf ein Lot? Isy hatte es vergessen. Aber allzu viele konnten es wohl nicht sein. Es war ein ziemlich bitterer Spruch und Oma Dora zitierte ihn stets mit ihrem Ach-ich-könnte-euch-was-erzählen-Gesicht.

Bevor Isy und Amanda sich an diesem Tag auf den Heimweg machten, klopften sie noch an der Lehrerzimmertür und fragten, ob Frau Köhler-

Kant zu sprechen sei. Sie hatten Glück, die Sportlehrerin war gerade aus der Turnhalle zurück. Sie war eine kleine, stämmige Frau, die im Sportunterricht die Mädchen der 7b ganz schön scheuchte. Beliebt war sie nicht. Isy erklärte ihr Anliegen. Sie mussten wissen, wer in der ersten Septemberwoche während Frau Köhler-Kants Lehrgang die Anwesenheitsliste beim Nachmittagssport geführt hatte.

»Das bin ich gestern schon einmal gefragt worden«, wunderte sich die Lehrerin. »Sogar von einer Polizeibeamtin. Was habt ihr denn ausgefressen?«

»Eben nichts«, sagte Isy. »Und das müssen wir beweisen.«

»Es ist mir auch wieder eingefallen«, fuhr Frau Köhler-Kant fort. »Das muss der lange Schmitt aus der 7a gewesen sein. Dummerweise finde ich die Liste in meinen Unterlagen nicht. Ich nehme an, er hat sie noch.«

Der lange Schmitt also!

Sie bedankten sich und verließen die Schule.

»Rufst du ihn an oder soll ich das tun?«, erkundigte sich Isy.

»Mach du!«

An der gewohnten Ecke neben dem kleinen Reisebüro blieben sie stehen. Heute ging Isy nicht mit zu Amanda und Amanda nicht mit zu ihr. Die Situation war nicht so.

»Jetzt sind es nur noch vierundzwanzig Stunden!«, flüsterte die Freundin verzagt.

»Meinst du, die sperren uns ein?«

»Wenn wir die Wahrheit sagen, bestimmt nicht.«

»Du kannst uns jetzt nicht in die Pfanne hauen! Du selber hast uns doch den Schwur abgenommen! Hast du das schon vergessen?«

Natürlich hatte sie es nicht vergessen. Aber damals war alles ganz anders gewesen. Wer konnte ahnen, dass keine drei Wochen später ein solcher Makel an ihnen kleben würde?

»Die Situation ist jetzt aber leider anders!«

»Trotzdem!«, jammerte Amanda. »Ich will nicht ins Internat! Mir reicht es schon, dass ich jetzt eine Zahnspange kriegen soll! Und wenn sie mich erst mal in ein Internat gesteckt haben, dann ist es aus mit unserer Freundschaft und wir können uns nur noch alle paar Monate sehen.«

»Stimmt«, murmelte Isy matt. »Na, Kopf hoch! Vielleicht fällt mir ja doch noch was ein!«

»Wirklich?«

Getröstet trottete Amanda davon. Sie glaubt immer an mich und meine rettenden Einfälle, dachte Isy gerührt. Wie gut, dass Amanda nicht ahnte, wie rettungslos sie dieses Mal in der Tinte saßen!

Die Wohnung war leer. Von ihrem Bruder Benedikt lag ein Zettel in der Küche.

Bin mit Sandra im Kino.

Wird vermutlich spät. Benni.

Es war tatsächlich ein Rätsel, wann der seine Schularbeiten machte. Wahrscheinlich würde er mit Pauken und Trompeten durchs Abi rauschen!

Ihr würde das nicht passieren. Sie war auf der

Hut. Wer bei der Polizei die gehobene Laufbahn einschlagen wollte, musste sich schon frühzeitig auf den Hosenboden setzen! Das hatte sie der schlaue Hauptkommissar a. D. Leo Buschklopfer gelehrt. Leo Buschklopfer?

Isy fiel ein, dass sie ihn anrufen wollte, stürzte zum Telefon und wählte die Nummer des pensionierten Kripo-Beamten, aber es war nur der Anrufbeantworter eingeschaltet. Verzagt legte sie auf. Ihre Geschichte eignete sich nicht dazu, sie einer Maschine zu erzählen.

Zum Trost steckte sich Isy ein Mars in den Mund, doch im nächsten Augenblick verschluckte sie sich vor Schreck beinahe daran. Würde sie dennoch die gehobene polizeiliche Laufbahn einschlagen können, wenn sie und Amanda vorbestraft waren? Panik überfiel sie. Diese gemeinen Betrügerinnen waren tatsächlich dabei, ihr Leben zu zerstören! Und keiner schützte sie! Die konnten sogar unverdrossen weiterlügen und -betrügen, während sich die Ermittlungen der Polizei auf zwei Unschuldige konzentrierten. Und wie sie auf ihren Alibis herumhackten!

Der lange Schmitt fiel ihr ein und sie suchte in den dicken Telefonbüchern der Hauptstadt seine Nummer heraus. Es dauerte ewig. Halb Berlin hieß anscheinend Schmitt, und als sie ihn gefunden hatte, war es auch noch der falsche Schmitt! Erst beim dritten Versuch hatte sie ihn endlich am Ohr. Seine Stimme im Paternoster des Stimmbruchs war unverkennbar. Isy erklärte ihm höflich den

Sachverhalt und fragte, ob sie mal die Anwesenheitsliste vom 2. September einsehen könne.

»Pech für euch, da müsst ihr die Müllabfuhr fragen!«, krächzte der lange Schmitt. »Ich hab doch kein Büro hier!« Dann legte er auf.

So ein Idiot!

Niedergeschlagen teilte sich Isy mit ihrer Katze Selma ein Glas Milch und verzog sich, um die Hausaufgaben zu erledigen, in ihr Zimmer. Es handelte sich dabei um eine ehemalige Abstellkammer, gerade groß genug für ein vollgestopftes Bücherregal, eine Liege, ein Pult, eine Kommode und einen Schrank. Amanda nannte es spöttisch »Isys Schachtel«. Doch eine »Schachtel« war besser als gar kein eigenes Zimmer, fand Isy. Die räumliche Enge störte sie nicht. Ihr Bruder hatte eben Glück gehabt und das einzige Jugendzimmer der kleinen Mietwohnung erwischt. Vielleicht zog er ja bald aus?

Isy schlug das Matheheft auf und starrte aus dem Fenster. Diese unwichtigen Wurzeln! Hatte sie nicht ganz andere Aufgaben zu lösen?

Erneut erwog sie die Chancen, morgen im Büro der Inspektoranwärterin Bündig auszupacken. Die Sache mit dem Tod der Rentnerin Gundula Schwarz setzte ihr zu. Im Verdacht zu stehen, daran mitschuldig zu sein, war an der Grenze dessen, was sie für ein Ehrenwort zu ertragen bereit war.

Und wem zum Kuckuck würde sie denn wirklich damit schaden? Tannhäusers Eltern wussten ja sowieso über ihren Sohn Bescheid. Und Sophie hatte im Grunde nichts zu befürchten. Sie war ja nicht Täter, sondern Opfer gewesen. Nicht einmal eingeladen hatte Sophie sie an ihrem Geburtstag! Das würde selbst ihr spießiger Vater einsehen müssen! Isy nahm an, dass ihre Eltern ihr glauben würden, dass sie den Breezer mit dem weißen Rum für Orangensaft gehalten hatte. Heikler sah es schon mit Gummibärchen und Amanda aus. Hagen würde vermutlich eine saftige Abreibung von seinem Vater beziehen, doch Gummibärchen hatte ein dickes Fell. Ganz anders Amanda! Die begann schon bei dem Gedanken an ein Internat zu schlottern. Doch konnte es nicht sein, dass sie ein bisschen übertrieb? Dass ihre Mutter nur geblufft hatte?

Herrgott noch mal, Amanda übertrieb doch immer!

Kurz entschlossen warf Isy den Stift hin und stürzte zum Telefon. »Amanda«, begann sie, kaum dass sich die Freundin gemeldet hatte. »Mit dem Verdacht, dass wir alte Leute beklaut haben, kann ich gerade noch leben. Aber dass sie uns jetzt vorwerfen, diese alte Frau …«, Isy schluckte, »… sei vielleicht wegen uns gestorben, das halt ich einfach nicht aus!«

»Ich auch nicht«, murmelte Amanda erstickt.

»Dann sollten wir der Bündig morgen wirklich die Wahrheit sagen!«

Als Antwort quoll aus dem Hörer vorwurfsvolles Schweigen.

»Aber vielleicht meint es deine Mutter ja auch gar nicht so ernst?«

»Komm doch her und überzeuge dich!«, brüllte Amanda so unvermittelt, dass Isy erschreckt den Hörer vom Ohr weghielt. Okay, das konnte ihre Freundin haben! Isy riss ihre Jacke vom Garderobenhaken und warf die Wohnungstür ins Schloss.

Eine Viertelstunde später starrte Isy betroffen auf einen Stapel Hochglanzprospekte verschiedenster Internate. Amandas Mutter hatte sich Unterlagen aus ganz Deutschland und der Schweiz kommen lassen.

»Sie hat sie in der Biedermeiertruhe zwischen den Sommersachen versteckt!«, jammerte die Freundin. »Glaubst du mir nun?«

Isy nickte stumm.

Den ganzen Heimweg quälte sie der Gedanke, dass Amanda im Falle ihrer Aussage tatsächlich ihre Koffer packen und in einem anderen Bundesland die Schule besuchen müsste! Und sie, Isolde Schütze, würde schuld sein, wenn man ihre beste Freundin in die Verbannung schickte! Sie würde schuld sein, wenn Amanda Heimweh hätte, wenn ihre guten schulischen Leistungen abfielen und wenn sie vielleicht sogar vor Kummer ihr Abi vermasselte.

Ach, und noch schlimmer! Wenn sie sich jetzt aus den Augen verlören, würden sie sich vielleicht erst wieder in vierzig Jahren dank alter Fotos und der Neugier ihrer Kinder oder Enkelkinder und nach langem Suchen wiederfinden! Bei diesem Gedanken schossen Isy Tränen in die Augen. So weit durfte es nicht kommen!

Doch welche andere Möglichkeit hatten sie schon, ohne weiterhin zu lügen? Wenn ihr doch nur jemand einen guten Rat geben könnte! Aber wer?

Erst als sie die Hausaufgaben beendet hatte und Herrn Rimpaus gelben Nelken frisches Wasser gab, fiel es ihr wie Schuppen von den Augen. Hatte der Autor nicht immer einen guten Rat für sie und Amanda gehabt? Erleichtert wählte sie seine Nummer. Es dauerte eine Weile, bis er sich meldete. »Hier ist Isolde!«, sagte sie hastig. »Sie kriegen noch Ihre Blumen. Äh, ich meine natürlich, frische.«

»Ich hatte mich schon gewundert, wo ihr auf meiner Lesung plötzlich geblieben seid«, bekannte der Autor. »Gab es Probleme?«

»Jede Menge! Aber davon später. Heute habe ich nur eine klitzekleine Frage. Was würden Sie tun, wenn Sie in einer scheinbar aussichtslosen Situation sind und Ihnen niemand hilft?«

Der Autor musste nicht erst lange nachdenken. »Ich denke, ich würde mir selber helfen, Isolde!«

– 16 –

Manchmal konnte es so einfach sein! Die Antwort des Schriftstellers hatte Isy ermuntert, ja richtig wachgerüttelt. Im Klartext hieß das: Sie sollten nicht abwarten, bis der Polizei endlich die Sushi-Mädchen ins Netz gingen! Nein, sie und Amanda mussten die Trickdiebinnen selber erwischen. Gleich morgen würden sie beginnen!

Attacke!

Am nächsten Morgen fehlte Amanda im Unterricht.

Eine Viertelstunde hatte Isy an ihrem morgendlichen Treffpunkt, dem kleinen Reisebüro, ausgeharrt, bis sie sich beeilen musste, um nicht zu spät zu kommen. Was war los mit Amanda?

Amanda erschien zu Beginn der dritten Stunde. Sie hatte verschlafen. Mürrisch schob sie sich in ihre Bank und starrte in die Luft. Ihre angespannte Situation und das feindselige Verhalten in der Klasse machten ihr zu schaffen. Eine kleine Aufmunterung würde ihr sicher guttun.

Isy wartete, bis ihnen der Geschichtslehrer den Rücken zuwandte, und warf Amanda ein zusammengeknülltes Zettelchen zu.

Liebe Mandi!

Wünsche gut geruht zu haben! Mach dir keine Sorgen mehr. Mir ist was eingefallen, eine neue Strategie!

Isy

Was für eine Strategie?, antwortete Amanda blau kariert.

Wart's ab!, lautete die grün linierte Luftpost von Isy.

In der großen Pause standen sie wieder allein auf dem Hof.

»Lag heute früh was auf meinem Platz?«, erkundigte sich Amanda ängstlich.

Isy schüttelte den Kopf. Aus den Augenwinkeln sah sie zwei vertraute Gestalten auf die Kastanie zukommen. Aber es waren nicht Saskia und Binette. Die hielten Abstand, als hätten sie die Windpocken. Es waren Gummibärchen und Tannhäuser.

»Was wollt ihr denn hier?«, fragte Amanda.

»Aha, man ist nicht willkommen!«, stellte Gummibärchen bekümmert fest.

»Wundert dich das?«, fauchte Amanda.

»Dass ihr überhaupt noch mit uns redet!«, spottete Isy. »Irgendwer in der Klasse hat uns doch quasi über Nacht zu Unpersonen erklärt!«

»Wir glauben nun mal nicht alles, was gequatscht wird.«

Für diese Worte hätte Isy Gummibärchen küssen können!

»Was macht denn euer neuer Fall?«, fragte Tannhäuser.

»Was für ein neuer Fall?«, wunderte sich Amanda.

»Ja, äh, wir haben einen neuen Fall!«, erklärte

ihr Isy. »Unseren eigenen nämlich. Das ist die neue Strategie, Amanda. Wir müssen uns endlich wehren!«

»Das macht ja echt neugierig.« Gummibärchen lächelte listig. »Wenn ihr uns braucht ...«

»... unsere bewährte Hilfe ...«, ergänzte Tannhäuser.

»... wisst ihr ja, wo wir zu finden sind!«, schloss Gummibärchen.

Dann schlurften sie wieder zu ihrem Stammplatz an den Fahrradständern zurück.

Das Hilfsangebot kam Isy äußerst gelegen. Noch vor Schulschluss verabredeten sie sich mit Tannhäuser und Gummibärchen bei Amanda um drei. Natürlich war den Mädchen klar, dass die Jungen in der Pause nicht aus reiner Nächstenliebe unter der alten Kastanie erschienen waren. Schließlich hatte es sich für sie immer bezahlt gemacht, den Katastrophenweibern aus der Klemme zu helfen. Egal ob es dabei um Tierschmuggel, Kidnapping, einen Post- oder einen Kunstraub ging.

Mitunter waren die Freundinnen gar nicht begeistert über ihre Einmischung gewesen, aber am Ende waren die Jungen kühn mit ihnen über Dächer geflohen, hatten ihre Fesseln mit Taschenmessern durchtrennt, sie aus finsteren Kellern befreit und vor fiesen Verbrechern beschützt.

Daran erinnerte Isy Amanda jetzt, als diese mürrisch einen Armvoll Cola-Dosen in den Kühlschrank schob. Amanda war schon als gute Gastgeberin auf die Welt gekommen und machte auch bei

Typen wie Tannhäuser und Gummibärchen keine Ausnahme.

»Wenn sie uns helfen, erwischen wir die blöden Sushi-Zicken bestimmt schneller als allein! Acht Augen sehen mehr als vier.«

»Deren Augen wollen nur Geld sehen!«

»Ich glaube, die sind froh, wenn wir wegen Sophies Geburtstag die Klappe halten.«

»Na, hoffentlich!« Trotz Isys Überzeugung hatte Amanda Zweifel. Aber hatte sie eine Wahl? Isys neue Strategie war der seidene Faden, an dem sie zitternd über dem Abgrund schwebte.

In zwei Stunden würden sie auf der Inspektion antanzen müssen, und was danach aus ihnen wurde, wusste sowieso kein Mensch.

Tannhäuser und Gummibärchen waren pünktlich.

Kaum hatten sie am Küchentisch Platz genommen, legte Isy schon los. Sie begann ihren Bericht mit dem Wutausbruch des Mannes vor dem Supermarkt, erzählte dann von dem merkwürdigen Verhalten der Zuhörerin bei Herrn Rimpaus Lesung und endete mit der polizeilichen Befragung im Dezernat für Eigentumsdelikte. »Wie stehen wir denn jetzt da?«, fragte sie empört.

»Wow, ihr zieht wirklich Katastrophen an!«, nuschelte Tannhäuser fasziniert. »Wie sind die denn überhaupt auf euch gekommen?«

»Das haben sie nicht gesagt. Wir vermuten, über alte Zeitungsfotos. Offenbar sehen wir den Trickbetrügerinnen ziemlich ähnlich.«

»Habt ihr eine Ahnung, wer euch das Ding mit den Sushis an die Backe kleben will?«, erkundigte sich Gummibärchen.

»Alle!«, stöhnte Amanda.

»Vor allen Dingen die Kripo«, seufzte Isy unglücklich. »Und zu allem Unglück hat der lange Schmitt die Anwesenheitsliste vom 2. September weggeschmissen. Und natürlich haben wir für Sophies Geburtstag kein Alibi. Zwar haben wir volle Kanne gelogen, aber das hat die Bündig gemerkt. Deshalb erwartet sie uns heute noch mal auf der Inspektion. Mit anderen Worten, wir sollen unser Ehrenwort brechen!«

Einen Augenblick war es totenstill in der Küche. Auf Gummibärchens Stirn perlte Schweiß. Auch Tannhäuser räusperte sich nervös. »Was werdet ihr sagen?«

Isy zuckte verzweifelt die Schultern. »Dass wir zu unserem Ehrenwort stehen.«

»Weil du uns zu diesem Ehrenwort verdonnert hast!«, erinnerte Amanda unbarmherzig. »Jetzt können wir nicht mehr zurück! Oder sollen wir Sophie verpetzen? Oder soll sich Hagen von seinem Alten vertrimmen lassen? Oder soll ich bis zum Abi in so einem blöden Internat versauern?«

Isy schüttelte den Kopf. »Sagt doch keiner! Entspann dich!«

»Wenn ich es richtig sehe«, nuschelte Tannhäuser, »müssen wir die Sushi-Susen kriegen, damit ihr rehabilitiert seid!«

Er hat *wir* gesagt, dachte Isy erleichtert. Sie würden mitmachen!

»Damit sie … was sind?«, fragte Gummibärchen.

»Damit unser guter Ruf wiederhergestellt ist«, klärte ihn Amanda auf.

»Wie sieht es denn mit Zeitungsmaterial über die Fälle aus?«, erkundigte sich Tannhäuser. »Wir müssen uns über alles informieren!«

Gummibärchen nickte. »Mache ich. Unsere Nachbarin liest alles und hebt alles auf. Mein Vater sagt immer, die kommt eines Morgens mal gar nicht mehr aus ihrer Bude raus vor lauter Papierkram!«

»Aber wie sollen wir sie denn erwischen, wenn das nicht mal der Polizei gelingt?« Amanda wirkte verzagt.

»Das kann doch nicht schwer sein, wenn sie euch so ähnlich sehen«, brabbelte Gummibärchen. »Reggi und ich müssen eben mal alle Schulen in der Umgebung abgrasen.«

»Vielleicht hilft es zusätzlich, wenn wir in den Berichten ihr Vorgehensmuster studieren. Könnte ja sein, dass uns was auffällt«, überlegte Isy. »Und über die Zeitungsartikel lassen sich bestimmt auch die Namen und Adressen aller Sushi-Opfer rauskriegen.«

»Genau!«, rief Tannhäuser begeistert. »Ihr müsst die Leute nur davon überzeugen, dass ihr nicht die Sushi-Mädchen seid. Dass ihr ihnen vielleicht ähnlich seht, aber nicht identisch mit ihnen seid. Dann wird euch diese Inspektoranwärterin schon glauben.«

»Aber diese gemeine Person in unserer Klasse ... «, warf Amanda ein.

»Ich kann mir schon denken, wer es ist«, grummelte Gummibärchen. »Ich muss es nur beweisen.« Dann schlug er vor, morgen früher in der Klasse zu sein und sich hinter dem Klassenschrank zu verstecken.

»Ich vermute, es ist Sophie!«, prophezeite Isy.

»Oder Jennifer Niemann, die Hexe!«, überlegte Amanda laut.

Isy pustete sich eine Locke aus der Stirn. »Übrigens, so leid es uns tut, wird bei diesem Fall wohl kein einziger Euro für euch rausspringen. Wir sagen's euch lieber gleich!«

»Geht in Ordnung, solange ihr wegen Sophies Geburtstag dichthaltet!«, versicherte Tannhäuser. »Stimmt's, Hagen?«

Sein Freund nickte.

Wenig später trennten sie sich. Die Jungen wollten zum Flippern, Isy und Amanda wurden auf der Inspektion erwartet.

Obwohl sie sich durch das Hilfsangebot der Jungen moralisch durchaus gestärkt fühlten, rutschte ihnen das Herz doch etwas tiefer, als sie Beate Bündigs Büro betraten.

Die Inspektoranwärterin wirkte ausgeschlafen und entspannt, sie hatte einen neuen, warmen Rotton im Haar und ihre Augen glänzten erwartungsvoll. »Schön, dass ihr da seid!«, begrüßte sie die Mädchen. »Habt ihr's euch überlegt?«

»Ja«, sagte Amanda.

»Nein«, sagte Isy.

»Wie denn nun?«, fragte die Inspektoranwärterin verwirrt.

»Nein«, seufzte Amanda.

»Ja«, murmelte Isy. »Das heißt, wir, äh, meinen dasselbe. Wir können auf keinen Fall unser Versprechen brechen!«

Wenn diese Antwort die Polizeibeamtin enttäuschte, so war sie Profi genug, es zu verbergen. »Definitiv?«, fragte sie kühl.

»Definitiv!«, murmelten Isy und Amanda mit gesenktem Blick.

»Dann danke ich euch, dass ihr gekommen seid«, sagte Beate Bündig und stand auf. »Es ist euch hoffentlich klar, dass ihr weiter verdächtig bleibt?«

»Wir waren es nicht!«, beteuerte Isy noch einmal eindringlich. »Meine Freundin und ich beklauen doch keine Rentner! Das können Sie nicht im Ernst glauben!«

»In diesem Beruf darf man nicht glauben, in diesem Beruf muss man wissen! Bitte ruft mich an, wenn ihr es euch doch noch überlegen solltet.«

Sie hat Recht, dachte Isy bekümmert, als die Inspektoranwärterin sie hinausbegleitete. Noch nie hatte sie sich elender gefühlt!

Und während sie und Amanda mit hängenden Schultern davonschlichen, öffnete Beate Bündig die Tür zum Büro ihres unmittelbaren Vorgesetzten Christoph Roth. Der sah gespannt von einem ziemlich steilen Aktenberg auf. »Na, Beatchen, haben sie dir verraten, wo sie an diesem Donnerstag waren?«

Die Inspektoranwärterin schüttelte enttäuscht den Kopf. »Wenn ich nur wüsste, warum die beiden so mauern? Ich meine, ich weiß ja, wie kompliziert Mädchen in diesem Alter sind. Aber das ist ja schon nicht mehr normal. Ich sag dir, die haben Angst! Und das macht sie sturer als zwei Esel! Auf jeden Fall setze ich mich jetzt mit den Eltern in Verbindung. Sie müssen informiert werden, dass ein Verdacht gegen ihre Töchter besteht. Vielleicht können sie ja ihre Kinder zur Vernunft bringen!«

Der Oberinspektor lächelte spöttisch. »Glaubst du das wirklich?« Es hörte sich ein bisschen so an, als fragte er seine Kollegin, ob sie noch an den Weihnachtsmann glaube.

– 17 –

Die Porzellantassen waren so zerbrechlich und zart wie die alte Dame, die ihnen gerade Tee darin eingoss. »Die sind noch von meiner Großmutter«, erklärte sie stolz.

»Dann sind sie ja schon mindestens hundert Jahre alt, oder?«, fragte Isy bewundernd.

Sie saßen in der windgeschützten Ecke des kleinen Balkons und die Sonne schien wie an einem milden Sommertag. Amanda schnappte sich bereits den dritten Keks, froh, dass er nicht auch schon hundert Jahre auf dem Keksbuckel hatte.

»Manchmal hat der Herbst noch richtig schöne Tage!«, freute sich ihre Gastgeberin.

Zum Glück ist sie nicht vor Schreck umgefallen, als sie uns vorhin erblickte, dachte Isy. Für einen Augenblick hatte es tatsächlich so ausgesehen.

»Ich will keine Sushis mehr!«, hatte die Rentnerin wütend gerufen. »Verschwindet!«

Es hatte vieler beruhigender Worte bedurft, bevor Agathe Rosenbusch ihnen die Wohnungstür geöffnet hatte.

»Nein, diese Ähnlichkeit!«, hatte sie ein übers andere Mal fassungslos gemurmelt und ihnen dann rasch Tee und Kekse auf den Balkontisch gestellt.

»Genau darum geht es, Frau Rosenbusch«, hatte ihr Isy zugestimmt. »Wir sehen den beiden Verbrecherinnen leider zum Verwechseln ähnlich. Und das ist unser Pech! Aber vielleicht entdecken Sie ja doch einen kleinen Unterschied zwischen uns und den anderen? Einen Leberfleck vielleicht, eine höhere Stirn, eine andere Augenform oder eine andere Frisur? Oder Akne zum Beispiel? Vielleicht fällt Ihnen ja noch irgendein winziges Detail ein. Es könnte wichtig sein. Auch die Stimmen! Gewiss hatten sie andere Stimmen als wir!«

»Ach, ich höre doch nicht mehr so gut!«, hatte die alte Dame gesagt. »Ja, die Größe und die Frisuren sind gleich, würde ich sagen. Auch die Farbe der Haare und der Augen stimmt überein. Aber Details?«

Die alte Frau musterte sie unsicher. »Auf Kleinigkeiten habe ich gar nicht groß geachtet, ehrlich gesagt. Ich hab wohl mehr auf die leckeren Sushis gestarrt.«

»Ist Ihnen vielleicht ein Tattoo aufgefallen?«

»Ein was?«

»Eine Tätowierung.«

Agathe Rosenbusch seufzte ratlos.

»Okay«, meinte Isy enttäuscht. »Aber könnten Sie der Inspektoranwärterin nicht vielleicht trotzdem sagen, dass Amanda und ich nicht die gesuchten Mädchen sind?«

»Amanda?«, wiederholte Frau Rosenbusch sinnend. »So hat, glaube ich, auch eine von denen geheißen ...«

»Was?«, stammelte Amanda fassungslos.

»Amanda oder Miranda«, grübelte die Greisin laut.

Lieber Gott, lass sie Miranda heißen, dachte Isy beklommen, sonst kriege ich die Krise! Wenn eines der Sushi-Mädchen Amanda hieß, konnten Amanda und sie endgültig einpacken!

Die Nachmittagssonne tauchte den Balkon in warmes Gold und ließ den Goldrand auf den alten Tassen blitzen. Amanda grapschte sich den sechsten Keks. Alle Kalorienzählerei schien vergessen.

»Wir wären Ihnen schrecklich dankbar, wenn Sie gleich morgen zur Polizei gingen!«, drängte Isy behutsam.

»Morgen? Da kann ich nicht!« Es klang sehr entschieden. »Morgen treffe ich mich mit Annemarie. Wir gehen seit dreißig Jahren jeden Mittwoch um 15 Uhr ins Tanzcafé *Blue Moon*. Es sei denn, eine von uns ist unpässlich.«

»Aber Sie könnten doch schon vormittags zur Polizei gehen!«, schlug Isy vor.

Agathe Rosenbusch strich sich verwirrt das dünne weiße Haar aus der Stirn. »Ja, also, ich weiß nicht. Habe ich denn einen Termin?«

»Dazu brauchen Sie keinen Termin. Sie sagen einfach, Sie möchten eine Aussage machen«, bat Isy herzlich.

»Eine Aussage …«, wiederholte die Frau zögernd.

»Ja, dass wir es nicht gewesen sind!«

Ein Lächeln huschte plötzlich über das alte Gesicht. »Es mag ein wenig seltsam klingen, aber geschmeckt haben mir diese Sushis von den bösen Mädels doch!«

Isy warf Amanda einen raschen Blick zu.

»Wenn Sie morgen für uns zur Polizei gehen, dann mache ich Ihnen die leckersten Sushis, die Sie je gegessen haben!«, versprach Amanda charmant.

Wenig später befanden sie sich bereits auf dem Weg zu einem weiteren Sushi-Opfer. Wie sie in der Mittagspause mit Gummibärchens sorgfältig sortiertem Zeitungsstapel herausgefunden hatten, war es achtundachtzig Jahre alt, hieß Gundula

Schwarz und wohnte zum Glück nur zwei Querstraßen von Agathe Rosenbusch entfernt.

Doch nachdem sie mehrmals vergeblich die Klingel bemüht hatten, fiel Isy ein, dass es sich bei diesem Sushi-Opfer vermutlich um die kürzlich verstorbene Rentnerin handelte, von der die Inspektoranwärterin erzählt hatte. »Da können wir lange klingeln«, seufzte sie. »Tote sind selten zu Hause.«

Und obwohl es schrecklich geschmacklos war, mussten sie beide kichern.

Mal sehen, ob das nächste Opfer zu Hause war. Es hieß Dr. Robert Hecker und wohnte in Tannhäusers Nähe, der an diesem Morgen mit Gummibärchen leider vergeblich hinter dem Klassenschrank auf den selbst ernannten Postillion der 7b gelauert hatte.

Sie hatten Glück, Dr. Hecker war daheim. Aber sie hatten auch Pech, denn das dritte Sushi-Opfer entpuppte sich ausgerechnet als jener Alte, der sie vor drei Wochen am Supermarkt lautstark des Diebstahls bezichtigt hatte. Kaum hatte Amanda ihn mit einem halb gefüllten Laubsack in der Dämmerung auf der Terrasse entdeckt, wollte sie auch schon fortlaufen. Doch Isy blieb wie ein Fels in der Brandung stehen.

»Guten Tag, Herr Dr. Hecker!«, rief sie dem gebeugten, grauhaarigen Mann mutig entgegen. »Können wir Sie bitte einen Augenblick sprechen?«

Der Mann, der heute keine Brille trug, kniff misstrauisch die Augen zusammen. »In welcher Angelegenheit?«

Der erkennt uns ohne Brille ja gar nicht wieder, dachte Isy triumphierend. Da wird die Inspektoranwärterin aber nicht schlecht staunen! »Sie haben uns vor drei Wochen auf dem Platz vor dem Supermarkt beschuldigt Ihnen Ihre Rente, Ihren Camcorder und Ihre goldene Krawattennadel gestohlen zu haben.«

»Ach, ihr seid das!«, sagte der Mann mürrisch. »Jetzt erkenne ich euch wieder. Ihr habt die Lapislazuli-Brosche meiner Frau vergessen!«

»Nein, wir sind es eben nicht! Und Sie können uns auch gar nicht wiedererkennen! Wir beklauen nämlich keine Rentner!« Isy krallte ihre Hände in den grünen Drahtzaun. »Sie verwechseln uns, Herr Hecker!«

Der Mann stellte umständlich den Laubsack ab und näherte sich der Vorgartentür. »Ich habe noch nie jemanden verwechselt!«, wies er sie zurecht. »Außerdem seht ihr genauso aus wie diese beiden Verbrecherinnen!«

»Das ist uns schon mehrfach gesagt worden!«, erklärte Isy verzweifelt. »Deshalb sind wir auch noch einmal persönlich zu Ihnen gekommen. Bitte erinnern Sie sich! Irgendeinen Unterschied, auch wenn er noch so klein ist, muss es doch zwischen diesen Sushi-Mädchen und uns geben!«

»Bitte«, flüsterte Amanda ebenfalls.

Der Angesprochene neigte unschlüssig den

Kopf. »Um das beurteilen zu können, müsste ich mir wohl erst einmal meine Brille holen ...«

Drei Minuten später stand es fest. Mit Brille! Dr. Robert Hecker bekam leise Zweifel. Sie betrafen die blonde Diebin. Sie war ihm ein wenig schlanker als Amanda erschienen. Auch das Blau ihrer Augen war vielleicht eine Spur heller und das Blond der Blonden matter gewesen. Allerdings schob er die Unsicherheiten auf seine Brille. Er brauche dringend eine neue, aber er wolle diesen herzlosen Preiswucher nicht mitmachen. Darum könne er seine Beobachtungen auch nicht beeiden. Eines habe er aber auch durch die alte Brille genau gesehen, die Blonde sei nicht so stark geschminkt gewesen wie Amanda.

»Und die andere?«, fragte Isy mit einem grinsenden Seitenblick auf die Freundin. Vielleicht hatte ihre Doppelgängerin ja Sommersprossen, eine Hakennase oder O-Beine gehabt?

»Was für eine Ähnlichkeit!«, murmelte der alte Mann andächtig. »Besonders das herrliche dunkle Haar!« Er ging ganz nah an Isy heran. Sie roch kalten Zigarrenrauch. »Allerdings gab es da noch etwas Besonderes an ihr, das mir, äh, entfallen war. In meinem Alter ist das ja mit dem Gedächtnis so eine Sache. Deshalb empfehlen die Ärzte einem ja diese blödsinnigen Kreuzworträtsel zu lösen. Oder Sprachen zu lernen.«

»Nehmen Sie doch einfach Ginko-Tabletten wie meine Oma!«, riet Amanda. »Die hat ein Gedächtnis wie ein Elefant!«

»Was war Ihnen denn entfallen?«, fragte Isy ungeduldig.

»Ja, als ich mit meiner Frau kürzlich in einer Wagner-Oper war, da fiel es mir wieder ein. Sie hatte so einen schönen Frauennamen, die dunkelhaarige kleine Betrügerin. Ihre Freundin nannte sie Isolde!«

– 18 –

Was für eine unerhörte Frechheit! Was für eine riesengroße Gemeinheit! Isy zitterte vor Empörung. Die Betrügerinnen sahen nicht nur aus wie sie und Amanda, nein, sie benutzten sogar ihre Vornamen! Hatte man dafür Worte?

»Denk bloß nicht, das ist Zufall!«, versicherte sie wutschnaubend, nachdem sie sich beinahe überstürzt von dem alten Mann verabschiedet hatten.

Auch Amanda war erschüttert. »Das glaubt uns kein Mensch!«, murmelte sie fassungslos.

»Uns glaubt sowieso kein Mensch mehr!«

»Wo dein Name doch so selten ist.«

»Genau. Den haben sie von einem alten Zeitungsfoto mit uns, wetten?« Am meisten ärgerte Isy es, dass sie Dr. Hecker nun nicht mehr als Entlastungszeugen zu Beate Bündig schicken konnten, obgleich er nach ein paar Minuten Überzeugungsarbeit bestimmt dazu bereit gewesen wäre. Aber sollten sie vielleicht riskieren, dass er bei der Inspektoranwärterin herausposaunte, dass eine der Diebinnen Isolde hieß? Schlimmer würde es gar nicht kommen können!

Beate Bündig würde sich diese neue Tatsache wie ein Honigbonbon auf der Zunge zergehen lassen und erleichtert ausrufen: »Isolde? Na, da haben wir sie ja endlich!«

Amanda warf einen prüfenden Blick auf ihre Uhr. Es würde bald dunkel werden. »Und jetzt?«

Isy kramte einen Zettel aus der Jacke und suchte nach dem nächsten Sushi-Opfer auf ihrer Liste. »Warte mal, jetzt kommt noch eine gewisse Emily Wirsing.«

Amanda gluckste. »Hoffentlich verknalle ich mich nicht mal in einen, der Wirsing heißt! Oder Grünkohl! Oder Porree! Oder Chicorée!«

»Wieso? *Amanda Rosenkohl* klingt doch ganz knackig. – Okay, dann auf zu Emily Wirsing. Aber ich habe so eine Ahnung, wer das sein könnte«, sagte Isy bedeutungsschwer.

Sie hatte den richtigen Riecher gehabt. Es war der graue Dutt aus Herrn Rimpaus Dichterlesung. Der Tag steckte voller Überraschungen!

Dasselbe schien auch Emily Wirsing zu denken. Im schmalen Korridor roch es kräftig nach Latschenkiefer und Isy mutmaßte, dass die Dame des Hauses gerade ein Bad genommen hatte. Zumindest stand sie ihnen in einem flauschigen gelben Bademantel gegenüber.

»Das hätte ich mir ja denken können!«, sagte die alte Frau und musterte sie aus schwarzen, misstrauisch zusammengekniffenen Augen. »Bringt ihr mir das Handy zurück? Es war ein Geschenk meines Schwiegersohnes, des Staatssekretärs.« Ihre Aussprache erinnerte ganz leicht an Amandas Dialekt.

»Wir haben Ihr Handy nicht!«, entgegnete Isy und Amanda zerrte zum Beweis ihr rosa Telefon aus der Hosentasche. »Hier, bitte, das ist meins. Meine Freundin kann es mitbenutzen. Zwei brauchen wir nicht!«

Wenn dieses kleine rosafarbene Argument Emily Wirsing überzeugte, so zeigte sie es nicht. Unentschlossen wippte sie in ihren ausgetretenen Seidenpantoffeln.

»Wir möchten mit Ihnen über Ihren Verdacht reden.« Isy lächelte verbindlich. »Sie verwechseln uns nämlich, Frau Wirsing!«

»Nun, Verbrecher kehren immer wieder an den Ort ihrer Tat zurück!«, bemerkte die alte Dame spöttisch und trat beiseite, um sie eintreten zu lassen. »Wusstet ihr das nicht?«

»Doch, obwohl das eigentlich sehr dumm ist«, entgegnete Isy. »Na ja, genau genommen ist ja jedes Verbrechen und jeder Verbrecher am Ende dumm. Finden Sie nicht auch?«

Emily Wirsing, die sie in ein Wohnzimmer mit Klavier und Sesseln aus bordeauxrotem Leder geführt hatte, bestätigte das. Dann verschwand sie für einen Augenblick, und als sie zurückkehrte, hörte

Isy ein merkwürdiges, metallisches Klicken. Sie blickte zur Tür und sah in die schwarze Mündung eines Gewehrs.

Das war ja voll krass!

»Hat die was am Wirsing?«, formten Amandas Lippen in lautlosem Entsetzen.

»Nur ein alter Vorderlader, ein Sammlerstück meines verstorbenen Mannes«, erklärte die alte Dame und klopfte liebevoll auf den kunstvollen Silberbeschlag des Stutzens. »Aber er erfüllt noch immer seinen Zweck. Nur damit ihr es wisst! Nach eurem ersten Besuch bin ich vorsichtig geworden. Also, immer schön die Finger von meinem Eigentum lassen!«

»Das ist heute unser erster Besuch!«, protestierte Amanda, deren Wangen angesichts der Waffe die Farbe von Vanillejoghurt angenommen hatten.

»Sie machen sich strafbar!«, sagte Isy ärgerlich.

»Ihr müsst es ja wissen!« Emily Wirsing ließ sich in ihren Ledersessel sinken und umklammerte das Gewehr. »Also, schießt los!«

»Wir sind keine Trickdiebinnen!«, erschallte es im Chor.

»Na, dann werdet ihr ja sicher ein Alibi für den 12. September haben!«

O nein! Nicht schon wieder dieser verflixte 12. September!

»Haben die Mädchen Sie denn an diesem Tag beraubt?«, stammelte Isy mit trockenem Mund.

Emily Wirsing nickte. Ein paar graue Strähnen

hatten sich aus ihrem Dutt gelöst und glitten ihr nun in die Stirn. Irgendwie gefiel sie Isy so besser. Es sah weicher aus.

»Raus mit der Sprache! Wo seid ihr an dem Nachmittag gewesen?«

Verlegen senkten sie den Blick.

»Was? Kein Alibi? Auweia, das sieht aber schlecht für euch aus!«

»Natürlich haben wir ein Alibi. Wir haben allerdings unser Ehrenwort geben, dass wir darüber nicht reden.«

»Ich hab wirklich schon intelligentere Ausreden gehört!« Emily Wirsing schnaubte ein trockenes Lachen.

»Das war keine Ausrede!«, versicherte Amanda, die Feuerbüchse nicht aus den Augen lassend. »Unser Gewissen ist rein!«

»Wenn euer Gewissen so rein ist, warum seid ihr dann aus der Lesung entwischt?«

»Wieso entwischt? Wir mussten noch mal in die Schule«, log Amanda. »Außerdem ist Patrick Mortimer Rimpau unser Freund. Der liest uns jeden Tag was vor, wenn wir wollen! Und wissen Sie, was ich mir überhaupt nicht vorstellen kann?« Amanda beugte sich herausfordernd vor. »Dass diese Sushi-Ziegen zu Herrn Rimpau in eine Lesung gehen. Die sind vielleicht an Geld und Schmuck interessiert, aber bestimmt nicht an Literatur!«

Isy klatschte Amanda innerlich Beifall. Es sah aus, als hätten ihre logischen Argumente die alte Frau nachdenklich gemacht. »Liebe Frau Wirsing«, bat sie eindringlich, »gucken Sie uns doch mal richtig scharf an! Ein anderer Zeuge hat vor einer halben Stunde zugegeben, dass wir diesen Sushi-Zicken bei genauerer Betrachtung doch gar nicht mehr so ähnlich sehen. Zum Beispiel wäre die blonde Person dünner als meine Freundin gewesen.«

»Meine alten Augen sagen mir leider etwas anderes.«

»Haben Ihre alten Augen denn auch eine Brille?«

»Meine Augen haben nie eine Brille gebraucht!«, folgte prompt Emily Wirsings barsche Zurechtweisung.

Das bezweifle ich, dachte Isy, die durchaus bemerkt hatte, wie oft die alte Dame unsicher die Augen zusammenkniff. Das war ihr sogar schon bei der Lesung aufgefallen. »Aber sie müssen doch auch andere Stimmen gehabt haben als wir?«

»Ziemlich heiser, die Blonde. Vielleicht war sie erkältet.«

»Aber Amanda spricht einen leicht fränkischen Dialekt! Das müsste Ihnen doch aufgefallen sein, Frau Wirsing.«

Die Frau zuckte die Schultern. »Ach, das ging alles so schnell. Ich hatte diese Sushis doch gar nicht bestellt, aber die beiden ließen einfach nicht locker. Natürlich hätte mir der Dialekt auffallen müssen, ich bin ja auch aus Fürth.« Sie schenkte Amanda beinahe ein Lächeln.

»Werden Sie es sich noch einmal durch den Kopf gehen lassen?«, fragte Isy hoffnungsvoll. »Wir wären Ihnen dankbar. Dieser Verdacht ist unerträglich!«

»Mich macht stutzig, dass ihr kein Alibi für den Nachmittag des 12. Septembers habt!«

»Das verstehen wir ja«, murmelte Amanda. »Aber wenn wir unser Ehrenwort brechen, dann muss ich ins Internat.«

»Internat ist doch herrlich!« Emily Wirsing klopfte begeistert auf das alte Gewehr. »Habt ihr nie *Hanni und Nanni* gelesen? Meine Tochter hat es verschlungen! Und Camill, meine Enkelin, auch!« Stolz zeigte sie auf das polierte Klavier mit einer eleganten blauen Vasenlampe, unter der zahlreiche Fotografien in silbernen Rahmen standen. Sicher war auch der Herr Staatssekretär Schlumbühl-Strunz dabei.

Und überhaupt, was würde der wohl dazu sagen, wenn er seine Schwiegermutter mit einem Vorderlader auf den Knien vor ihnen sitzen sähe?

Als könnte sie Gedanken lesen, erhob sich die alte Frau schwerfällig und stellte die Waffe in die Ecke. »Ich muss mich anziehen. Mein Schwiegersohn holt mich gleich ab. Wir wollen essen gehen und danach ins Theater. Wenn der das Gewehr sieht, kriegt er mir noch einen Herzschlag.«

»Ist er so ängstlich?«

Emily Wirsing reagierte erstaunlicherweise nicht beleidigt. Sie schmunzelte. »Nicht gerade ängstlich, aber er ist ängstlich auf seinen Ruf bedacht. Wie alle Politiker. Tja, und da will ich ihm doch nicht schaden!« Sie begleitete die Mädchen hinaus und wandte sich an Amanda. »Wo bist du her?«

»Aus Nürnberg. Mein Vater hat sich nach der Wende mit seinem Steuerbüro in Ostberlin niedergelassen.«

Die alte Frau gab ihnen die Hand.

»Vielen Dank, dass Sie uns empfangen haben«, sagte Isy aufrichtig. »Wir werden die Betrügerinnen finden. Ehrenwort! Vielleicht bekommen Sie dann auch das Handy wieder. Aber es wäre riesig nett, wenn Sie uns dabei unterstützen und Ihre Aussage zurückziehen würden.«

»Das muss ich mir noch gründlich überlegen«, brummte die Rentnerin unwirsch. »Immerhin habt ihr ja für den 12. September kein Alibi!« Dann fiel hinter dem Sushi-Opfer Nummer vier energisch die Tür ins Schloss.

– 19 –

Die letzte Unterrichtswoche vor den Ferien schleppte sich dahin. Die Schüler hatten keine Lust mehr. Die Lehrer hatten auch keine Lust mehr. Der geheime Postillion vermutlich ebenfalls nicht. Die Zeitungsausschnitte auf Isys und Amandas Plätzen blieben jedenfalls aus. Und genauso wenig Lust schienen die Sushi-Mädchen zu haben, ihren miesen Trick anzuwenden, denn es gab keine Schlagzeilen mehr über neue Überfälle.

Die Presse hatte sich anderen Themen zugewandt. Isy, die jeden Morgen am Frühstückstisch mit klopfendem Herzen die Zeitung aufschlug, las beinahe erleichtert von Rauschgiftfahndungen, Schlägereien, Juwelierüberfällen und Fahrerflucht. Gerade heute früh war etwas über einen schlimmen Fall von Fahrerflucht zu lesen. Ein grauer BMW hatte am späten Abend des 5. Oktobers bei Regen ein neunjähriges Mädchen in einer Berliner Nebenstraße auf seinem unbeleuchteten Fahrrad gestreift. Der rücksichtslose Fahrer war, ohne anzuhalten und sich um die Verletzte zu kümmern, einfach weitergerast. Nun kämpften die Ärzte um das linke Bein der kleinen Gesa, und das Verhalten des BMW-Fahrers sorgte für eine hitzige Diskussion an Familie Schützes Frühstückstisch.

Während Isys Mutter auf den Fahrer schimpfte, regte sich ihr Bruder über den Leichtsinn des Mädchens auf, bei Dunkelheit, Regen und glitschigem Laub auf der Fahrbahn mit einem unbeleuchteten Fahrrad zu fahren.

»Und das hast du schon mit neun Jahren gewusst?«, fragte Isy spitz.

»Klar!«

»Wer's glaubt, wird selig!«

»Na, du weißt es ja bis heute noch nicht. So oft, wie du unbeleuchtet fährst!«

»Tu ich nicht!«

»Tust du doch!«

»Mal abgesehen davon, dass ich nicht verstehe, was ein neunjähriges Kind spätabends noch auf der

Straße zu suchen hat, ist es ein wahres Glück, dass es noch aufstehen und sich in ein Haus schleppen konnte«, unterbrach ihre Mutter den albernen Streit.

»Das sehe ich auch so. Aber in einem Punkt hat Benedikt Recht: Wenn das Mädchen vorschriftsmäßig beleuchtet gefahren wäre, hätte der Unfall vermutlich gar nicht stattgefunden«, mischte sich Isys Vater ein. »Andererseits muss ein Autofahrer mit solchen Schattenfahrern rechnen und so fahren, dass er einem unbeleuchteten Hindernis noch rechtzeitig ausweichen kann. In jedem Fall trägt der BMW-Fahrer die volle Verantwortung. Für den Unfall und erst recht für seine feige Flucht!« Dann zog er sich mit dem Sportteil der Morgenzeitung ins Badezimmer zurück.

»Das ist es, was ich niemals verstehen werde: dass es Menschen gibt, die einfach weiterfahren und ihre Opfer tot oder verletzt liegen lassen!«, klagte Isys Mutter weiter. »Das ist brutal und unmoralisch.«

»Ganz meine Meinung!«, pflichtete ihr Isy bei und nahm sich ein Croissant. Sie dachte an das Mädchen Gesa, das nun vielleicht sein Bein verlieren würde. »Wenn ich das Schwein erwischen würde!«

»Heiliger Strohsack!« Benedikt riss dramatisch die Arme in die Luft. »Es ist wieder mal so weit: Die Katastrophenweiber haben einen neuen Fall! Isolde Schütze und Amanda Bornstein jagen den flüchtigen Fahrer des grauen BMW!«

»Haha!«, giftete Isy und kleckerte sich Erdbeerkonfitüre auf das Hörnchen. In diesem Augenblick klingelte das Telefon und ihre Mutter verschwand im Flur. Isy biss in den knusprigen Blätterteig. Hm! Einfach himmlisch! »Amanda und ich haben ganz andere Sorgen!«, verkündete sie mit vollen Backen.

»Was denn für welche?«, fragte ihre Mutter von der Tür in scharfem Ton.

»Och, nichts Spezielles …«

»Das glaube ich nicht. Sonst würde ja wohl nicht die Polizei bei uns anrufen!«

»Die Polizei?« Isy fiel fast das Hörnchen aus der Hand. »Wer denn?«

»Eine Frau Inspektoranwärterin Bündig.«

»Ach!« Das war alles, was Isy zu diesem Thema einfiel. Irgendwo in ihrer Magengrube zog sich etwas zusammen. Ihr Appetit war auf der Stelle weg. Geschockt legte sie das angebissene Gebäckstück auf den Teller zurück.

»Willst du nicht wissen, was sie wollte?« Ihre Mutter setzte sich wieder an den Tisch. Sie sah erschreckt und wütend aus.

»Was wollte sie denn?«

»Sie wollte, dass ich Einfluss auf meine Tochter Isolde nehme, die der Kripo über einen gewissen 11. September …«

»12. September!«

»… über einen gewissen 12. September die Aussage verweigert.« Ihre Mutter schüttete so heftig ihren Restkaffee hinunter, dass sie sich dabei ihren Pullover bekleckerte. Hastig versuchte sie den

Fleck zu entfernen. »Angeblich sollt ihr beide lügen wie gedruckt, Amanda und du!«

»Das stimmt so nicht. Die Tusse macht uns nur totalen Stress!«

»Ich glaube nicht, dass diese Frau ohne Grund hier bei uns anruft. Ich will wissen, was an diesen Vorwürfen dran ist.«

»Na, nichts! Wir sehen zufällig ein paar Mädchen ähnlich, die gesucht werden. Irgendwelche Rentner haben uns mit ihnen verwechselt, und weil sie die Richtigen nicht finden, halten sie sich erst mal an uns.«

»Aber warum sagt ihr nicht die Wahrheit?«

»Haben wir ja! Aber die Inspektoranwärterin glaubt uns nicht. Da haben wir ihr eben was aufgetischt, damit sie Ruhe gibt, aber nun hat sie uns erst recht in Verdacht!«

»Erzähle das doch bitte mal genauer!«, verlangte ihre Mutter verwirrt und rieb noch immer an ihrem Kaffeefleck.

»Später, heute Abend! Jetzt muss ich los! Wir fangen heute früher an!« Mit diesen rettenden Worten hechtete Isy aus der Küche. Hatte die Bündig einen Sprung in der Schüssel, einfach bei ihren Eltern anzurufen! Das war ja voll krass!

Auch Amanda war wie auf der Flucht, als sie an diesem Morgen früher als üblich in die Klasse geschossen kam. Es war noch still in dem großen Gebäude und alles roch frisch nach Reinigungskraft mit Zitrone. »Hat die Bündig auch bei dir angerufen?«, platzte sie bei Isys Anblick heraus.

Isy nickte fassungslos. »Die will uns unter Druck setzen!«

»Meine Mutter war nahe am Herzinfarkt, aber ich habe ihr gesagt, dass es sich nur um eine blöde Verwechslung handelt und wir die Sache aufklären werden.«

»Bleib cool, Mandi! Die schafft uns nicht!« Isy umarmte die Freundin. Sie hatten beide heute Morgen dunkelblaue Pullover an. »Vielleicht sind ja Tannhäuser und Gummibärchen schon fündig geworden?«

Leider hatten die Jungen noch nichts herausgekriegt. Zwar hatten sie bereits mehrfach die benachbarten Schulen und ihre Höfe durchkämmt, aber ohne Erfolg. Ein-, zweimal war ihnen ein Mädchen aufgefallen, das Isy oder Amanda ähnlich gesehen hatte, immer sei jedoch etwas an ihnen gewesen, das mit dem Original nicht übereinstimmte. »Die Tussi, die wie Amanda aussah, hatte dunkles Haar, und ein Mädchen, das Isy stark ähnelte, war strohblond!«, berichtete Gummibärchen in der großen Pause.

»Habt ihr zufällig ihre Namen gehört? Zum Beispiel Isolde oder Amanda?«

Hagen und Reginald schüttelten die Köpfe. »Sie werden eure Namen nur benutzen, wenn sie bei den Rentnern sind«, vermutete Tannhäuser. »Um eine falsche Spur zu legen.«

Sie hatten sich vor das große Fenster im Flur gestellt. Regen perlte an der Scheibe herab und auf dem Schulhof glänzten schwarze Pfützen. Flüsternd, weil Lola und Rosa in der Nähe standen, informierte Isy die Jungen von den morgendlichen Anrufen der Inspektoranwärterin bei ihren und Amandas Eltern. »Wir haben zwei Feinde: diese blöden Sushi-Zicken und die Dame Kurz und Bündig!«

»Wenn wir Igel sein und das Rennen gegen all diese Hasen gewinnen wollen, müssen wir uns beeilen!«, stellte Tannhäuser klar. »Am besten, ihr kriegt sofort einen Rentner dazu, seine Beschuldigungen gegen euch zurückzunehmen.«

»Exakt!«, stimmte ihm Isy zu. »Amanda und ich fahren nach Schulschluss gleich noch mal zu Emily Wirsing.«

Ein paar Stunden später klingelten sie an Emily Wirsings Wohnungstür. Dieses Mal hatten sie Blumen dabei, puschelige Astern, bunt gemischt. Das Angebot des Tages.

»Herr Rimpau wartet auch immer noch auf seine gelben Nelken«, erinnerte sich Isy.

»Daran ist bloß diese schießwütige Hexe schuld!« Amanda tippte auf das Messingschild mit Emily Wirsings Namen. »Hätte sie auf der Lesung nicht die Polizei gerufen …«

»Pst! Wir müssen uns gut mit ihr stellen«, flüsterte Isy und lauschte angestrengt. Aber hinter der mahagonifarbenen Wohnungstür blieb alles still. »Ausgeflogen!«, sagte sie enttäuscht. Eigentlich hätten sie es sich ja denken können. Warum sollte

Emily Wirsing ausgerechnet jetzt zu Hause sein? Es war ja bekannt, dass Rentner niemals Zeit hatten.

»Und nun?«, murrte Amanda.

Wie auf Bestellung öffnete sich die gegenüberliegende Tür und eine etwas korpulente Dame mit blau getönten Haaren schaute heraus. »Frau Wirsing ist nicht da. Die ist wieder im Krankenhaus.«

»Ach, ist sie krank?«, rief Isy bestürzt.

»Nein, nein, sie macht nur einen Besuch. Zurzeit geht sie häufig bei jemandem im Krankenhaus vorbei.« Die Frau zögerte einen Moment, als überlege sie, ob sie weitersprechen sollte. »Ich weiß nicht, ob es ein Verwandter ist, aber es scheint sie sehr mitzunehmen.«

»Als wir sie zuletzt sahen, war sie putzmunter. Da wollte sie mit ihrem Schwiegersohn in ein Restaurant fahren und anschließend ins Theater.«

»Ach ja, ich erinnere mich.« Die Nachbarin lächelte. »Aber unmittelbar danach muss etwas passiert sein. In der Familie oder im Freundeskreis. Jedenfalls hat sie Sorgen und über die Blümchen wird sie sich gewiss freuen …« Zögernd streckte die Frau die Hand nach den Astern aus. »Ich könnte sie ins Wasser stellen und ihr nachher rüberbringen.«

Die Mädchen bedankten sich erleichtert. »Sagen Sie ihr bitte einen schönen Gruß von Isy und Amanda! Und wir kommen in den nächsten Tagen wieder vorbei!«

Die Rückfahrt verlief schweigend. Im Bus roch

es nach feuchter Kleidung, doch wenigstens hatten sie einen Platz erwischt. Genüsslich streckte Isy die Beine aus. Die letzten Wochen waren echt verrückt gewesen. Ein Glück, dass bald die Ferien kamen! Zwar liebäugelte Amanda immer noch mit einem Sprachurlaub in England, aber sie konnten doch jetzt nicht einfach abhauen! Oder sollten sie die Sushi-Zicken vielleicht in London suchen? Außerdem würde der Trip in den grünen Augen Beate Bündigs womöglich wie eine Flucht aussehen! Das könnte der so passen! Isy gähnte. Sie fühlte sich gleichzeitig hundemüde und hellwach. Der Besuch bei Emily Wirsing hatte sie beunruhigt.

»An was denkst du?«, erforschte Amanda ihr Schweigen.

»An die Wirsing. Sie geht täglich ins Krankenhaus. Zu wem?«

»Das kann uns doch egal sein.«

»Aber sie verhält sich irgendwie merkwürdig, wie die Nachbarin erzählt hat.«

»Die verhält sich doch immer merkwürdig! Oder ist es vielleicht normal, mit einer Donnerbüchse herumzufuchteln?«

»Na ja, vor allen Dingen ist es Mist, dass sie nicht daheim war! Ob wenigstens Agathe Rosenbusch schon ihre Aussage für uns gemacht hat?«

»Ja, man müsste Hellseher sein!«, seufzte Amanda.

Dann sahen sie vom Busfenster aus in die wechselnden Auslagen der Geschäfte und verfolgten ahnungslose Passanten mit ihren neugierigen Blicken. Das lenkte ein wenig von ihren Problemen ab, doch Isy fühlte sich tief unter der Haut noch immer reichlich unbehaglich.

– 20 –

Dreißig Kilometer Luftlinie entfernt öffnete Beate Bündig zur selben Zeit ihr Fenster, um ein wenig frische Luft in das Büro zu lassen. Auch sie fühlte sich unbehaglich. Sie hatten die Besprechung für eine kurze Pause unterbrochen und diese war gleich um. Der nächste Punkt, der behandelt werden sollte, war der Sushi-Fall.

Die Kollegen erwarteten neue Informationen darüber, welche Ermittlungsschritte von ihr eingeleitet wurden, wie nah sie an den beiden Trickdiebinnen dran war und was sie inzwischen für deren Festnahme veranlasst hatte. Oberinspektor Roth, ihr Vorgesetzter, wollte endlich Ergebnisse sehen.

Okay, die Sushi-Mädchen hatte sie noch nicht gefunden, wohl aber das Postamt, auf dem alle Opfer nach eigener Aussage größere Geldbeträge abgehoben hatten. Es lag zentral und war für alle Geschädigten bequem zu erreichen gewesen. Hier hatten die beiden Trickbetrügerinnen ihre Opfer ausgespäht und sie bis nach Hause verfolgt, um kurze Zeit später als Sushi-Service getarnt bei ihnen an der Haustür zu klingeln.

Zunächst hatte Beate Bündig den Postangestellten das alte Zeitungsfoto von Isy und Amanda gezeigt. Doch keinem waren diese Mädchen im Schalterraum aufgefallen. Demzufolge mussten die Sushi-Mädchen außerordentlich vorsichtig vorgegangen sein. Vielleicht waren sie raffinierterweise immer dann aufgetaucht, wenn es kurz vor Schalterschluss besonders voll in der Post gewesen war?

Seltsamerweise waren zurzeit keine neuen Überfälle zu vermelden. Hatten die Sushi-Mädchen genug geraubt? Waren sie in eine andere Stadt ausgewichen? Oder waren sie vielleicht gewarnt durch mehrfache persönliche Einladungen ins Dezernat?

Natürlich war sich die Inspektoranwärterin bewusst, dass dies nicht gerade für die Unschuld der Schülerinnen Isolde Schütze und Amanda Bornstein sprechen würde. Andererseits hätte der Besuch von Agathe Rosenbusch in der vergangenen Woche im Dezernat die Mädchen durchaus entlasten können, wenn die alte Dame nicht, verwirrt von den vielen Fragen der Kollegen, plötzlich ihre Handtasche gepackt und sich völlig kopflos auf den Heimweg gemacht hätte. Es war schon mutig, dass die Mädchen die Rentnerin aus freien Stücken für eine Gegenüberstellung aufgesucht hatten. Isy und Amanda kämpften also um ihre Ehre! Oder hatten sie den Spieß nur umgedreht? Erschöpft stützte Beate Bündig den Kopf in die Hände, in dem sich so viel Für und Wider stritt.

Auch heute würde die Besprechung wieder bis in

die späten Abendstunden gehen und wie so oft würde sie ihrem kleinen Sohn nur am Telefon Gute Nacht sagen können. Aber das hatte sie alles vorher gewusst und sich dennoch für diesen Beruf entschieden.

Beate Bündig fuhr sich rasch mit den Händen übers Gesicht und versuchte sich wieder auf ihren Fall zu konzentrieren. Vielleicht sollte sie in der kommenden Woche noch einmal Frau Rosenbusch aufsuchen und ihr klarmachen, wie wichtig ihre Aussage für die beiden Schülerinnen war? Man musste mit alten Leuten geduldig umgehen. Sie schaltete die Schreibtischlampe ein. Ermittlungsarbeit bestand leider zum größten Teil aus Warten und Telefonieren. Sie lauschte auf den Flur, aber die Kollegen waren noch nicht zu hören. Vielleicht reichte die Zeit ja noch für ein Gespräch?

Die Inspektoranwärterin griff zum Hörer, wählte eine Nummer und war erleichtert, als sich eine müde Frauenstimme meldete. Es war Valerie Schwarz, die Tochter des ersten Sushi-Opfers, der verstorbenen Rentnerin Gundula Schwarz.

Beate Bündig erkundigte sich behutsam nach den Beerdigungsvorbereitungen, lauschte geduldig den Klagen und fragte dann, ob ihr vielleicht doch noch eingefallen sei, was ihre Mutter kurz vor ihrem Tode der Polizei hatte mitteilen wollen.

Aber Valerie Schwarz bedauerte. »Vielleicht Roswitha«, sagte sie zögernd, »Roswitha Pech war ihre beste Freundin. Möglicherweise hat sie es ja ihr erzählt.«

Beate Bündig hatte gerade die Anschrift und Telefonnummer der Freundin notiert, als ihre Kollegen mit heißem Kaffee und einer Tüte mit frischen Pfannkuchen zur Fortsetzung der Besprechung in ihr Büro platzten. Eilig schloss sie das Fenster, nahm einen Schluck Kaffee und begann ihren Bericht in der ahnungsvollen Gewissheit, dass er ihr am Ende wieder den Vorwurf einbringen würde, sich allzu schützend vor die beiden Mädchen aus der 7b zu stellen.

– 21 –

Es schien, als hätte der Oktober seinen goldenen Glanz verloren. Der Regen hatte ihn abgewaschen, der Wind hatte ihn verweht.

Ungeduldig zählte Isy die Tage. Es waren nur noch drei. Dann endlich würde die Klassenzimmertür für zwei Wochen hinter ihnen zuschlagen. Dann konnten sie sich in die Suche nach den Sushi-Hexen stürzen, ohne auf Nachmittagsunterricht, Hausaufgaben oder familiäre Dinge Rücksicht nehmen zu müssen!

»Hoffentlich habt ihr schönes Wetter in den Ferien!«, sagte Isys Mutter beim Abendbrot.

»Mir wurscht!«, brummte Benedikt, der die Ferien sowieso vor dem Fernseher oder in den Armen seiner Freundin verbringen wollte.

»Mir noch mehr wurscht!«, erklärte Isy. Das

Wetter war ihr wirklich egal. Von ihr aus konnte es Bratwürste regnen und Bockwürste schneien! Hauptsache, sie schnappten ihre fiesen Doppelgängerinnen und die schrecklichen Verdächtigungen nahmen ein Ende!

»Merkwürdige Jugend!«, wunderte sich ihre Mutter. »Wir wollten immer schönes Wetter in den Ferien haben.« Dann nahm sie ihren Hackfleischauflauf aus dem Herd und verteilte Kohl, Fleisch und Kartoffeln an die Familie. Die ganze Küche duftete würzig nach Zwiebeln und Kümmel.

»Iiiiiih, Kohl!«, motzte Benni. »Was gibt's denn morgen?«

»Morgen?« Die Mutter dachte einen Augenblick nach. »Ich wollte mal ein Paket Sushis aus der Tiefkühltruhe nehmen, die sehen ziemlich lecker aus.«

»Jetzt fängst du auch noch damit an!«, schrie Isy wütend und verließ die Küche. Ihr war der Appetit vergangen. Bis ans Ende ihrer Tage würde sie das Wort Sushi nicht mehr hören können! So viel stand fest.

In dieser Nacht träumte sie von einer wirren Verfolgungsjagd. Die Sushi-Mädchen in pechschwarzen Umhängen mit spitzen Kapuzen rannten durch endlos leere Gassen vor ihr und Amanda davon. Obwohl Isy so schnell wie noch nie in ihrem Leben spurtete, kam sie einfach nicht vom Fleck. Immer waren ihre Feindinnen schneller! Plötzlich gab es einen Knall und die Sushi-Mädchen waren verschwunden.

»Sie haben sich in Luft aufgelöst!«, rief Isy niedergeschlagen. »Jetzt werden wir sie nie mehr kriegen und der Verdacht wird für immer an uns klebenbleiben, Amanda!«

»Irrtum!«, kicherte die Traum-Amanda. »Sie sind nur in meine Falle geplumpst! Und dort werden sie bleiben, bis sie so schwarz wie ihre Umhänge sind!«

Doch bevor ihr Amanda hatte verraten können, was für eine tolle Falle sie den Sushi-Mädchen gestellt hatte, zerfloss der Traum wie Tinte und Isy wachte auf.

Den ganzen Morgen ließ sich der Traum nicht abschütteln, nicht beim Zähneputzen, nicht beim Duschen. Vielleicht wollte er ihr ja etwas sagen? Vielleicht enthielt er ja die Aufforderung an Amanda und sie, den Sushi-Mädchen wirklich eine Falle zu bauen?

Eine Falle wäre eine gute Idee!

Amanda, der sie den Traum am liebsten sofort brühwarm erzählt hätte, traf sich heute früh nicht mit ihr an der gewohnten Ecke. Sie hatte einen Anpassungstermin für ihre Zahnspange bei Frau Dr. Schley, der Lieblingszahnärztin der 7b. Es war nicht so, dass sich alle nach dem Bohrer rissen, aber Schleychens Folterkammer war jedoch die netteste der Welt. Allerdings war es Isy »schleyerhaft«, wie die blonde Frau es geschafft hatte, die eitle Amanda zu einer Zahnspange zu überreden.

Isy betrat den leeren Klassenraum, doch auf der Schwelle blieb sie wie angewurzelt stehen. Auf ihrem Platz wartete ein Päckchen auf sie! Auch auf Amandas Tisch lag ein solches Geschenk.

Hinter dem Schrank schob sich Gummibärchens massige Gestalt hervor. »Morgen, Isy!«

Isy erschrak. »Guten Morgen! Bist du schon lange hier?«

»Viertelstunde vielleicht.« Er kratzte sich am Ohr und sah überhaupt noch recht verschlafen aus. »Es war Binette, bloß dass du es weißt.«

Binette also? Das war doch nicht zu fassen!

Mit zitternden Händen wickelte Isy das Päckchen aus. Ein Plastik-Sushi fiel ihr entgegen. Wütend stopfte sie es in ihre Tasche. Auch das Päckchen, das auf Amandas Platz lag, warf sie dazu.

Wieso eigentlich Binette?

Die Pause fiel ihr ein, in der Amanda Saskia und Binette stolz ihre selbst gemachten Sushis gezeigt hatte. War da nicht Bini zu ihrer beider Verwunderung beinahe panisch zurückgewichen? Und hatte sie nicht ein paar Meter weiter mit Sassi die Köpfe zusammengesteckt und getuschelt?

Heiße Wut begann in ihr hochzusteigen. Wie hatte Bini auch nur eine Sekunde glauben können, dass Amanda und sie alte Leute betrügen und bestehlen? Und warum hat sie nicht das Gespräch mit ihnen gesucht, anstatt wilde Gerüchte über sie in Umlauf zu bringen? Die Enttäuschung über Binette klebte wie kalter Glibber an ihr. »Wo ist sie denn jetzt?«

»Null Ahnung. Sie hat es hingelegt und ist verschwunden.«

Sie wird beim Bäcker sein, kombinierte Isy. Gemeinsam mit Saskia holte sich Binette jeden Morgen eine Tüte Kuchen aus der Bäckerei, genau wie Amanda und sie, wenn Amanda es nicht gerade vorzog, wieder eine Diät zu machen.

Isy zog sich auf ihren Platz zurück, legte das Unterrichtsmaterial für Geschichte auf den Tisch und wartete. Die Sache mit der Falle für die Sushi-Mädchen würde sie der Freundin erst später erzählen. Die Sache mit Binette dagegen duldete keinen Aufschub. Amanda würde die blauen Augen aufreißen und »Ich glaub dir kein Wort!« keuchen, wenn sie erfuhr, wem sie diesen ganzen Stress verdankten!

Amanda riss die blauen Augen auf und keuchte: »Ich glaub dir kein Wort!« Sie hatte es noch zur ersten Stunde geschafft, weil sie beim Zahnarzt gekniffen hatte. Die Vorstellung, mit einer Zahnspange Spaghetti essen zu müssen, hatte ihr ein neurodermitisches Kribbeln beschert und ihre neuen Nikes Richtung Schulhof gelenkt.

»Tut mir leid, aber Gummibärchen hat sie beobachtet.«

»Warum sollte uns ausgerechnet Bini das antun? Mit der sind wir doch immer gut ausgekommen.«

»Dann fragen wir sie das nach der Schule!«, schlug Isy vor.

Doch nach Unterrichtsschluss war Binette wie vom Boden verschluckt. Nicht einmal Sassi wusste, wohin sie gegangen war. Na, morgen war ja auch noch ein Tag, dachte Isy grimmig und verabredete sich mit Amanda für den frühen Abend. Sie ging nach Hause, versorgte Selma mit einem Dosenmenü für Katzen im besten Alter, schälte Kartoffeln, schmökerte in einem Krimi und brachte sogar noch Kleidung in die Reinigung, wie ihr aufgetragen war.

Dann schlüpfte sie in ihre Jacke und traf sich mit Amanda vor dem kleinen Reisebüro mit dem Angebot für einen preiswerten nordischen Herbst, um Emily Wirsing erneut einen Besuch abzustatten. Wenn sich die energische Frau mit dem grauen Dutt entschließen könnte für sie auszusagen, konnten sie sich vielleicht die ganze Sushi-Hexenjagd samt ausgeklügelter Falle sparen!

Unter einem unruhigen Abendhimmel, an dem violette Wolken einander jagten, zogen sie los. Isy mochte diese Jahreszeit, in der es so schnell dunkel wurde. Man ging durch die Straßen, sah, aber wurde nicht gesehen. Mühelos konnte man in das Dunkel von Häusern und Bäumen abtauchen oder in das warme Licht einer Laterne treten. Es fühlte sich gut an, den Herbst zu riechen, in erleuchtete Schaufenster zu spähen und Arm in Arm mit Amanda schwatzend durch geheimnisvolle Schatten zu schweben. Die Dunkelheit bot Schutz und Geborgenheit, aber sie vermittelte auch die grelle, prickelnde Erregung von Gefahr.

Sie hatten es schon von weitem entdeckt: Dieses Mal hatten sie Glück. Bei Emily Wirsing brannte Licht!

Erleichtert betraten sie den Hauseingang, in dem es säuerlich nach Latex-Wandfarbe stank, und noch bevor sie den Knopf für den Lift gedrückt hatten, klebte bereits ein Abdruck der frischen Farbe an Amandas Jacke.

»Verdammter Mist!«

»Das kriegst du mit Fleckenwasser raus. Aber mach's möglichst noch heute.«

»Ausgerechnet meine Lieblingsjacke!«

Drei junge Frauen betraten lärmend und mit Blumen und Päckchen beladen den Hausflur. Sie begannen ungeduldig die Fahrstuhlknöpfe zu bearbeiten. Isy roch ihren weinhaltigen Atem.

Endlich landete der Lift im Erdgeschoss und entließ drei ältere Leute. Sie waren in einem lebhaften Gespräch. Isy erkannte in der einen Frau Emily Wirsings Nachbarin mit der Blautönung wieder. Bevor sie grüßen konnte, drängten sich die angeheiterten Damen schon an ihnen vorbei. So war Isy sich nicht einmal sicher, ob die Frau sie und Amanda ebenfalls erkannt hatte.

»Sei nett zu ihr!«, mahnte Isy, als sie auf Emily Wirsings Etage ausstiegen. »Alles hängt davon ab, dass sie uns sympathisch findet und uns glaubt. Wenn sie morgen ihre Aussage ändert, sind wir den ganzen Stress los. Dann kann die Bündig zusehen, wie sie den Sushi-Fall löst!«

»Okay, ich bin honigsüß zu dem alten Topfkratzer«, seufzte Amanda und legte den Finger auf die Klingel.

Aber sie brauchten gar nicht zu läuten. Die Wohnungstür war nur angelehnt, wie für Besuch. Der Schlüssel steckte von innen im Schloss. Sie klopften leise, dann lauter und traten schließlich zögernd in den Flur.

Aus dem Wohnzimmer drangen lärmend die Dialoge einer Fernsehserie. Typisch alte Leute! Kein Wunder, dass Emily Wirsing kein Klingeln und Klopfen hörte.

»Keine Panik, wir sind's!«, rief Isy, damit die alte Frau nicht vor Schreck tot umfiel.

Aber Emily Wirsing konnte gar nicht tot umfallen. Sie war bereits tot.

– 22 –

So jedenfalls sah es aus. Entsetzt fuhren sie zurück. Im matten Schein der blauen Vasenlampe lag Emily Wirsing leblos auf dem Teppich vor ihrem Klavier und rührte sich nicht. Aus ihrem grauen Dutt tropfte Blut.

»Hiiiilfe!«, kreischte Amanda. »Sie ist ermordet worden!«

»Beruhige dich, bestimmt ist sie nur gestürzt!« Isy löste sich aus ihrer Erstarrung und lief zu der Frau, um ihren Puls zu fühlen. Emily Wirsings Augen waren geschlossen, ihr Gesicht war wachsbleich und ihr Mund ein dünner, farbloser Strich. Isy fiel ein Stein vom Herzen, als sie an Emily Wirsings Handgelenk einen leichten, flatternden Puls zu spüren begann. »Sie lebt!«, flüsterte sie glücklich. »Amanda, sie lebt!«

»Das ist typisch für die alte Hexe, uns so einen Schreck einzujagen!«, murmelte Amanda, aber Isy hörte ihre Erleichterung heraus.

Obwohl sie das Zittern ihres Körpers kaum unter Kontrolle bringen konnte, versuchte sich Isy krampfhaft zu konzentrieren. Was war hier passiert? War die Rentnerin gestürzt? Und wenn ja, woran hatte sie sich den Kopf aufgeschlagen? An ihrem Klavier? An einem anderen Möbelstück? Oder war sie gar nicht gefallen, sondern ... überfallen worden? Bei diesem Gedanken lief Isy ein gletscherkalter Schauer über den Rücken. Die angelehnte Flurtür! »Das war kein Unfall!«, flüsterte sie. »Sie ist niedergeschlagen worden, Amanda!«

»Du spinnst!«

»Nein! Denk mal an die offene Wohnungstür! Ich dachte, sie erwartet Besuch.«

»Aber ... wer soll denn das ... getan haben?«

»Dreimal darfst du raten!«

»Meinst du wirklich ...?« Amanda erstarrte zur Salzsäule.

»Genau, die Sushi-Mädchen!« Isys Zähne klapperten. »Wer denn sonst?« Sie verspürte eine starke Schwäche und meinte für einen Moment, ohnmächtig zu werden. Doch dann atmete sie ein paarmal tief durch. Sie konnte die Nähe der verhassten Feindinnen förmlich riechen. Kein Wunder, die beiden waren vermutlich nur wenige Minuten vor ihnen in diesem Zimmer gewesen! Was aber war passiert? War es zu einem Streit gekommen? Hatte Emily Wirsing vielleicht gedroht die Polizei anzurufen?

»Ich glaube, Isy, wir müssen der Kripo Bescheid sagen!«, stöhnte Amanda.

»Bist du verrückt? Das könnte der Bündig so passen!« Isy verdrehte die Augen. »Isolde Schütze und Amanda Bornstein in der Wohnung des niedergeschlagenen Sushi-Opfers! Ich höre schon die Handschellen klicken! Kümmere dich lieber um kaltes Wasser und ein Handtuch!«

Dann erhob sie sich mit wackligen Knien. Sie musste den Gegenstand finden, mit dem Emily Wirsing niedergeschlagen worden war! Aber es lag nichts herum, was diese Kopfverletzung hätte verursachen können. Kein Hammer, kein Aschenbecher, kein Briefbeschwerer und auch keine wertvolle Bronzefigur, wie sie es immer in den Krimis las. Auch unter den Nägeln des Opfers fanden sich keine sichtbaren Reste von Stoff, Haar oder fremder Haut, die den Täter verraten könnten.

»Sie müssen die Tatwaffe wohl mitgenommen haben!«, stellte Isy fest, als Amanda mit einer Schüssel Wasser und einem Gästehandtuch zurückkehrte.

Zu zweit versuchten sie Emily Wirsing mit kalten Kompressen aus der Ohnmacht zu wecken und die Blutung zu stoppen. Vergeblich.

»Sie braucht einen Arzt«, sagte Isy bedrückt. »Wir schaffen das nicht.«

»Aber der wird dann wirklich die Polizei alarmieren!«

»Klar wird er das, aber bis dahin sind wir längst weg!« Noch einmal sah sich Isy prüfend um. Gab es irgendwo einen Hinweis darauf, dass die Sushi-Mädchen hier gewesen waren? Aber sie hatten keine Zeit, danach zu suchen! Sie mussten verschwinden, damit Emily Wirsing endlich Hilfe bekam!

Rasch blätterte Isy noch im Terminkalender der alten Frau, der neben den Silberrahmen mit Familienfotos lag. Vielleicht war eine Verabredung für heute eingetragen? Aber sie entdeckte nichts. Der heutige Tag war ein unschuldiges weißes Blatt. Welch ein Glück, dass sie sich nicht mit Emily Wirsing verabredet hatten! Dann würden ihre Namen in der zierlichen Schrift des Opfers auf genau dieser Seite stehen.

»Los, schnell! Wir müssen sie in die stabile Seitenlage bringen.«

Es war nun schon die zweite Person, die sie innerhalb weniger Wochen in die stabile Seitenlage wuchten mussten.

Dann sah Isy die Freundin fest an. »Jemand muss die Rettungsstelle anrufen. Am besten du!«

»Wieso ich?«

»Du kannst sie so täuschend nachmachen!«

»Wieso ... sie?«

»Sollen wir vielleicht sagen: ›Hallo, hier spre-

chen Isolde Schütze und Amanda Bornstein aus der 7b, zurzeit verdächtigt alte Leute auszurauben!‹?«
Isy umwickelte die Sprechmuschel zwecks Dämpfung der Deutlichkeit mit dem lindgrünen Gästehandtuch, wählte die Nummer des Rettungsdienstes und hielt Amanda den Hörer hin. »Mach schon, stöhne richtig schön in fränkischem Dialekt!«

»An dem Handtuch ist ja Blut!«

»Ist das jetzt so wichtig?«

»Aber wenn das rauskommt, Mensch!«, jammerte Amanda. Doch dann riss sie sich zusammen und stöhnte wie gewünscht: »Kommen Sie schnell! Mein Name ist Emily Wirsing! Ich bin verletzt!«, und gab der Rettungsstelle die Adresse an.

»Klasse!«, lobte Isy, als Amanda aufgelegt hatte, und warf der Freundin das Handtuch zu. »Wasch es im Bad aus und häng es auf die Leine, als hätte es die Wirsing irgendwann selber getan. Es muss ganz normal aussehen.«

Isy sah auf die Uhr. Sie waren jetzt genau sieben Minuten in der Wohnung. Noch einmal so lange und der ärztliche Notdienst würde hier sein, um die Frau professionell zu versorgen. Sie mochte gar nicht daran denken, mit welch großen Hoffnungen sie hierhergekommen waren! Nun würde sie sich doch noch eine Falle für die Sushi-Mädchen ausdenken müssen.

Mitfühlend beugte sie sich noch einmal über die kleine, stille Gestalt am Boden und strich Emily Wirsing über die kalte Stirn. »Mehr können wir nicht für Sie tun! Aber Rettung ist schon unterwegs!« Es klang, als wollte sie sich bei der alten Frau entschuldigen.

Endlich kam auch Amanda aus dem Bad und sie spähten hinaus auf den Gang. Es durfte auf keinen Fall passieren, dass sie von jemandem am Tatort gesehen wurden. Aber alles ging glatt. Sie ließen die Wohnungstür für die Sanitäter angelehnt, vermieden es, den Lift zu benutzen, und begegneten zum Glück keiner Menschenseele auf ihrem langen Weg durch das Haus.

Zufrieden umklammerte Isy heimlich einen kühlen metallenen Gegenstand in ihrer Jackentasche, den sie ohne Amandas Wissen aus der Wohnung mitgenommen hatte. Natürlich verstieß das gegen alle Regeln des Anstandes und der Ehrlichkeit, aber sie hoffte inbrünstig, dass es Emily Wirsing eines Tages verstehen und verzeihen würde. Dann standen sie auch schon auf der Straße und hörten das gellende Martinshorn des Notarztwagens und gleich darauf sahen sie die Männer in Weiß aus dem Auto springen. Emily Wirsings Retter waren da!

Zwei Riesensteine polterten von ihren Herzen.

In diesem Moment begann Isy erst zu begreifen, in was für einer heiklen Situation sie sich befunden hatten. Wenn es einen guten Geist im Himmel gab, konnten sie sich bei ihm bedanken, dass sie niemand gesehen hatte! Sie waren aus dem Schneider!

Waren sie wirklich aus dem Schneider? Hatte sie wirklich kein Mensch gesehen?

Isy musste plötzlich an die Nachbarin denken,

die vor ihrer Nase den Lift im Erdgeschoss verlassen hatte, und ihre Handflächen wurden feucht. Sie hatte die Nachbarin von Emily Wirsing erkannt! Aber hatte diese Amanda und sie ebenfalls erkannt?

– 23 –

»Sag bloß, die hat euch erkannt?!« Tannhäuser konnte es nicht fassen. Es war eine Katastrophe mit diesen Katastrophenweibern!

»Ich glaube eher nicht ...«, murmelte Isy niedergeschlagen. »Aber ausschließen können wir es nicht.«

Die Mädchen hatten, gleich nachdem sie den Tatort verlassen hatten, Tannhäuser alarmiert und das Treffen bei Gummibärchen vorgeschlagen. Nun hockten sie wie gebannt zu viert vor dem alten Fernseher in Gummibärchens Kellerasyl und starrten auf die regionalen Abendnachrichten. Würden sie etwas über Emily Wirsings Unfall bringen?

Ungeduldig sahen sie sich Beiträge über die Eröffnung einer Kunstausstellung Unter den Linden, die Einweihung einer neuen Kinderbibliothek im Wedding und eine Demonstration einiger von Entlassung bedrohter Arbeitnehmer vor dem Kanzleramt an. Dann endlich folgten die Kurznachrichten. Emily Wirsings Foto wurde zuletzt eingeblendet.

Da die Meldung brandneu war, konnte man sich

nur auf die Aussage des Notarztes beziehen. Es hieß, Emily Wirsing sei offenbar überfallen und niedergeschlagen worden, hätte aber noch selbst den Rettungsdienst verständigen können. Seitdem läge die Patientin im Koma. Die Tatsache, dass Emily Wirsing eines der Sushi-Opfer war, wurde nicht erwähnt.

»Im Koma!« Isy schlug die Hände zusammen. »Wir dachten, sie ist ohnmächtig!«

»Koma kann ewig dauern, aber auch nur kurz sein«, nuschelte Tannhäuser. »Denkt positiv! Vermutlich habt ihr der Frau sogar das Leben gerettet!«

Einen Moment schwiegen sie nachdenklich. Es war trist hier unten, doch die schlecht isolierten Heizungsrohre des alten Plattenbaues hielten den Keller warm und man war ungestört.

»Hoffentlich kriegen sie das mit dem Anruf nicht raus«, murmelte Amanda.

»Quatsch! Du warst einfach perfekt! Darauf wäre sogar Emily Wirsings eigene Mutter reingefallen, wenn sie noch lebte.«

»Ihr meint also, dass es die Sushi-Mädchen gewesen sind?«, fragte Gummibärchen.

»Wenn es ein Fremder gewesen wäre, hätte sie ihn gar nicht in die Wohnung gelassen.« Isy grinste. »Sie ist verdammt tough!«

»Außerdem besitzt sie eine Donnerbüchse aus der Sammlung ihres Mannes«, warf Amanda ein. »Die stammt noch aus der Zeit von Friedrich dem Großen!«

»Aber die hätte sie doch bei den Betrügerinnen einsetzen können?«

»Ich nehme an, ihr Besuch hat sie völlig überrascht«, gestand Isy.

»Aber sie hat sie trotzdem reingelassen!«

»Vielleicht haben sie ja auch gelogen und gesagt, sie wollen alles wiedergutmachen? Uns hat sie gleich als Erstes gefragt, ob wir ihr das Handy wiederbringen«, erinnerte sich Amanda.

Tannhäuser krauste die Stirn. »Sah es vielleicht nach einem normalen Einbruch aus? Offene Schränke, herausgerissene Schubladen, überall Klamotten?«

»Überhaupt nicht. Das hätte ich sofort gecheckt!«

»Lag die Tatwaffe noch irgendwo rum?«, fragte Tannhäuser.

Isy schüttelte den Kopf. »Ich hab sogar ihre Hände untersucht, falls sie sich gewehrt hat. Aber kein Fetzchen Stoff, keine fremde Haut unter ihren Nägeln. Sie muss von dem Schlag völlig überrascht worden sein.«

»Fassen wir also zusammen«, sagte das Superhirn der 7b. »Schwere Körperverletzung, aber kein Einbruch, dafür eine offene Wohnungstür.« Er stutzte. »Wieso eigentlich … offen?«

»Weil der Schlüssel von innen steckte. Er wirkte wie eine Sperre. Die Tür ließ sich nicht zuschlagen«, erklärte Isy.

»Vielleicht haben sie sie auch absichtlich aufgelassen? Vielleicht wollten sie, dass jemand Emily Wirsing findet und ihr hilft?«, warf Amanda ein.

»Vielleicht war es auch jemand ganz anderes?«, brummte Gummibärchen.

»Er hat Recht«, nuschelte Tannhäuser. »Ihr seid ziemlich fixiert auf diese Sushi-Mädchen!«

»Das wärt ihr auch, wenn die euch so in die Pfanne hauen würden!«, zischte Amanda.

»Man muss bei einer Straftat immer sofort nach dem Motiv fragen!«, erinnerte Isy. »Und die Sushi-Hexen haben eins!«

Einen Moment herrschte tiefes Schweigen im Keller. Jeder von ihnen versuchte sich vorzustellen, was sich in dem wirsingschen Wohnzimmer abgespielt haben mochte.

Dann fiel Isy ein, dass es Ärger geben würde, wenn sie heute wieder zu spät zum Essen käme, und Amanda fragte sich, warum Tannhäuser meistens grüne Pullover trug. Ob das an seinem Sternzeichen lag?

Der Junge im grünen Pulli setzte gerade ein ernstes Gesicht auf. »Wenn es stimmt, was ihr vermutet, dass die Sushi-Weiber die Frau niedergeschlagen haben, dann denkt die Kripo das mit Sicherheit auch. Dann habt ihr ein Problem!«

»Bloß eins?«, fragte Isy müde. »Die Wirsing hätte uns entlasten können! Jetzt müssen wir den Sushi-Mädchen eine Falle stellen und mir ist noch nichts Gescheites eingefallen ...«

»Ein todsicheres Alibi für heute Abend ist erst mal wichtiger! Sie werden euch durchsieben. Für die Kripo seid ihr die Hauptverdächtigen Nummer eins!«

»O Gott!«, stöhnte Amanda. »Wär ich doch bloß daheim geblieben und hätte meine Lieblingsserie gesehen!«

»Quatsch jetzt nicht Grünkohl!«, brummte Gummibärchen. »Denk nach!«

»Es muss ein wirklich hieb- und stichfestes Alibi sein!« Tannhäuser begann ausgiebig seine Brille zu putzen.

»Ich hab's!«, rief Isy plötzlich, so wie man es von ihr gewohnt war. »Ein Kaufhaus! Kaufhäuser haben doch immer auf! Das kann nicht wegen eines blöden Königs geschlossen werden!«

»Meinst du wirklich?« Amanda runzelte die Stirn.

»Na, ich hab noch kein geschlossenes Kaufhaus erlebt. Sie können wegen einer Betriebsversammlung mal später öffnen, aber am Abend früher schließen, das ist nicht drin. Dafür ist der Kapitalismus zu gierig!«

»Isy hat Recht. Hunderte von Käufern von morgens bis abends! Da sollen sie erst mal zwei Nadeln im Heuhaufen finden!«, freute sich Gummibärchen.

»Welches Kaufhaus?«, fragte Tannhäuser sachlich. »Bloß nicht KaDeWe!«

»Wir sagen der Bündig, dass wir an diesem Abend im Kaufhof am Alex waren. Der ist nicht so abgehoben wie das KaDeWe. Da soll sie uns mal das Gegenteil beweisen!« Isy grinste zufrieden.

»Bleibt stark!«, murmelte Tannhäuser, als sie sich trennten.

Das war einfacher gesagt als getan. Beklommen dachte Isy an Beate Bündig. Hatte man die Inspektoranwärterin schon zum Tatort gerufen? Hatte sie schon eine Spur aufgenommen? Und würde die zu ihnen führen?

– 24 –

Die Nachricht vom Überfall auf Emily Wirsing erfuhr Beate Bündig in ihrem Dienstwagen, als eine Ampel gerade auf Rot stand.

»Ich möchte dich nur informieren, dass Emily Wirsing heute Abend in ihrer Wohnung niedergeschlagen wurde«, erklärte ihr der Kollege Christoph Roth. »Ein Sturz scheidet offenbar aus. Sie befindet sich jetzt auf der Intensivstation und liegt im Koma. Die Kollegen vom Dezernat für Gewaltverbrechen schließen einen Zusammenhang mit unseren Ermittlungen wegen Trickbetruges an Emily Wirsing nicht aus. Den Einsatz vor Ort leitet Kommissar Schmoll. Fahr mal hin!«

Beate Bündig schielte zur Uhr. Es war bereits acht. Sie hatte heute nach Feierabend einem Impuls folgend Agathe Rosenbusch aufgesucht, aber die war nicht zu Hause gewesen. Dafür hatte sie bei Gundula Schwarz' bester Freundin Roswitha Pech Glück gehabt und befand sich nun auf dem Weg zu einer Nachbarin, mit der die Verstorbene so ziemlich jeden Abend vor dem Fernseher geklönt hatte.

Roswitha Pech war überzeugt gewesen, dass Gundula Schwarz bestimmt dieser Nachbarin anvertraut hatte, was sie am anderen Tag bei der Kripo hatte aussagen wollen.

Und nun sollte sie auch noch in Emily Wirsings Wohnung fahren. Es war wieder einer dieser Tage, die kein Ende zu nehmen schienen! Seufzend schob sie das Handy in ihre Tasche zurück. Dann warf sie einen Blick auf den Stadtplan und sein schnittmusterartiges Gewirr von Linien und Punkten, um bereits eine Viertelstunde später bei Gundula Schwarz' Nachbarin zu klingeln.

Sie entschuldigte sich für die späte Störung, zückte ihren Dienstausweis und stellte der Frau im zimtfarbenen Morgenrock ihre Fragen.

»Geht es noch immer um diese Sushi-Geschichte?«, erkundigte die sich gähnend. »Die hat der armen Gundula den Rest gegeben!«

»Beantworten Sie bitte nur meine Fragen!«, bat Beate Bündig.

Die Frau nickte und versuchte sich zu erinnern. »Wir hatten eine Sendung im Fernsehen gesehen, als sie sich plötzlich an die Stirn griff und ›Das ist es!‹ ausrief. Sie sagte, sie wundere sich, dass ihr das nicht gleich aufgefallen sei und dass sie morgen sofort die Inspektoranwärterin anrufen wolle. Ich vermute mal, dass Sie das sind. Mehr hat sie mir leider nicht verraten.«

»Wissen Sie noch, was das für eine Fernsehsendung gewesen ist?«

Die unruhigen Augen der Frau flitzten hin und

her. »Mode, denke ich. Karl Lagerfeld. Oder was mit Udo Walz? Ich erinnere mich nicht mehr. Wissen Sie, ich hab schon geschlafen. Jetzt, wo Gundula tot ist, krauche ich schon mit den Hühnern ins Bett.«

Beate Bündig drückte ihr ihre Visitenkarte in die Hand. »Es tut mir leid, dass ich Sie aus dem Schlaf gerissen habe. Aber Ihre Hilfe wäre sehr wertvoll für uns. Sollte Ihnen der Titel der Sendung einfallen, rufen Sie mich an!«

In Emily Wirsings Wohnung arbeitete bereits die Spurensicherung. Die Inspektoranwärterin wusste aus Erfahrung, dass diese Kollegen es wenig schätzten, wenn Nachzügler der Kripo die Spuren zertrampelten. Eilig betrat sie den Hausflur, der nach frischer Farbe roch, und ließ sich nach Besichtigung des Tatortes von den Kollegen des Dezernates für Gewaltverbrechen über alle Details in Kenntnis setzen. »Sie ist vermutlich gegen 18:30 Uhr niedergeschlagen worden. Es gibt Aufzeichnungen ihres Notrufes beim Rettungsdienst.«

»Was? Sie hat noch selber anrufen können?«

Kommissar Scholl nickte. »Offensichtlich.«

Das soll mir ein Mediziner bestätigen, dachte Beate Bündig ungläubig. »Warum hat der Rettungsdienst überhaupt die Kripo alarmiert?«

»Die Wohnungstür stand offen. Das machte sie misstrauisch.«

»Wenn es erwiesen ist, dass es ein Schlag und kein Sturz war, wo ist dann die Tatwaffe?«

»Wir haben keine gefunden, Frau Bündig.«

»Weiß man, ob etwas gestohlen wurde?«

»Die Tochter der Verletzten sagt Nein. Sie ist jetzt bei ihrer Mutter im Krankenhaus.«

»Es wäre schön, wenn Sie uns schon morgen früh eine Kopie des Anrufs von Emily Wirsing und die Fotos vom Tatort ins Dezernat schicken könnten. Ich werde mich mal umhören, ob jemand die Sushi-Mädchen zur Tatzeit hier im Haus gesehen hat!«

Beate Bündig klingelte an der Tür der Nachbarwohnung.

Ein Mann in Pantoffeln öffnete vorsichtig einen Spalt.

Die Inspektoranwärterin stellte sich vor und zeigte ihren Dienstausweis.

Der Nachbar rief seine Frau. Die sah ein wenig beunruhigt aus. Beate Bündig beschrieb ihr die Sushi-Mädchen. Sie nickte. Ja, die hätten letzte Woche einmal nachmittags geklingelt, als Emily Wirsing nicht daheim gewesen war, und hätten Blumen für sie bei ihr abgegeben.

»Sind Ihnen die Mädchen heute Abend im Hause begegnet? Oder wissen Sie zufällig, ob Emily Wirsing die beiden heute Abend erwartet hat?«

Bekümmert wurde der blau getönte Kopf geschüttelt.

Beate Bündig bedankte sich höflich und die Nachbarin schloss ihre Tür. Doch die Inspektoranwärterin blieb noch einen Moment stehen. Sie hörte, wie die Frau und der Mann sich im Flur unterhielten.

»Bist du dir sicher?«, fragte er. »Hast du sie wirklich nicht gesehen?«

»Eigentlich schon.«

»Aber als du vorhin Otto und Lisa runtergebracht hast, hattest du mir hinterher erzählt, dass sich im Erdgeschoss eine Gruppe angetüterter Schnepfen in den Lift gedrängt hat. Theoretisch hätten die beiden Mädchen doch dazwischen gewesen sein können?«

Die Antwort der Nachbarin konnte Beate Bündig leider nicht mehr verstehen. Die Schritte des Paares entfernten sich aus dem Flur. Die Inspektoranwärterin strich sich das Haar aus der Stirn und machte sich auf die Suche nach den »angetüterten Schnepfen«. Irgendwo musste hier eine Fete sein.

Zwei Wohnungen über Emily Wirsing wurde sie fündig. Musik und lautes Lachen schallten ihr entgegen, als man ihr öffnete. Beate Bündig zückte den Ausweis. »Guten Abend! Inspektoranwärterin Bündig, Kripo Berlin.«

Am nächsten Morgen schnappten sich Isy und Amanda Binette. Sie verließ gerade die Bäckerei, wo sie sich ein Plunderstück und eine Cremeschnitte hatte einpacken lassen.

»Wir haben auch was Leckeres«, rief Isy. »Probier mal! Mund auf, Augen zu!« Neugierig tat ihnen Binette den Gefallen und biss gleich darauf krachend auf ein Plastik-Sushi. »Aua! Seid ihr verrückt?«

»Wir wollten dir nur dein Eigentum wieder zurückgeben!«, sagte Amanda puderzuckersüß.

Binette, die sich den schmerzenden Mund hielt, wurde feuerrot.

»Wenn du nicht bis Mittag vor der ganzen Klasse deine üblen Verdächtigungen und Verleumdungen über uns zurücknimmst, dann kannst du echt was erleben!«, drohte Isy.

Wie sie vermutet hatte, ging Binette nach der ersten Stunde nach Hause. Sie hatte Kopfweh. Außerdem wackelte ein Zahn. Die würden sie vor den Ferien nicht mehr wiedersehen. Binette war schon immer ein Feigling gewesen.

In der dritten Stunde steckte Dr. Trisch seinen Kopf in die Klasse und winkte Isy und Amanda aus dem Erdkundeunterricht, genauer gesagt aus Ägypten. »Ihr scheint da in eine böse Sache verwickelt zu sein«, stellte er besorgt fest. »Wollt ihr vielleicht irgendwann einmal darüber sprechen?«

Dann überließ er sie dem Kripo-Beamten, der schon auf dem Schulflur lauerte und sie zu dem wartenden Wagen führte.

»Bleib cool!«, flüsterte Isy, als sie in den grünweißen Einsatzwagen kletterten, und drückte Amandas eiskalte Hand.

Wieder jagten sie durch das vormittägliche Berlin, wieder durften sie nicht miteinander reden, wieder vernahm man sie getrennt.

Erneut saß Isy Beate Bündig gegenüber. Es war

still in dem kleinen Büro. Die Inspektoranwärterin schrieb an ihrem Computer. Fast hatte es den Anschein, als hätte sie Isy vergessen. Erst nach einiger Zeit hob sie den Kopf und musterte das Mädchen kühl über ihre Brille hinweg.

»Wann habt ihr, Amanda und du, Emily Wirsing das letzte Mal gesehen?«

»Frau Wirsing? Da muss ich nachdenken. Versucht haben wir es vorige Woche, aber da war sie leider nicht zu Hause. Sie können ihre Nachbarin fragen. Die mit dem blauen Haar. Wir haben dort unsere Blumen abgegeben. Dann muss es ungefähr zwei Wochen her sein, dass wir Frau Wirsing gesehen haben. Eigentlich müsste sie das bestätigen können.«

Wenn das nicht cool war! Aber Beate Bündig zuckte mit keiner Miene. »Mich interessiert vor allen Dingen, wo ihr gestern Abend zwischen 18:00 und 19:30 Uhr gewesen seid?«

»Warten Sie mal! Gestern Abend? Da waren wir im Kaufhof am Alex. Ich war echt spät zu Hause. Es gab natürlich Zoff!«

»Im Kaufhof also. Was habt ihr dort gemacht?«

»Was man in einem Kaufhaus so macht. Leute geguckt, Parfüm getestet, Häppchen probiert ... In der Buchabteilung halten wir uns immer am längsten auf.«

»Habt ihr etwas gekauft? Habt ihr Belege?«

»So hoch ist mein Taschengeld nicht und Amanda kauft sowieso nur teure Marken.«

»Gibt es Zeugen?«

»Mehrere Hundert bestimmt! Aber unglücklicherweise kennen wir sie nicht.«

Die Inspektoranwärterin musterte sie spöttisch. »Isolde Schütze und Amanda Bornstein also wie immer ohne Alibi?«

»Aber das ist ein Alibi!«

»Nur leider kein sehr überzeugendes. Was würdest du sagen, wenn es Leute gibt, drei junge Frauen, die euch ein Alibi geben könnten?«

»Wie meinen Sie das? Kunden aus dem Kaufhof oder Verkäuferinnen?«

»Nein, Leute, die sich um diese Zeit im Mietshaus von Emily Wirsing befanden und nun behaupten mit dir und Amanda gestern Abend gegen halb sieben im Lift gefahren zu sein?«

»Dann würde ich sagen, sie lügen!«, antwortete Isy wie aus der Pistole geschossen. »Oder sie verwechseln uns zum Beispiel mit diesen Sushi-Mädchen. Das passiert uns doch neuerdings dauernd. Aber warum fragen Sie nicht einfach Frau Wirsing?«

Beate Bündig musterte das Mädchen vor ihrem Schreibtisch stumm. »Isolde«, sagte sie leise, »hier stimmt etwas nicht. Hier stimmt etwas ganz und gar nicht. Alle meine Alarmanlagen summen. Möchtest du mir was sagen?«

»Wir waren im Kaufhof. Ehrenwort!«

»Wir werden es prüfen.«

Na, dann prüft mal schön!, dachte Isy und wagte ein Grinsen. »Kann ich jetzt gehen?«

»Nein.«

Die Inspektoranwärterin holte einen Umschlag aus der Schublade und legte ein Foto vor Isy hin. Es zeigte Emily Wirsing in stabiler Seitenlage auf ihrem blutbefleckten Perser.

»Das ist ja Frau Wirsing!«, sagte Isy überrascht. Dieses Mal musste sie sich nicht verstellen. Es überraschte sie tatsächlich, dass Fotos von der Verletzten vorlagen. Hatte die der Rettungsdienst geschossen?

»Fällt dir an dem Foto etwas auf?«

Isy zögerte. Sie wusste nicht, auf was die Inspektoranwärterin hinauswollte. »Ist sie ... gestürzt?«

»Sie wurde niedergeschlagen, konnte aber noch den ärztlichen Notdienst anrufen.«

»Ein Glück!«, murmelte Isy.

»Ja, und danach ist sie vorschriftsmäßig in die stabile Seitenlage gefallen. Was aus medizinischer Sicht allerdings unmöglich ist. Mit anderen Worten, jemand hat sie in die stabile Seitenlage gebracht! Weißt du, wie das geht?«

»Alle in unserer Klasse wissen das. Wir hatten so einen Kursus. Aber ich habe es noch nicht anwenden müssen.«

Die Inspektoranwärterin reichte Isy ein zweites Foto. Sofort erkannte das Mädchen das lindgrüne Gästehandtuch wieder.

»Dieses Handtuch fanden wir im Bad. Es hatte Spuren von Blut. Jemand hat es in den Wäschekorb gestopft.« Beate Bündig lächelte spöttisch. »Die Analyse ergab, dass es sich um Emily Wirsings

Blut handelt. So etwas lässt sich noch nach Jahrzehnten feststellen.«

Isy nickte. »Mit Luminol. Das ist so ein chemisches Zeug, das Blut im Dunkeln leuchten lässt.« Sie hatte es in Krimis gelesen.

Die Inspektoranwärterin räusperte sich. »Ja, es sieht so aus, als hätte Emily Wirsing nicht nur versucht ihr Blut selber zu stillen, nein, sie hat das blutige Handtuch auch noch persönlich in den Wäschekorb gestopft. Bei ihren schweren Verletzungen schlichtweg ein Ding der Unmöglichkeit!« Beate Bündig schwieg vielsagend.

Auch Isy schwieg. Sie kochte vor Wut. Amanda, die Schlampe, hatte das Handtuch also nicht ausgewaschen und aufgehängt, sondern es zur Freude der Spurensicherung in den Wäschekorb geworfen! Warum hatte sie es eigentlich nicht gleich an die Wohnungstür gehängt?

Und dann noch dieser Fehler mit der stabilen Seitenlage! Den hatte sie sich allerdings selber zuzuschreiben. Aber war es wirklich ein Fehler, einem Menschen das Leben zu retten?

»Wir gehen davon aus, dass jemand versucht hat Emily Wirsings Leben zu retten, sonst hätte er sie ja nicht in die stabile Seitenlage gebracht.« Beate Bündig bewies wieder einmal, wie gut sie Gedanken lesen konnte. »Wenn es der Täter war, so musste die Tat ja nicht geplant gewesen sein. Vielleicht ist ein Streit ausgeartet und der Schlag in der Erregung passiert? Wir nennen das *im Affekt*. Vielleicht hat dieselbe Person ja verzweifelt versucht

Emily Wirsings Blutung zu stoppen und schließlich aus Sorge um sie den Rettungswagen gerufen?« Die Worte der Polizistin klangen verständnisvoll. Wie eine sanfte, beharrliche Einladung, endlich einmal ehrlich über alles zu reden.

Aber Isy war auf der Hut.

»Unsere Techniker analysieren Emily Wirsings Stimme, sobald sie bei Bewusstsein ist.«

»Wieso?«

»Es könnte doch jemand Emily Wirsings Stimme imitiert haben.«

»Aber, aber wer sollte denn …?«, würgte Isy heraus.

»Vielleicht wollte jemand Hilfe holen, aber nicht erkannt werden. Allerdings können wir erst einen Stimmenvergleich machen, wenn Frau Wirsing wieder ansprechbar ist.«

»Wie geht es ihr denn überhaupt?«

»Sie liegt unverändert im Koma.« Beate Bündig erhob sich. »Ja, es gibt einige seltsame Widersprüche in diesem Fall. Wir werden sie lösen. Vielen Dank für deine Bereitschaft, uns zu helfen.«

Isy spürte, wie ihr das Blut ins Gesicht schoss und eine heiße Welle der Scham über ihr zusammenschlug.

Beate Bündig tat, als sähe sie es nicht. »Morgen ist der letzte Schultag. Was macht ihr in den Ferien? Es wäre gut, wenn ihr Berlin vorerst nicht verlassen würdet.«

»Das haben wir auch nicht vor.«

»Was habt ihr denn vor?«

»Mal sehen. Ausschlafen, gammeln, lesen … Wieso?«

»Nur so.« Beate Bündig öffnete auffordernd die Tür.

Von wegen!, dachte Isy. Seit wann gab's bei der Kripo ein: *Nur so*?

»Ich hätte noch eine Frage«, begann sie zögernd. »Hat Frau Rosenbusch inzwischen für uns ausgesagt?«

»Sie hatte damit begonnen, aber dann hat sie der Mut verlassen.« Beate Bündig seufzte. »Sie ist einfach davongelaufen. Aber ich bleib dran. Mit alten Leutchen muss man Geduld haben.«

»Ja, bleiben Sie dran«, bat Isy. »Leider kann nun ja auch Frau Wirsing nicht mehr zu unseren Gunsten aussagen.«

»Hat sie das denn vorgehabt?«

»Ich glaube, ja. Und dieser Dr. Hecker hat Schwierigkeiten mit seiner Brille. Der hat die Sushi-Mädchen nämlich gar nicht richtig erkannt. Das gibt er selber zu! Vielleicht sollten Sie einmal überprüfen, was Sie da überhaupt für Zeugen haben!«

Die Inspektoranwärterin schluckte. »Danke für den Hinweis, das ist schon geklärt.«

Sie gaben sich die Hand. Dann fiel hinter Isy die Tür ins Schloss, während die Inspektoranwärterin unverzüglich zum Telefon griff und die Anweisung gab, Isolde Schützes und Amanda Bornsteins Alibi im Kaufhof routinemäßig zu überprüfen.

Indes schloss Isy drei Stockwerke tiefer die flennende Amanda in die Arme. Isy hatte zwar zu dem Gästehandtuch von Emily Wirsing ein paar scharfe Worte sagen wollen, aber das war jetzt nicht der Moment.

»Es war so schrecklich!«, schluchzte Amanda. »Dieser Oberinspektor Roth hat immer wieder das Gleiche gefragt, als hätte er eine CD mit einem Staubfussel verschluckt, und ich habe ihm mindestens achtmal bestätigt, dass wir im Kaufhof gewesen sind. Und am Ende hätte ich mich beinahe verquatscht!«

»Amanda, halt durch!«, flüsterte Isy beschwörend. »Halt noch vierundzwanzig Stunden durch! Dann sind wir die Bündig los! Dann sind Ferien!«

– 25 –

Der letzte Schultag begann. Während Isy und Amanda lauernd in ihren Bänken hingen, um beim letzten Klingelzeichen als Erste aus der Klasse zu stürmen, erhielt die Inspektoranwärterin Bündig einen Anruf, auf den sie schon ungeduldig gewartet hatte. Stumm lauschte sie dem Kollegen am anderen Ende des Hörers, und nur wer sehr vertraut mit ihr war, hätte an der Art, wie sie beim Zuhören schluckte und wie sich der weiche Zug um ihren Mund hart spannte, ihre Enttäuschung erkannt. Die Mädchen hatten also erneut gelogen!

Der Kaufhof am Alex hatte ausnahmsweise an jenem Abend wegen einer technischen Havarie im Sanitärbereich früher geschlossen werden müssen. Die letzten Kunden hatten gegen 17 Uhr das Kaufhaus verlassen. Als Beate Bündig das Gespräch beendet hatte, blieb sie noch zwei, drei Minuten reglos an ihrem Schreibtisch sitzen. Dann griff sie erneut zum Telefon. »Inspektoranwärterin Bündig hier. Den Staatsanwalt, bitte!«

Es war geschafft! Triumphierend wurden im ganzen Schulhaus mit anhaltendem Klingelzeichen der letzte Unterrichtstag aus- und die Herbstferien eingeläutet.

»Erholt euch!«, rief Trischi und packte seine Tasche. »Raucht, trinkt und flirtet nicht! Bis in zwei Wochen!«

Auch Isy und Amanda rafften ihre Bücher zusammen. Tätärätä! Die Jagd auf die Sushi-Zicken konnte beginnen!

Auf dem Hof warteten schon Tannhäuser und Gummibärchen an den Fahrrädern auf sie. Seit gestern hatten sie nicht mehr viel miteinander gesprochen.

»Erzählt mal!«, nuschelte der Opernfreund. »Hat die Polizei das mit dem Kaufhof geschluckt?«

»Total! Die Bündig ist uns voll auf den Leim gegangen!«, versicherte Isy.

»Dann ist ja alles Banane!«, stellte Gummibärchen fest. »Ich wusste ja gleich, dass der Kaufhof eine gute Idee war!«

In diesem Moment klingelte Amandas Handy. »Meine Mutter!«, seufzte sie und wandte sich ab. Doch als sie sich nach einigen erschreckten Ausrufen wieder umwandte, war sie grün wie ein Schimmelpilz.

»Ist was nicht in Ordnung?«, fragte Isy besorgt.

»Oh, alles Banane!«, stammelte Amanda mit zitternder Unterlippe. »Das heißt, wenn man mal von der Kleinigkeit absieht, dass bei uns gerade eine Hausdurchsuchung läuft und meine Mutter voll am Durchdrehen ist!«

Sie hatten es rausgekriegt!

»Meine Mutter sagt, der Bündig sei der Kragen geplatzt, weil wir schon wieder gelogen hätten!« Amanda schluchzte. »Und sie hätte ich auch belogen und alles verharmlost! Und der Kaufhof hätte vorgestern Abend eine Havarie gehabt! Ausgerechnet! Sie haben vorzeitig um fünf geschlossen.«

»Ist ja krass!« Tannhäuser blinzelte. »Wie hätten wir denn darauf kommen sollen? Kaufhaus ist doch sonst das sicherste Alibi!«

»Zum Glück bist du ja lernfähig!«, giftete Amanda.

»Was meint ihr?«, fragte Isy niedergeschlagen. »Machen die ihre Hausdurchsuchung jetzt auch bei mir zu Hause?«

»Logo«, brummte Gummibärchen. »Vermutlich gleichzeitig.«

»Für die Bündig seid ihr die Sushi-Weiber!«, nuschelte Tannhäuser. »Jetzt erst recht!«

Diese Worte donnerten wie Steinschlag auf Isy und Amanda herab. Und Tannhäuser hatte leider Recht. Keine Silbe würde ihnen die Inspektoranwärterin Bündig mehr glauben! Nicht einmal, wenn sie jetzt die Wahrheit sagten.

Mit plötzlichem Erschrecken erkannte Isy, wie sie sich in den letzten Wochen von Notlüge zu Notlüge immer tiefer in einen ekligen Morast aus Lügen geritten hatten. Wann hätten sie stoppen, wann hätten sie umkehren müssen? Vor allen Dingen, was war, wenn die Inspektoranwärterin sie jetzt verhaften ließ?

»Ich kann nicht mehr nach Hause!«, heulte Amanda.

»Ich auch nicht!«, flüsterte Isy.

Verlegen sahen die Jungen über den Hof. Allen war schlagartig klar, dass sich die Katastrophenweiber noch niemals in einer so ernsten, hoffnungslosen Lage befunden hatten.

Als Erster ging Tannhäuser. Er murmelte etwas von Opernkarten und drehte sich bis zum Schultor nicht mehr um.

Eine Minute später ging Gummibärchen. Nein, er ging nicht, er rannte. Normalerweise war er der faulste Schüler der 7b, der alle mit seinen Albernheiten nervte und von dem es Positives nur im Pillenformat zu berichten gab. Jetzt hielt er Tannhäuser an den Schultern umklammert und Isy und Amanda hörten ihn brüllen. Er schrie: »Wenn du die Katastrophenweiber jetzt im Stich lässt, Reggi, dann bist du mal mein Freund gewesen!«

Nach einiger Zeit kehrte Tannhäuser zurück.

Inzwischen hatten die letzten Schüler das Gebäude verlassen und auch die liebe Lehrerschaft begann sich forschen Schrittes in die Herbstferien zu begeben. Grüßend ging Trischi an ihnen vorüber, gefolgt von den Damen Schmalfuß, Biologie, und Köhler-Kant, Sport. Andere schlossen sich an und zuletzt humpelte der Direktor über den Hof. Er hatte sich beim Fußball mit seinem Jüngsten den Knöchel verstaucht.

Auch Isy und Amanda, Tannhäuser und Gummibärchen machten sich auf den Weg.

Fragte sich nur, auf welchen?

»Wir könnten zu meiner Kusine in die Schweiz«, murmelte Amanda.

»Und wer soll dann die Sushi-Weiber fangen?«, fragte Isy empört. »Sollen wir ewig als Sündenböcke für die herumlaufen?«

Dagegen war nichts zu sagen.

»Wie wär's mit Altgrünheide?«, schlug Gummibärchen vor. »Bloß erst mal zum Abtauchen, bis der Fall geklärt ist.«

Das Schullandheim in Altgrünheide war an und für sich keine schlechte Idee. Immerhin hatten sie und Amanda in dem alten Forsthaus schon einmal Schutz vor richtig gefährlichen Räubern gesucht, dachte Isy.

»Vergesst es!«, nuschelte Tannhäuser. »Oder lest zur Abwechslung mal, was am Schwarzen Brett steht! In Altgrünheide findet über die Herbstferien ein Fortbildungskurs für unsere Lehrer statt.«

»Echt?«, fragte Isy enttäuscht. »Wo sollen wir denn dann hin?«

Niemand antwortete ihr.

Schweigend liefen sie weiter und das Schweigen dehnte sich, bis eine Gruppe Kindergartenkinder, die Schultern des Vordermannes umklammert, wie eine bunte Raupe mit elf Mützen und elf roten Nasen an ihnen vorüberschaukelte. Alle sangen. Alle sangen aus vollem Halse: »Eine Seefahrt, die ist lustig ...« Und schaukelten.

»Onkel Pauls Hausboot!«, fiel es Tannhäuser in diesem Moment ein. »Die *Isabella*! Eh, Mädels, ich glaube, ich hab was für euch ...«

Das alte Boot lag verlassen auf dem schwarzen Spiegel der Spree. Gelbe Blätter schwammen um seinen rostigen Kiel und ließen sich von winzigen Wellen zu den Nachbarbooten treiben. Es waren nur zwei. Eine Jolle und ein Ruderboot. Auch sie wirkten herbstlich verwaist.

An den Ufern der Spree aber schrien die Möwen, lärmte der Verkehr und im warmen Licht der Nachmittagssonne funkelte fern zwischen den Dächern der Häuser die goldene Kuppel des Französischen Doms. Nahe einer Brücke angelte ein bärtiger Mann. Ab und zu spuckte er schlecht gelaunt ins Wasser. Es war wohl heute nicht sein Tag.

Isy und Amanda hielten staunend den Atem an. Was für ein Wahnsinnsversteck! Total zentral und doch ganz weit weg!

»Kann man da echt drauf wohnen?«, wunderte sich Amanda.

»Aber immer. Mein Onkel nutzt es den ganzen Sommer als Hausboot. Jetzt ist er bis Weihnachten auf Teneriffa.«

»Fährt es noch?«, fragte Gummibärchen interessiert.

»Klar. Onkel Paul knattert gerne zum Müggelsee. Es hat ja einen Motor und ein richtiges Cockpit im Steuerhaus. Aber meist liegt es hier am Kai.«

»Hast du denn einen Schlüssel?«

»Ich weiß, wo er liegt.« Tannhäuser sprang die Steinstufen hinab, lief über einen wackligen Steg und kletterte geschickt über die Reling.

»Eine ganz schöne Rostlaube!«, stellte Gummibärchen kritisch fest. »Hoffentlich gluckert ihr nicht mit der alten Kogge ab …«

Entsetzt starrten sie ihn an. War das etwa sein Ernst?

Aber da war Tannhäuser auch schon wieder zurück und schwenkte einen Schlüssel. Zögernd folgten sie ihm auf das laubübersäte, rutschige Deck der *Isabella,* wo er eine abgeschrammte, quietschende Tür zur Kajüte öffnete. »Willkommen an Bord!«

– 26 –

Die Nacht wollte kein Ende nehmen! Ein leichtes Schaukeln erinnerte Isy daran, dass sie nicht zu Hause in ihrem Bett, sondern in einem kalten, schwarzen Fluss lagen, der mitten durch Berlin floss.

Die Stadt schlief längst fest. Sogar Amanda Bornstein träumte mit leisen Seufzern in ihrer Koje. Nur Isolde Schütze lag wach!

Und ihre Eltern vermutlich auch.

Das ist es, dachte Isy und drehte sich unruhig in ihrem Schlafsack hin und her, weshalb ich nicht schlafen kann. Die sorgen sich die Haare vom Kopf! Die Messages, die sie und Amanda auf den elterlichen Anrufbeantwortern hinterlassen hatten und die besagten, dass sie in Sicherheit wären, dass sie aber von der Kripo zu Unrecht verdächtigt würden und erst noch einen Fall aufklären und ihre Ehre wiederherstellen müssten, bevor sie heimkommen konnten, hatten gewiss auch nicht gerade beruhigend wie Kamillentee auf ihre beiden Elternpaare gewirkt. Sie hatten ihnen wahrhaftig schon eine Menge zugemutet, aber diese Flucht auf Onkel Pauls Hausboot war die absolute Krönung!

Isys einzige Entschuldigung war, dass sie Opfer waren und sich wehren mussten. Wer würde schon freiwillig auf so einem alten Kahn kampieren? Vielleicht hatte Hagen ja Recht und sie erwachten morgen früh plätschernd in einem Wasserbett?

Eine Weile versuchte Isy sich eine Falle für die

beiden Mädchen zu überlegen, die sie in diese unerquickliche Lage gebracht und ihren Namen so gemein in den Schmutz gezogen hatten. Endlich hatte sie eine Idee! Am liebsten hätte sie sofort Amanda geweckt und sie ihr erzählt. Doch da begann Isy zu gähnen, die Glieder wurden schwer und die Fantasiegesichter der Sushi-Zicken verschmolzen zu gelbrosa Klecksen, die sie sanft in einen Strudel wirrer Träume zogen, bis sie laute Gurgelgeräusche aus dem Schlaf schreckten. Das Wasser kam!

»Hilfe, Amanda! Das Boot läuft voll!« Entsetzt sprang sie aus ihrer schmalen Koje, aber die Freundin war nirgends zu entdecken.

Endlich hörte sie Amanda aus dem winzigen Bad kichern: »Du hast wohl zu oft den Untergang der Titanic gesehen, was, Isolde? Ich putz mir bloß die Zähne!«

Erneut drangen schaurige Gurgelgeräusche durch das Schiff.

Erleichtert kehrte Isy in die Kabine zurück und spähte neugierig aus dem Bullauge. Ein Schlepper zog langsam vorbei. Er hatte silbrig glänzende Container geladen. Zum Greifen nah sah sie die Bordwand vorübergleiten. Im Führerhaus stand ein junger Mann mit blondem Zopf.

Irgendwann merkte Isy, dass sie fror. Rasch schlüpfte sie in ihre Jeans und wartete mit knurrendem Magen darauf, dass Amanda das Waschbecken räumte. Außer einer halben Tube Zahnpasta und zwei Flaschen Mineralwasser hatte Onkel

Pauls *Isabella* nämlich leider nichts zu bieten. Nicht einmal ein trockener Keks oder eine Tütensuppe hatten sich in der Bordküche gefunden. Auch der Fernseher war tot. Onkel Paul hatte vorsichtshalber den Strom gekappt. Und hoffentlich hatte Gummibärchen an Tee gedacht!

Er hatte! Eine halbe Stunde später goss Hagen Golz aus einer Thermoskanne süßen, dampfenden Assam in zwei Tassen, die praktischerweise gleich an der Kombüsendecke baumelten. Man konnte mit Fug und Recht behaupten, dass Tannhäusers Onkel Paul nicht alle Tassen im Schrank hatte.

Gierig fielen Isy und Amanda über die Nutella- und Käsebrötchen her. Amandas Diät schien vergessen und sie ließen es sich in der gemütlichen Pantry schmecken. Nebenbei blätterte Isy Gummibärchens Morgenzeitung durch, ob etwas über Emily Wirsing geschrieben stand. Sie hatte Angst, dass es der alten Frau schlechter gehen könnte. Aber Emily Wirsing wurde mit keiner Silbe erwähnt. War das ein gutes Zeichen? Aufmerksam las sie weiter und schüttelte sich plötzlich vor Lachen. »Hört mal! In Japan können Kinder jetzt Käfer, Sardine, Frosch oder Erdbeere getauft werden!«

Amanda quietschte vor Entzücken. »Au stark! Ich will Erdbeere heißen!«

»Wenn deine Eltern Japaner wären, hätten sie dich bestimmt Wassermelone getauft.« Gummibärchen lächelte breit.

»Und deine dich Stinkende Kaktusfrucht!«, schoss Amanda zurück.

»Wo bleibt eigentlich Tannhäuser?«, erkundigte sich Isy.

»Miau, miau!« Gummibärchen grinste vielsagend. »Muss 'ne gigantische Party gestern Abend bei seinem großen Bruder gewesen sein ...«

Tannhäuser hat also wieder einen Kater, dachte Isy beunruhigt. Während Hagen und Amanda ihre Lehren aus der Geschichte bei Sophie gezogen hatten, war Tannhäuser offenbar nicht sehr einsichtig. »Er wollte pünktlich sein!«, sagte sie vorwurfsvoll. »Wir müssen endlich über die Falle für die Sushi-Zicken sprechen.« Sie blinzelte geheimnisvoll. »Mir schwebt da was vor!«

»Dann fang doch schon mal an«, meinte Gummibärchen.

»Vielleicht können wir uns das ja sparen«, fuhr Amanda dazwischen. »Um die ist es doch im Moment mäuschenstill geworden. Bestimmt haben sie aufgegeben.«

»Die und aufgeben?«, höhnte Isy. »Die verstecken sich jetzt, weil sie Emily Wirsing eins übergebraten haben. Aber die Herbstferien nutzen sie bestimmt wieder für ihre miesen Tricks. Da ist kein Unterricht, da sind keine Hausaufgaben, da können sie sich voll auf die Rentner schmeißen!« Isy angelte sich das letzte Nutellabrötchen und begann ihren Plan zu entwickeln. Ihrer Meinung nach brauchten sie einen Lockvogel für die Sushi-Hexen, logischerweise einen Rentner. Es musste ein Mann sein, der über Geld verfügte, denn er würde einige Male größere Summen abheben müssen, bis die Diebinnen anbissen. Des Weiteren musste es ein Mann sein, der eine attraktive Wohnung besaß, wo die Sushi-Falle zuschnappen konnte, und außerdem sollte er Power haben, um den Sushi-Mädchen eins auf die Nuss geben zu können, bis die Polizei den Rest erledigen würde …

»Kennst du etwa einen solchen Luxusgreis?«, fragte Gummibärchen skeptisch. »Einen mit Kohle, Kraft und schicker Kemenate?«

Isy nickte gelassen.

Die Tür an Deck quietschte hell und gleich darauf kam Tannhäuser die Treppe heruntergetrampelt. Er lächelte bleich und roch nach Kaugummi. Die Plastiktüte in seiner Hand verriet, dass er wenigstens an ihre Bekleidungswünsche gedacht hatte. Oder sollte man besser Verkleidungswünsche sagen?

»Was soll denn das für ein Superopa sein?«, wollte nun auch Amanda wissen.

»Patrick Mortimer Rimpau zum Beispiel.«

»Was?«, rief Amanda entrüstet. »Herr Rimpau ist doch kein Rentner!«

»Aber mit Hilfe einer guten Maske und eines Spazierstöckchens könnte er sich mühelos in einen verwandeln.« Isy genoss sichtlich die Überraschung in den Mienen der anderen. »Natürlich nur, wenn er einverstanden ist. Aber eigentlich hat er uns ja immer aus der Patsche geholfen …«

»Aber diesmal ist die Patsche riesengroß!«, zweifelte Amanda.

»Also ich bin dafür!«, mischte sich Tannhäuser

ein und warf die Tüte mit den Tüchern auf den Tisch. »Rimpau ist eure letzte Chance! Ihr müsst es zumindest versuchen. Wann wollt ihr mit ihm reden?«

»Gleich!«, versicherte Isy und zog die widerstrebende Amanda von der Sitzbank. »Los, komm, wir machen die türkische Nummer!«

Geübt schlugen sie sich in die bunten Tücher, die Tannhäuser von Nachbarn ausgeliehen hatte. Es war schließlich nicht das erste Mal, dass sie sich aus Gründen der Tarnung als Muslime verkleideten.

Es war allerdings das erste Mal, dass sie im Bus von einer blonden männlichen Person auf Türkisch angesprochen wurden. Während Isy vor Schreck am liebsten unter der Bank verschwunden wäre, sagte Amanda liebenswürdig: »Voisitteko parsia nämä sukat?«

Der Jüngling nickte verwirrt und begann erneut nach Worten zu suchen. Zum Glück mussten sie aussteigen.

»Was hast du denn zu dem gesagt?«, forschte Isy.

»Ich habe gesagt: ›Würden Sie mir bitte die Strümpfe stopfen?‹«

»Ich fasse es nicht!«, kicherte Isy. »Du kannst Türkisch?«

»Das war Finnisch.«

»Echt? Aber woher kannst du Finnisch?«

»Kann ich gar nicht. Bloß diesen einen Satz. Aber wie du siehst, kommt man damit durchs Leben!« Sie lächelte selbstbewusst. »Natürlich hätte ich auch auf Spanisch ›Bei dir ist wohl eine Schraube locker!‹ sagen können.«

»Sag's mal!«

»Tu tienes un tornillo flojo!«

Manchmal ist sie wirklich cool, dachte Isy bewundernd. Doch dann dachte sie beklommen an ihren Freund, den Schriftsteller. Was er wohl sagen würde?

Herr Rimpau sagte: »Nein, nein und nochmals nein!«

Das hatte der Autor noch niemals gesagt.

Enttäuscht saßen sie auf dem Ledersofa in seinem Arbeitszimmer und betrachteten die bunten Buchrücken an den Wänden. Wo andere Leute gemusterte Tapeten hinklebten, hatte der Autor vollgestopfte Bücherregale aufgestellt. Sie waren schon öfter hier gewesen und Isy nahm sich jedes Mal vor, auch einmal so viele Bücher zu sammeln. Sie hatten ihn bei seiner Arbeit an einem Manuskript unterbrochen, aber er hatte ihnen trotz alledem einen leckeren Zimttee gebrüht und ihrer Geschichte gelauscht.

Natürlich hatte er schon von den Sushi-Mädchen gehört.

Ein paarmal hatte es ausgesehen, als würde er bei Isys Bericht gleich in Ohnmacht fallen, und bei der Beschreibung des wirsingschen Tatorts hatte er seine Augen mit der Hand bedeckt und gestöhnt: »Warum habt ihr nicht die Polizei gerufen, zum Kuckuck noch mal?«

»Weil wir Bammel hatten!«, hatte Isy zugegeben. »Wir hätten ja auch abhauen können, aber wir haben immerhin den Rettungsdienst alarmiert. Binnen weniger Minuten war sie im Krankenhaus.«

»Hat euch jemand gesehen?«

»Ich glaube nicht.«

Eine Weile hatte lastendes Schweigen im Zimmer geherrscht.

»Es ist dieses Mal eben alles anders als sonst«, hatte Isy dem Autor zu erklären versucht. »Diesmal sind wir die Verdächtigen! Alle zeigen plötzlich mit dem Finger auf uns! Und stellen Sie sich vor, die haben sogar unsere Namen geklaut. Diese Mistweiber sehen nicht nur so aus wie wir, sie nennen sich auch Amanda und Isolde. Wie finden Sie das?«

»Unglaublich!«, hatte der Autor gemurmelt. »Was für eine kriminelle Fantasie!«

»Nicht wahr? Und während sie munter Rentner ausrauben, machen sie uns zu ihren Sündenböcken. Sogar die Sache mit Emily Wirsing wollen sie uns anhängen. Und das Schlimmste: Die Bündig scheint's zu glauben!« Hier hatte Isy eine Atempause gemacht und sich zu Alfredo gebückt, der ungeduldig darauf wartete, gekrault zu werden.

»Wer ist ... diese Bündig?«, hatte Herr Rimpau stirnrunzelnd gefragt.

»Das ist die Inspektoranwärterin aus dem Dezernat für Eigentumsdelikte. Beate Bündig. Eine richtige rothaarige Zicke!«

Jetzt saß Patrick Mortimer Rimpau an seinem Schreibtisch, den Kopf in die Hände gestützt. Er hatte dreimal hintereinander laut Nein gesagt. Er wollte ihnen also nicht helfen. Betroffen starrte Isy aus dem Fenster, an dem der Herbstwind gerade wie eine Katze fauchend schmuddlig graue Wolken vorüberdirigierte.

»Ich darf euch gar nicht dabei helfen! Es ist mir nicht erlaubt, die Arbeit der Polizei zu machen«, erläuterte er, als könne er Gedanken lesen. »Aber ich kann euch einen guten Rat geben: Geht nach Haus und wartet ab!«

»Sollen w-w-wir uns vielleicht v-v-verhaften lassen?«, stammelte Amanda.

»Warum sollte euch denn jemand verhaften?«

»Sie haben schon unsere Wohnungen durchsucht!«

»Aber sie können nichts Verdächtiges gefunden haben, weil ihr nicht die Sushi-Mädchen seid!«

Das stimmte.

»Außerdem habt ihr euch das selber eingebrockt! Wenn ihr euch endlich dazu bequemen könntet, mit der Wahrheit über den Nachmittag des 12. Septembers herauszurücken, würde euch die Inspektoranwärterin gewiss sofort ihr Vertrauen schenken.« Der Autor klopfte seine Pfeife aus.

»Ich will nicht ins Internat!«, jammerte Amanda.

»Wenn wir unser Wort brechen, kriegen einige Leute richtig Ärger!«, gab Isy zu.

Der Autor seufzte. »Soll ich mit euren Eltern reden?«, bot er an. »Mit deiner Mutter, Amanda?«

»Sie kennen meine Mom nicht!«, flüsterte Amanda.

»Nach dem Schock mit der Hausdurchsuchung wird das nichts mehr bringen«, vermutete Isy niedergeschlagen. »Da hilft nur eins: Wir müssen der Welt die wahren Täterinnen präsentieren! Deshalb können wir erst wieder nach Hause, wenn wir den Fall gelöst haben.«

»Das ist aber gefährlich. Denkt an Emily Wirsing! Man rutscht schnell in eine Sache hinein. Das ist euch doch oft genug passiert.«

»Glauben Sie etwa, wir haben vor den Sushi-Mädchen Angst?«

»Ich meine gar nicht die Sushi-Mädchen.«

Wie? Er meinte die Sushi-Zicken nicht? Wen meinte er dann? »Glauben Sie denn nicht, dass die Sushi-Mädchen Emily Wirsing niedergeschlagen haben?«

»Nicht wirklich. Es … passt irgendwie nicht in ihr Muster.«

»Aber wer soll es denn dann gewesen sein?«

»Dazu müsste ich mehr von Emily Wirsing, ihrem Charakter, ihren Lebensumständen, ihrer Familie, ihren Freunden und ihren Feinden wissen.«

»Feinde hat die bestimmt jede Menge!«, versicherte Amanda. »Die schießt Ihnen mit ihrem alten Vorderlader glatt ein Loch ins Knie!«

»Sie hat eine Waffe?« Der Autor kratzte sich überrascht am Kopf.

»Ein altes Sammlerstück«, antwortete Isy. Sie

erhob sich vom Sofa und begann sich wieder in ihr Tuch zu hüllen. »Vielen Dank für den Tee.«

Gesenkten Hauptes marschierten sie im Gänsemarsch durch den Flur. Noch niemals hatten sie seine Wohnung ohne Hoffnung verlassen. Aber alles war ja irgendwann das erste Mal. Auch Herr Rimpau wirkte nicht gerade froh, als er ihnen die Tür öffnete.

»Schade!«, sagte Isy bedauernd. »Sie hätten vielleicht wieder Stoff für ein neues Buch gehabt?«

»Ach, so arm bin ich gar nicht an Ideen!« Der Autor drückte ihre Hände. »Bringt die Sache in Ordnung, hört ihr? Geht nach Hause, sprecht mit euren Eltern und Frau Bündig. Sie findet bestimmt eine Lösung.«

»Haben Sie schon einmal Ihr Ehrenwort gebrochen?«

Zögernd schüttelte der Schriftsteller den Kopf.

»Wir auch nicht!«, sagte Isy stolz. Dann lief sie schnell mit Amanda die Treppe hinab. Der Autor sollte ihre Tränen nicht sehen.

Auf der Straße blies ihnen sofort ein böiger Nordostwind ins Gesicht. Der Herbst schien langsam ungemütlich zu werden.

»Voll Panne!«, murmelte Amanda.

»Spießer!«, schluchzte Isy. Dann putzte sie sich die Nase.

Niedergeschlagen trabten sie zur nächsten Haltestelle und warteten mit zwei alten Frauen, einem fetten Schäferhund und einem pickligen Gymnasiasten auf den Bus, als plötzlich ein Wagen mit kreischenden Bremsen neben ihnen am Straßenrand hielt.

Polizei!, durchfuhr es Isy erschrocken. Jetzt haben sie uns! »Schnell weg!«, flüsterte sie Amanda zu, aber aus dem Golf stieg kein Polizist, sondern der Spießer Patrick Mortimer Rimpau.

Einladend hielt er die Wagentür auf. »Beeilung! Hier ist kein Parkplatz.«

Hastig schlüpften sie in den Golf und der Autor brauste durch die Stadt, bis er vor einem Geschäft mit der Aufschrift *Theaterfundus* hielt und sie durch die gläserne Tür schob.

Sekunden später standen sie staunend im Reich der Perücken und Bärte, der Hüte und Brillen, der falschen Buckel und Busen und der geheimnisvollen Tiegel und Tuben.

»Was soll es denn sein?«, fragte die Angestellte mit den mintgrünen Löckchen und musterte sie freundlich.

»Alles, was alt macht«, sagte Herr Rimpau tapfer. »Möglichst uralt!«

– 27 –

Beate Bündig fasste es nicht. Die Mädchen waren verschwunden! Isolde Schütze und Amanda Bornstein waren wie vom Erdboden verschluckt!

Die besorgten Eltern machten sie und ihre Kollegen dafür verantwortlich. Das durfte doch nicht wahr sein! Dabei hatte sie die Leute gewarnt. Aber die hatten sich ebenfalls von ihrem Nachwuchs an der Nase herumführen lassen.

»Ihre Töchter haben gelogen!«, erklärte sie ihnen in scharfem Ton. »Und zwar mehrfach! Aber Sie haben die Arbeit der Kripo, der Sie jetzt Vorwürfe machen, nicht unterstützt.« Noch einmal schilderte sie den kopfschüttelnden Eltern haarklein die Widersprüche, in die sich Isy und Amanda verstrickt hatten, und die zahlreichen Indizien, die gegen die beiden sprachen. Sogar am Tatort der niedergeschlagenen Emily Wirsing sollen sie gesehen worden sein!

Die Inspektoranwärterin machte eine Pause, gönnte sich die erste Zigarette des Tages, verfolgt von flackernden Blicken aus schreckensbleichen Elternmienen. »Trotzdem sehe ich seitens unseres Dezernats momentan keine Notwendigkeit, die Suche nach den Schülerinnen aufzunehmen. Es steht Ihnen selbstverständlich frei, Ihre Töchter als vermisst zu melden. Doch dafür ist die Vermisstenstelle des Landeskriminalamtes Berlin zuständig.«

Nervös rutschten die Eltern auf ihren Stühlen hin und her.

»Es ist ja nicht das erste Mal, dass sie von der Bildfläche verschwinden«, ergriff Amandas Vater das Wort. »Ich denke da nur an das Schullandheim in Altgrünheide. Sie waren jedoch verantwortungsbewusst genug, sich auf unseren Anrufbeantwortern zu melden und zu versichern, dass es ihnen gut ginge. Sie müssten nur noch einen Fall aufklären.« Er musterte Beate Bündig wütend. »Wie kommen unsere Töchter dazu, Ihre Arbeit zu machen, Frau Bündig?«

Die Inspektoranwärterin seufzte. »Ihre Töchter machen ganz gewiss nicht meine Arbeit und mir wäre es tausendmal lieber, sie ließen es sein. Wenn Sie etwas für Ihre Töchter tun wollen, dann überzeugen Sie sie, dass sie mir endlich die Wahrheit sagen!«

»Aber wo sollen wir sie denn finden?«, fragte Amandas Mutter schrill. Ihre langen, schmalen Finger umklammerten ein feuchtes Taschentuch.

»Ich vermute, diese Hausdurchsuchungen haben sie schrecklich beschämt«, flüsterte Isoldes Mutter. »Vor uns, ihren Eltern.« Auch in ihrem Gesicht hatte die schlaflose Nacht Spuren hinterlassen. »Sie verstecken sich. Sie trauen sich nicht mehr nach Hause. Isolde hat einen großen Stolz, sie ist aber auch sehr ehrlich. Wenn sie derart lügt, muss sie in einer verzweifelten Situation sein! Gerade weil sie und Amanda der Kripo schon so oft erfolgreich geholfen haben, werden ihr die Verdächtigungen entsetzlich zusetzen. Sie und Amanda blocken ab. Aber ich sage Ihnen eines, Frau Bündig: So etwas, was Sie ihnen hier vorwerfen, machen unsere Mädchen nicht! Niemals!«

»Genau!«, schluchzte Amandas Mutter. »Man kennt doch seine Kinder!«

Es ist immer dasselbe, dachte Beate Bündig, als sie an diesem Abend auf dem Heimweg war. Eltern weigern sich zu glauben, dass ihre Kinder »so etwas« machen. Aber glaube ich es denn? Es bedrückte sie, dass sie diesen letzten Zweifel an Isolde Schützes und Amanda Bornsteins Schuld einfach nicht in ihrem Kopf tilgen konnte. Wenn sie bloß nicht so viel lügen würden!

Vielleicht war es ja gut, dass sie jetzt für das Abendessen einkaufen musste. Der Gang durch den Supermarkt lenkte sie ab und beinahe heiter füllte sie den Einkaufswagen mit Gemüse und Äpfeln, Brot, Käse und Wurst. Zuletzt nahm sie für sich eine Tiefkühlpizza aus der Gefriertruhe und Fischstäbchen für den Sohn. Beim Anblick einer Packung gefrosteter Sushis aber holte sie das Thema unsanft wieder ein. Sie hatte diese Dinger noch immer nicht probiert, weil sie einfach keine Zeit gehabt hatte, eine Sushi-Bar zu besuchen. Und in den nächsten Tagen würde sich auch keine Gelegenheit ergeben, denn die Sushi-Mädchen würden in den Herbstferien bestimmt wieder zuschlagen. Das ganze Dezernat war auf der Hut!

Die Inspektoranwärterin seufzte leise. Selbst die Rosensträußchen an der Kasse erinnerten sie an eine unerledigte Aufgabe. Sie musste endlich Agathe Rosenbusch aufsuchen. Die Frau war fast dazu bereit gewesen, Isys und Amandas Unschuld zu bezeugen. Was nur mochte die daran gehindert haben? Waren die Kollegen zu streng, zu amtlich zu ihr gewesen? Hatten sie ihr vielleicht mit einer

Strafe bei Falschaussage gedroht? Sie musste es herausfinden. Beate Bündig nahm ihre Geldbörse aus der Tasche. Moritz würde schon ungeduldig sein.

Im Kindergarten warteten an diesem Abend noch drei Kinder auf ihre Mütter: Claudia Schmitt, Marcus Barckhausen und Moritz Bündig.

Als die Inspektoranwärterin ihren Sohn in seine Jacke steckte, entdeckte sie auf Marcus' Stirn ein großes Pflaster. »Was ist denn dir passiert?«, fragte sie, aber Marcus schob sich nur eilig an ihr vorbei in den Flur. Er hatte vom Fenster aus seine Mama entdeckt.

»Das war Moritz!«, ließ sich die Erzieherin aus dem Nachbarzimmer vernehmen. »Er hat Marcus heute einen Kran auf den Kopf gehauen.«

»Wie bitte?« Beate Bündigs Stimme klang ungläubig. »Mein Sohn hat noch nie ein anderes Kind geschlagen. Das hör ich zum ersten Mal.«

»Ihr Moritz ist in letzter Zeit ziemlich streitlustig, Frau Bündig«, erklärte die Erzieherin. »Ich wollte ohnehin mal mit Ihnen darüber sprechen.«

»Stimmt das, Moritz?«, fragte die Inspektoranwärterin betroffen.

Doch Moritz schüttelte langsam den Kopf. »Es war der Tim.«

»Er lügt!«, sagte die Erzieherin, die jetzt im Türrahmen stand. »Ich habe es mit eigenen Augen gesehen.«

Unsicher blickte Beate Bündig von der älteren

Frau auf ihren kleinen Sohn. »Aber Moritz hat mich noch nie belogen. Man kennt doch schließlich sein Kind!« In diesem Moment machte es im Kopf der Inspektoranwärterin *klick*. Hatte sie diesen Satz heute nicht schon einmal gehört?

– 28 –

Es ist zum Haareraufen!, dachte Isy verzweifelt. Nichts lief nach Plan. Bereits mehrmals war Herr Rimpau als munterer Greis mit einem Gehstock, einem eisgrauen Bärtchen und einer glänzenden Gummiglatze vormittags und nachmittags auf dem verdächtigen Postamt erschienen, in dem die Sushi-Mädchen laut den Zeitungsberichten ihre Opfer auszuspähen pflegten, und hatte stattliche Geldbeträge abgehoben. Danach war er betont langsam heimwärts geschlichen, aber es hatte sich niemand an seine Fersen geheftet, der nur im Entferntesten wie Isy oder Amanda aussah.

Die Originale hatten heute wieder einen Nachmittag mit süßem Zimttee in Herrn Rimpaus geräumigem Wohnzimmer verbracht, ferngesehen und Alfredo gekrault, während Tannhäuser und Gummibärchen geduldig im Hauseingang lauerten und der Autor in seinem Arbeitszimmer konzentriert an seinem neuen Buch arbeitete. Dennoch hatte auch er ab und zu auf ein Klingeln gelauscht, das ihnen nebst leckerem Sushi endlich die gefährlichsten Schülerinnen Berlins bescheren würde.

Herr Rimpau steckte sein um Jahre gealtertes Haupt zu Isy und Amanda ins Zimmer. »Schluss für heute!«, sagte er entschieden und verschwand im Bad, um sich die Gummiglatze von den Haaren zu ziehen.

Niedergeschlagen stapften die Mädchen die Treppe hinab und gesellten sich zu den Jungen. »Herr Rimpau meint, dass sie heute nicht mehr kommen.«

»Mist!«, motzte Gummibärchen, der sich wieder mal umsonst darauf gefreut hatte, endlich die beiden Verbrecherinnen zu überwältigen.

Einträchtig trabten sie zum Bus. Sie hatten ja fast den gleichen Weg. Um sie herum bereitete sich die Dämmerung darauf vor, sich endgültig in Dunkelheit zu verwandeln. Laternen- und Schaufensterlichter flammten zögernd auf und warfen ihren hellen Schein in den tiefblauen Himmel der Stadt. Die Nacht würde frisch werden. Von irgendwoher roch es bitter nach verbranntem Laub.

Morgen würde Herr Rimpau ihnen zuliebe noch einmal auf das Postamt gehen und übermorgen gewiss auch. Vielleicht sogar noch ein drittes Mal. Aber der Mann hatte schließlich einen überaus anstrengenden Beruf und nicht unentwegt Zeit, für sie den Lockvogel zu spielen.

»Und wenn sie nun die ganzen Ferien nicht auftauchen?«, fragte Isy verzagt. »Wenn sie Angst bekommen haben und keinen mehr ausrauben wollen?«

Niemand antwortete ihr. Zwei Busse donnerten an ihnen vorüber, die über und über mit Reklame beklebt waren. Es stank nach Benzin.

»Dann … dann bleibt der Verdacht doch an Amanda und mir hängen! Unser Leben lang! Versteht ihr?« Isy schrie es fast. Es hätte nicht viel gefehlt und sie hätte sich geschüttelt. Und genauso war ihr auch zu Mute. Die Verdächtigungen der letzten Wochen klebten wie ein Makel, wie ein abscheulicher Ausschlag an ihr! Ständig hätte sie sich kratzen mögen, so mies fühlte sie sich. Und das Schlimmste, dachte Isy, es wird immer schlimmer!

»Ich glaube, wir brauchen Geduld«, nuschelte Tannhäuser. »Du musst von den Jägern lernen. Die Idee mit deiner Falle ist doch gut. Wenn wir sie allerdings überhaupt nicht schnappen …« Achselzuckend schoss er eine leere Bierbüchse in den Rinnstein.

»Dann müssen wir es eben mit etwas anderem versuchen!«, jammerte Amanda. Vermutlich sah sie mal wieder die Internatstore hinter sich zuklappen.

»Mandi hat Recht«, sagte Isy. »Wir haben keine andere Wahl. Wenn es uns nicht gelingt, sie auf diese Weise zu schnappen, müssen wir sie auf eine andere erwischen! Im Klartext, wenn es uns nicht gelingt, ihnen nachzuweisen, dass sie alte Leute bestehlen, dann müssen wir ihnen eben ein anderes Vergehen nachweisen.«

Tannhäuser runzelte die Stirn. »Du denkst an den Angriff auf Emily Wirsing, oder?«

»Korrekt! Es würde genügen, wenn wir beweisen könnten, dass es die Sushi-Zicken gewesen sind. Bis jetzt glaubt die Bündig, dass wir damit zu tun haben. Wenn wir aber einen knallharten Beweis fänden, würde sie die Zimtzicken festnageln können. Wetten, dass die vor Schreck auch die Raubüberfälle zugeben würden?«

»Wie willst du überhaupt einen Beweis finden?« Gummibärchen starrte lustlos auf seine schmutzigen Schuhe. »Ihr wart doch selber in der Wohnung, Amanda und du, und ihr habt auch nichts gefunden.«

»Wir hatten keine Zeit. Die Frau musste dringend versorgt werden.«

»Aber die Spurensicherung ist doch längst durch!«, erinnerte Tannhäuser sie.

Isy nickte. »Wir müssen es trotzdem noch einmal versuchen. Herr Rimpau sagt auch, dass man mehr über den Überfall und die Täter erfahren könnte, wenn man ein wenig mehr über das Leben von Emily Wirsing wüsste. Ich meine, nicht umsonst liest man doch in Krimis, dass die Wohnung eines Opfers eine Menge erzählen kann.«

»Da bin ich aber neugierig, was die Bude von der Wirsing zu quatschen hat!« Gummibärchen schlug sich vergnügt auf die Schenkel. »Wie wollen wir dort reinkommen, he?«

»Ich schlage vor, wir versuchen es damit!« Mit einem triumphierenden Lächeln griff Isy in ihre Jackentasche und hielt ein blitzendes Schlüsselbund hoch.

– 29 –

Die Luft in der Wohnung roch ausgesprochen muffig. Es war ja auch schon eine ganze Weile nicht mehr gelüftet worden.

Isy schüttelte warnend den Kopf, als Amanda im Wohnzimmer die Gardine beiseiteschieben und die Fensterflügel aufreißen wollte. Bist du bescheuert?«, zischte sie. »Sollen die Nachbarn was merken?«

Sie hatten bewusst den Vormittag des anderen Tages abgewartet, um kein Licht in Emily Wirsings Wohnung machen zu müssen. Zum Glück war sie nicht mehr versiegelt gewesen. Ein genauso unverschämtes Glück war es gewesen, dass sie unbemerkt in Haus und Wohnung hatten schlüpfen können. Der Vormittag hatte eben andere Gepflogenheiten als der Abend. Die meisten Mieter waren arbeiten, manche kauften ein, aus einigen Wohnungen drangen die Geräusche von Fernsehapparaten und aus anderen der würzige Duft gebratenen Fleisches. Hausfrauen oder Hausmänner bereiteten hinter verschlossenen Türen sorgfältig das Mittagessen vor.

Jetzt teilte sie sich mit Amanda das Wohnzimmer, während die Jungen in der Küche und im Bad nach Spuren der Sushi-Mädchen suchten.

»Selbst das winzigste Partikelchen Nagellack ist wichtig!«, mahnte Isy.

»Das hätten die Spuris längst gefunden!«, wehrte Tannhäuser ab.

»Das sind auch bloß Menschen!«, murmelte die künftige Kriminalistin. »Denen kann auch mal ein Patzer unterlaufen …«

Dann setzte sie sich auf die Couch, um Emily Wirsings Wohnung auf sich wirken zu lassen. Die Dame mochte es edel. Und nostalgisch. So viel stand fest. Außerdem liebte sie ihre Familie. Das war Isy schon bei ihrem ersten Besuch aufgefallen. Die Fotos auf dem Klavier in ihren silbernen Rahmen bewiesen es. Emily Wirsings blond gesträhnte Tochter mit Hund und ihre Enkelin Camill mit Hut, die mindestens schon siebzehn war. Daneben immer wieder der berühmte Schwiegersohn, der Staatssekretär: mal im Auto, mal bei der Jagd, mal am Schreibtisch oder vor dem Kamin.

Eigentlich hatten Amanda und sie mit dem Gedanken gespielt, Blumen für Emily Wirsing im Krankenhaus abzugeben, aber die Angst, dass die Frau polizeilich überwacht wurde, hatte sie davon abgehalten.

»Guck mal, sie sammelt Figürchen!«, rief Amanda, die vor der Vitrine stand, entzückt und hielt eine kleine Schäferin mit Hündchen aus Porzellan in die Höhe.

Bevor Isy antworten konnte, brachen die Jungen in schallendes Gelächter aus. Es drang aus Emily Wirsings Schlafzimmer, das sie sich eigentlich mit Amanda hatte vornehmen wollen.

Eilig sprang sie auf und lief zu Tannhäuser und Gummibärchen, die auf Emily Wirsings geblümte Bettdecke deuteten. Isy blickte in die gezeigte Richtung. Hunde und Katzen aus Plüsch, prächtige Tiger und Löwen, ein Eisbär, zwei Affen und ein zottiges Eselchen starrten aus leblosen Knopfaugen zurück.

»Aber die sind ja noch gar nicht ausgepackt!«, ließ sich Amanda verwundert hinter ihnen vernehmen. »Da sind ja noch alle Preise dran!«

Das stimmte. Die Tiere steckten allesamt noch in Plastikhüllen und an ihren Stoffhälsen, -ohren und -beinen baumelten weiße Schildchen mit dem Europreis. Vermutlich waren sie gleich vom Kaufhaus ins Schlafzimmer bugsiert und dort abgelegt worden.

Was aber wollte Emily Wirsing mit so vielen Stofftieren?

»Es gibt auch Erwachsene, die so was mögen«, nuschelte Tannhäuser. »Meine Tante zum Beispiel sammelt Teddys.«

»Aber dann müsste sie doch irgendwo auch noch ältere Kuscheltiere haben«, zweifelte Amanda. »Nicht nur neue. Ich wette, sie will sie zu Weihnachten verschenken. Vielleicht war es ja ein Sonderangebot.«

»Diese Marke gibt es nicht im Sonderangebot!« Isy öffnete Emily Wirsings Schrank. »Jetzt zeige ich euch mal was!« Doch sosehr sie sich auch mühte und die Mäntel und Kleider durchwühlte, der alte Vorderlader tauchte nirgendwo auf. Hatte ihn die Polizei beschlagnahmt? Oder hatte Emily Wirsing die Knarre einfach verschwinden lassen? »Guckt mal unters Bett, ob ihr sie findet!«, forderte sie die Jungen auf. Sie beschloss sich die bemalte Truhe am Fenster vorzunehmen.

Doch in genau diesem Moment hörten sie ein Geräusch. Jemand war an der Wohnungstür und versuchte sie zu öffnen.

»Polizei!«, quietschte Amanda und war kurz davor, ohnmächtig auf die Kuscheltiere zu sinken.

Auch die anderen erstarrten zu Salzsäulen.

Sollte sich Isys coole Idee mit dem Ersatzschlüssel jetzt als Falle erweisen? Wenn es die Bündig war, die da am Schloss fummelte, konnten sie gleich einpacken. Dann würden binnen weniger Minuten um Amandas und ihr Handgelenk die metallenen Freundschaftsbänder der Kripo klicken!

Zitternd gab Isy Tannhäuser und Gummibärchen ein Zeichen, unter das Bett zu kriechen, und begann die schreckensbleiche Amanda in den Wandschrank hinter einen molligen Nerz zu stopfen. Zum Schluss schlüpfte sie selbst hinein. Es war stickig und eng und roch nach Mottenkugeln. Die türkischen Tücher fielen ihr ein, die Amanda und sie beim Betreten der Wohnung nachlässig an die Garderobe gehängt hatten. Würden sie jemandem auffallen? Angestrengt lauschte sie in den Flur.

Jemand betrat mit eiligen Schritten den Wohnraum, um sich sogleich zielstrebig Emily Wirsings Schlafzimmer zu nähern.

Isy fühlte, wie Amandas kalte Hand nach ihr tastete. Gemeinsam hielten sie den Atem an. War es wirklich die Inspektoranwärterin oder waren es die Spuris oder war es ein Mitglied von Emily Wirsings Familie?

Jetzt hörte man deutlich, wie die Tür aufgerissen wurde, ja, Isy vermeinte fast den Luftzug zu verspüren. Hoffentlich behielten Tannhäuser und Gummibärchen die Nerven unter dem Bett! In dem Augenblick durchfuhr Isy ein glühender Schreck. Was, wenn die Person an den Wandschrank wollte? Wenn jemand für Emily Wirsing vielleicht fürsorglich einen warmen Mantel holte?

Schweiß schoss ihr in kalten Bächen kitzelnd den Rücken hinab. Wie viele Buchstaben hatte eigentlich das Wort Todesangst?

Isy zählte zehn. Als sie beim neunten angelangt war, vernahm sie ein merkwürdiges Rascheln. Es hörte sich so an, als würde sich der Eindringling nicht für den Schrank interessieren. Vielleicht widmete er sich dem Inhalt der Truhe?

Isy hörte Amandas gepressten Atem an ihrem Ohr und sogar ihr eigenes Herz hart gegen die Rippen pochen. Als sie es schließlich keine Sekunde länger in dem Schrank auszuhalten glaubte, entfernten sich die Schritte über den Flur und wenig später fiel die Wohnungstür endlich ins Schloss. Benommen stieß sie die Schranktür auf und prallte fast mit Gummibärchen zusammen, der sich mit einem Papiertaschentuch über die Stirn wischte.

»Meine Fresse, hab ich geschwitzt!«

»Ist er weg?«, wisperte Amanda hinter dem Nerz.

»Frag lieber, was er gesucht hat!« Tannhäuser

rappelte sich von Emily Wirsings Bettvorleger auf.

»Wieso meinst du, dass es ein Mann war?«, rief Isy und stürzte ins Wohnzimmer, wo das Fenster einen unverbauten Blick auf die Straße bot.

Tannhäuser hatte Recht gehabt. Ein hochgewachsener Mann mit einer prallen Tüte im Arm verließ gerade eilig das Haus und stieg in eine dunkle Limousine, die auf der gegenüberliegenden Straßenseite geparkt war. Also keine Polizei! Ein Stein fiel ihr vom Herzen.

»Weißt du, wer das ist?« Isy zeigte auf ein Foto im silbernen Rahmen. »Es ist Emily Wirsings Schwiegersohn Dr. Schlumbühl-Strunz, der Staatssekretär!«

»Dann ist sein Besuch ja nicht ungewöhnlich«, fand Gummibärchen.

»Trotzdem möchte ich wissen, was er hier gewollt hat«, beharrte Tannhäuser.

»Vielleicht gießt er ihre Blümchen!« Isy befühlte die Erde der beiden Grünpflanzen auf dem Fensterbrett. Sie war trocken und hart. »Fehlanzeige!«

»Aber er trug doch diese große Tüte?«, erinnerte Tannhäuser. »Er hat was aus dem Schlafzimmer geholt. Vielleicht frische Nachthemden für seine Schwiegermutter oder ...«

In diesem Moment hörten sie aus dem Schlafzimmer einen Laut des Erschreckens. So schnell sie konnten, rannten sie zurück.

Käsebleich zeigte Amanda auf das Bett.

Jetzt sahen sie es auch: Emily Wirsings geblümte Tagesdecke war leer. Das bunte Heer der Kuscheltiere war verschwunden!

Den Nachmittag verbrachten sie auf dem Boot. Schweigend standen sie im Steuerhaus der *Isabella* und starrten in die Spree. Die Dämmerung lag wie Rauch auf der Stadt. Die Luft roch feucht und das Wasser war trüb und undurchsichtig geworden. Genau wie ihr Fall! Die Durchsuchung von Emily Wirsings Wohnung hatte nichts ergeben. Außer einem Schwiegersohn. Was zum Kuckuck wollte ein erwachsener Staatssekretär mit so einem Haufen Plüschtiere?

Aber das war nur eine von viel zu vielen Fragen!

Wer hatte Emily Wirsing verletzt und warum tauchten die Sushi-Mädchen nicht mehr im Postamt auf? Warum half ihnen Agathe Rosenbusch nicht und würden die Ferien überhaupt ausreichen, um all die verfilzten Fäden zu entwirren und den Sushi-Fall doch noch zu lösen?

Von der Brücke drang helles Möwengeschrei und ganz selbstverständlich war auch der Angler wieder da. Vielleicht hatte er ja heute mehr Glück.

»Es müsste regnen«, brummte Gummibärchen. »Bei Regen beißen die Barsche.« Er hatte die Instrumente im Steuerhaus studiert und geputzt und sah sich nun nach einer anderen Betätigung um.

»Alle relaxen jetzt irgendwo, bloß wir nicht«, jammerte Amanda.

»He, sei doch nicht so negativ! Wir machen doch gerade eine Kreuzfahrt!«, sagte Gummibärchen gutmütig und begann den alten Rettungsring an der Reling zu scheuern.

Tannhäuser sagte zu alledem nichts. Er schmierte Stullen in der Kombüse. Er hatte auch Kartoffelsalat von Aldi und harte Eier mitgebracht. Isy fiel auf, dass seine Wangen gerötet waren und er dauernd kicherte. Hatte er wieder getrunken? Und wenn ja, was? Doch sosehr sie auch an ihm herumschnüffelte, Tannhäuser roch frisch und rein wie eine Pfefferminzstaude. Außerdem gab es auf dem Boot keinen Alkohol. Vielleicht sollte sie ihn weniger beargwöhnen, sondern ihm dankbar sein. Es war doch rührend, wie die Jungen sie und Amanda versorgten!

Isy und Amanda konnten Hilfe gebrauchen. Sie hatten keine Heizung, keinen Strom und kaum Geld. Nur Kerzen. In die Märkte trauten sie sich auch nicht. Vielleicht wurden sie ja schon gesucht?

Wenn ich wie im Märchen drei Wünsche frei hätte, dachte Isy, dann müssten jetzt drei Dinge passieren, und zwar dringend!

Erstens: Die Sushi-Mädchen sollten erneut zuschlagen! Zweitens: Die Sushi-Mädchen sollten erneut zuschlagen! Und drittens: Die Sushi-Mädchen sollten erneut zuschlagen!

– 30 –

Es war warm im Friseursalon. Irgendwo surrte ein Föhn und gut roch es auch. Beate Bündig blätterte in einer Fachzeitung des Friseurhandwerks. Ein Haarkünstler namens Udo Walz stellte eine neue Damenfrisur vor.

Udo Walz? Der Name kam ihr bekannt vor. War er nicht kürzlich erst in einem Gespräch mit der Nachbarin der verstorbenen Gundula Schwarz gefallen?

Beate Bündig erinnerte sich. Es war um jene Fernsehsendung gegangen, in der Frau Schwarz auf eine so wichtige Sache im Zusammenhang mit den Sushi-Mädchen gestoßen war, dass sie ihr diese unbedingt hatte mitteilen wollen. Leider war ihr tragisches Herzversagen dazwischengekommen.

Die Inspektoranwärterin schlug die Zeitschrift zu. Gundula Schwarz' Erinnerung hatte also etwas mit den Haaren der Täterinnen zu tun gehabt! War ihr an deren Farbe etwas aufgefallen? Oder an deren Form? Allerdings war es ihr nicht sofort ins Auge gesprungen, sonst hätte sie es bei der ersten Vernehmung erwähnt.

»Ich glaube, wir können!« Frau Rentner hatte die Tönung fertig gemischt und begann sie nun auf Beate Bündigs Haar aufzutragen. Eine Weile sprachen sie über Familie und Gesundheit.

Dann kam die Inspektoranwärterin auf den Punkt. »Hm, ich brauche mal Ihren fachmännischen Rat. Kann man sein Haar gravierend verändern, ohne dass es jedoch gleich ins Auge springt?«

Frau Rentner pustete sich eine blonde Strähne aus der Stirn. »Wenn Sie mich so fragen, mit einem Haarteil oder einer guten Perücke!«

Wie elektrisiert sprang die Inspektoranwärterin aus ihrem Sessel. Das war es also, was Gundula Schwarz ihr hatte mitteilen wollen. Sie hatte sich plötzlich daran erinnert, dass die Mädchen Perücken aufgehabt hatten! In ihrer Aufregung bei dem Überfall hatte sie dieses Detail völlig verdrängt.

»Sie wollen doch nicht schon wieder mitten in der Behandlung verschwinden?«, rief die Friseurin entsetzt.

»Nein, nein, ich muss bloß rasch telefonieren!« Sie nahm ihr Handy, wühlte ihr Notizbuch aus der Tasche und wählte die Nummer von Gundula Schwarz' Nachbarin.

Nach dem vierten Klingeln nahm die Frau endlich ab. Ihre Stimme klang erkältet und rau. »Schulze?«

»Hier ist Inspektoranwärterin Bündig, Kripo Berlin. Sie erinnern sich vielleicht an unser Gespräch vorletzte Woche. Ist Ihnen inzwischen eingefallen, was das für eine Fernsehsendung war, die Sie sich zusammen mit Gundula Schwarz angeschaut haben?«

»Das war doch irgendwas mit Mode …«

»Hatte es auch mit Frisuren zu tun? Sie erwähnten den Namen Udo Walz. Das ist, wie ich festgestellt habe, ein bekannter Friseur. Könnte es in dieser Sendung um Perücken gegangen sein?«

»Aber hallo! Sie sind ja richtig gut! Jetzt fällt bei mir endlich der Groschen! Es ging tatsächlich um Perücken und Haarteile und plötzlich ist die Gundula beinahe ausgeflippt und hat immer nur gesagt: ›Dass ich nicht gleich darauf gekommen bin, ich als Fachfrau! Das muss ich gleich morgen der Inspektoranwärterin erzählen, das ändert alles!‹« Die Nachbarin hustete erschöpft. »Sie war doch früher mal Friseurin und ich ging immer zu ihr. Das war damals, als eine Dauerwelle noch kein Luxus war.«

»Hat Frau Schwarz sonst noch etwas gesagt?«

»Nein, es ging ihr nur um diese Perücken ...«

Beate Bündig bedankte sich kurz bei Gundula Schwarz' Nachbarin für ihre Hilfe und wünschte ihr gute Besserung. Als sie wieder vor dem Spiegel Platz nahm, um sich die neue Farbe auftragen zu lassen, sah die Inspektoranwärterin das erste Mal seit Wochen zufrieden aus. Ein neues Teil des Puzzles war gefunden! Außerdem würden die Perücken der Täterinnen die beiden Schülerinnen Isolde Schütze und Amanda Bornstein endlich von dem schweren Verdacht des Trickbetruges entlasten!

– 31 –

In dieser Nacht waren die Temperaturen zum ersten Mal unter den Nullpunkt gesunken. In klamme Decken gehüllt saßen Isy und Amanda am Morgen in der Kombüse an dem festgeschraubten Tisch und warteten bibbernd auf Gummibärchens heißen Tee.

»Jetzt bei Georgio Latte macchiato trinken! Stattdessen hocken wir hier auf dem blöden Boot«, nörgelte Amanda. »Selbst auf dem Mars ist es luxuriöser.«

»Ach was, dort könnten wir uns auch keine Spiegeleier braten.«

»Aber wir hätten dickere Klamotten!«

Das stimmte. Warme Pullover wären nicht schlecht.

Isy beobachtete durch das Bullauge einen alten Schleppkahn. Gemächlich glitt er durch den Morgendunst. Ein aprikosenfarbener Pudelmischling rannte aufgekratzt über das Deck. Ein Mann mit Glatze rief: »Seeeeeeedy!«

»Wir könnten uns … was holen?«

»Dann machen wir's doch«, sagte Amanda erleichtert. »Ich bin dabei.«

Gleich nach dem Frühstück brachen sie ein.

Zuerst bei Isy, dann bei Amanda. Ihre Wohnungsschlüssel hatten sie ja bei sich. Sicher war das nicht die feine englische Art, aber sie brauchten wollene Pullover, frische Wäsche, Socken und Schals. Schließlich handelte es sich um ihre persönlichen Sachen. Sie hatten gewissermaßen ein Recht darauf. Oder sollten sie sich vielleicht eine Grippe holen?

Trotzdem war es beklemmend, mit Tüchern verhüllt in die eigene Wohnung zu schleichen.

Sie betraten den stillen Korridor und wickelten sich aus ihren Tüchern.

»Wo ist denn Benni?«, flüsterte Amanda und richtete ihr Haar im Spiegel.

»Knutschen! Bei Sandra! Wo sonst?« Isy grinste. »Sprich ruhig normal.«

Dann betraten sie die Küche. Das war immer Isys erster Weg. Ihre Eltern wussten das. Auf dem leeren Küchentisch lag vorsorglich ein Zettel und daneben ein Zwanzig-Euro-Schein. Mit dem unbehaglichen Gefühl, auf frischer Tat ertappt zu sein, begann Isy zu lesen:

Liebe Isolde!

Wenn Du diese Zeilen liest, befindest Du Dich also in der Wohnung und brauchst vielleicht Kleidung, Nahrung oder Geld. Wir müssen Dir wohl nicht sagen, wie traurig uns Dein Verhalten macht. Die Inspektoranwärterin will, dass Ihr, Du und Amanda, Euch stellt und endlich die Wahrheit sagt. Nur dann kann sie Euch helfen. Sie meint, dass das die beste Lösung ist. Wir denken das auch und Amandas Eltern ebenfalls. Bitte, fasst Euch ein Herz und beendet die für uns alle unerträgliche Situation! Wir glauben an Euch und umarmen Dich in der Hoffnung auf Deine Vernunft!

Mama und Papa

Stumm schob Isy den Brief zu Amanda hin. Das Geld rührte sie nicht an.

Dann verschwand sie in ihrem Zimmer, um ihre Sachen zu holen.

»Lässt du den Schein etwa hier?«, erkundigte sich Amanda, als Isy laut mit den Wohnungsschlüsseln klapperte.

»Ach, die haben schon genug Kummer mit mir. Da will ich nicht noch unnötig Geld kosten.«

»Wieso unnötig?« Amanda stopfte beherzt den Geldschein in ihre Hose. »Von irgendwas müssen wir schließlich leben! Wir geben es Gummibärchen fürs Frühstück und die Konserven.«

Vielleicht hat sie Recht, dachte Isy und schrieb:

Liebe Mama, lieber Vati!

Uns geht es recht gut und wir kommen vielleicht noch in dieser Woche nach Hause. Sorgt Euch bloß nicht!

Isy

Schweren Herzens schloss sie die Wohnungstür ab und sie trabten bedrückt zu Amanda.

»Pack bloß nicht fünf Pfund Kosmetik ein!«, riet Isy.

»Ich pack ein, was mir passt!«, erwiderte Amanda patzig.

Und daran hielt sie sich auch. Während Isy auf der weißen Wohnzimmercouch geduldig in Zeitschriften blätterte, räumte Amanda vermutlich ihr halbes Zimmer aus.

Es würde mich nicht wundern, wenn sie gleich mit zwei Koffern anspaziert käme, dachte Isy.

Aber Amanda kam nicht. Weder mit Koffern noch ohne.

Wo blieb sie denn bloß? Das dauerte ja ewig! War sie vielleicht in der Küche und kochte Spaghetti? Zuzutrauen war es ihr. Doch bevor Isy die Zeitschrift hinwarf, um nachzusehen, blieb ihr Blick wie gebannt an einer Schlagzeile hängen:

Gesa will sich bedanken!
Wo bleibt die edle Spenderin?

Ein großformatiges Foto zeigte ein zartes, etwa neunjähriges Mädchen mit einem riesigen Stoffpinguin im Arm in seinem Krankenbett. Die Unterzeile lautete: *Pinguin und Co. haben die kleine Gesa gesund gemacht!*

Gesa? Das war zweifellos kein häufiger Name. Dennoch erinnerte sich Isy ihn kürzlich erst gehört zu haben. Aber in welchem Zusammenhang?

Der nachfolgende Text brachte Gewissheit. Gesa war das Mädchen, das vor ein paar Wochen diesen schweren Fahrradunfall gehabt hatte und beinahe sein Bein verloren hätte. Die Öffentlichkeit hatte besonders großen Anteil an ihrem Schicksal genommen, weil der Unfallverursacher Fahrerflucht begangen hatte.

Rasch überflog Isy den Artikel. Das Mädchen Gesa befand sich auf dem Weg der Besserung. Es hatte sogar schon erste Gehversuche unternommen. Die Medizin hatte ein Wunder vollbracht. Aber auch eine alte Frau, die täglich ein Stofftier für Gesa in der Klinik abgegeben hatte, war mit ihren liebevollen Geschenken an Gesas Gesundung beteiligt gewesen. Leider hatte sie nie ihren Namen preisgegeben und jetzt, da Gesa sich endlich bei ihr bedanken wollte, stand das Mädchen vor einem Rätsel. Zumal man die Frau schon seit längerem nicht mehr in der Klinik gesehen hatte …

»Amanda! Amanda! Hör dir das an!« Mit klopfendem Herzen sauste Isy durch die riesige Sechs-Zimmer-Wohnung, aber Amanda schien vom Erdboden verschluckt. Endlich fand sie die Freundin in einer runden Wanne, bis zum Hals in duftenden Schaum gehüllt. »Spinnst du?«, fauchte Isy. »Jetzt baden! Wolltest du nicht ein paar Sachen holen?«

»Mach ich ja noch«, maulte Amanda. »Mir war auf einmal nach einem heißen Bad zu Mute gewesen. Weshalb kommst du überhaupt hier reingeplatzt?«

»Deshalb!« Isy wedelte Amanda mit der Illustrierten vor der Nase herum. »Halt dich fest! Wir wissen jetzt, was Emily Wirsing mit den Kuscheltieren gemacht hat!« Im Zeitraffertempo las sie der Freundin das Wichtigste vor.

»Wie kommst du darauf, dass die Person Emily Wirsing gewesen ist?«

»Weil alles zusammenpasst! Hat uns ihre Nachbarin nicht erzählt, dass die Wirsing neuerdings dauernd ins Krankenhaus wetzt? Hat sie nicht einen Haufen neuer Stofftiere in ihrer Wohnung gehabt und ist sie nicht seit längerem wegen ihres Komas verhindert Gesa weiter zu beschenken?«

Statt einer Antwort tauchte Amanda prustend unter.

Ungeduldig blies Isy in den Schaum.

»He! Wir sollten uns fragen, warum Emily Wirsing einem fremden Kind so große Geschenke macht? Diese Stofftiere sind von einer teuren Marke.«

»Vielleicht hat sie Mitleid?«

»Hat sie auf dich so gewirkt?«

»Eher nicht.« Amanda hangelte nach einem flauschigen Badetuch und rieb sich die Haare trocken. »Die ist hart wie ein Pfefferkuchen im Mai!«

»Sie hörten einen Kommentar der Lebkuchenspezialistin Amanda Bornstein aus Nürnberg.« Isy grinste. »Aber im Ernst. An der Sache stimmt was nicht. Das rieche ich förmlich.«

»Nicht schon wieder! Haben wir nicht genug Ärger mit den Sushi-Mädchen am Hals?«

»Trotzdem wüsste ich gern, was die Wirsing mit diesem Unfallopfer verbindet und warum sie unbedingt anonym bleiben wollte. Das muss doch einen Grund haben, Amanda!«

»Na, überfahren wird sie das Mädchen doch wohl nicht haben?«

»Ich glaube nicht, dass Emily Wirsing noch Auto fährt.«

»Woher willst du das wissen? Meine Oma zum Beispiel ...«

»Weil sie an dem Abend, als wir sie das erste Mal aufgesucht haben, von ihrem Schwiegersohn mit dem Wagen ins Theater und ins Restaurant abgeholt werden sollte. Die war doch schon rappelzappelaufgeregt und hat gedrängelt.«

Isy tippte auf den Artikel. »Außerdem war der Unfallwagen ein großer grauer BMW. Auch nicht gerade ein Rentnerinnenauto.«

»Na schön, dann hat sie vielleicht die Großzügigkeit bei Gesa gepackt?«

»Oder das schlechte Gewissen?«

»Warum soll sie denn ein schlechtes Gewissen haben?«

»Was weiß ich? Auf jeden Fall machen Menschen mit schlechtem Gewissen oft zu große Geschenke. Ich brauch bloß an meinen Vater zu denken.«

»Oder ich an meinen!« Glucksend stieg Amanda aus dem Wasser.

In diesem Moment fiel in der Diele knallend die Wohnungstür ins Schloss.

Vor Schreck plumpste Amanda in die Wanne zurück.

Auch Isy erstarrte. Jetzt war es passiert! Sie waren entdeckt!

Einen Augenblick sahen sie angsterfüllt zur Tür, als könne jede Sekunde die elegante Frau Bornstein im Jil-Sander-Kostüm hereinspaziert kommen. Dann atmete Amanda erleichtert auf. »Das ist die Putzfrau. Sie war einkaufen. Jetzt setzt sie sich erst mal in die Küche, macht sich Kaffee, liest Zeitung und raucht eine. Bis die den Staublappen schwingt, sind wir längst weg.«

»Aber du hast doch noch nicht mal gepackt!«

»Das ist in fünf Minuten erledigt.«

»Bei dir? Dass ich nicht lache!«

Amanda lugte splitternackt aus der Badezimmertür, um wie ein geölter Blitz in ihr Zimmer zu schießen. Isy blieb nichts anderes übrig, als auf ihre Rückkehr zu warten. Sie konnte nur hoffen, dass die Putzfrau nicht plötzlich ins Badezimmer kam. Eine Weile betrachtete sie die edlen Armaturen, den grün gemaserten Granit an Wänden und Wanne, die üppigen Pflanzen und den toskanischen Marmor auf dem Fußboden. Amanda hatte ihr einmal erklärt, dass man für den Preis dieses Badezimmers eine Weltreise zum Aktionspreis machen konnte.

Dann konzentrierte Isy sich wieder auf das eigentümliche Verhalten von Emily Wirsing. Es war doch klar wie Kloßbrühe, dass die Frau ein Geheimnis hatte! Und vielleicht hing das sogar mit dem Überfall zusammen …?

Als Amanda schließlich mit einer prallen Reisetasche und den beiden Tüchern im Badezimmer auftauchte, platzte Isy schier vor Mitteilungsbedürfnis. Doch sie riss sich zusammen und folgte der Freundin auf Zehenspitzen durch die Diele vorbei an der geschlossenen Küchentür ins Treppenhaus, wo sie den Lift riefen. Erst hier holte sie tief Luft. »Ich habe eine Vermutung, weshalb Emily Wirsing niedergeschlagen wurde, Amanda.«

»Und die wäre?«

»Ich glaube, sie hat etwas gesehen …!«

– 32 –

»**Wenn sie was Entscheidendes** gesehen hat, das mit dem Unfall zusammenhängt, warum ist sie dann nicht gleich zur Polizei gegangen?«

Vor wenigen Minuten hatte Isy auch Hagen und Reginald Gesas Geschichte erzählt. Nun schwebte Tannhäusers Frage durch die Kombüse.

»Vielleicht hat sie Angst gekriegt?«, ließ sich Gummibärchen vernehmen.

»Die und Angst?«, rief Amanda und goss ihren Äschylos. Zu Isys Entgeisterung hatte sie den Kaktus in der Reisetasche von zu Hause mitgeschleppt, weil sie überzeugt war, dass sich ihre Mutter nicht genügend um ihn kümmerte.

Tannhäuser legte den Kopf schief und musterte Isy verblüfft. »Du willst jetzt damit aber nicht sagen, dass Emily Wirsing den Täter erkannt hat?«

»Oder ihn vielleicht sogar kennt!«, ließ Isy die Katze aus dem Sack. Sie sprang auf und lief aufgeregt durch die Pantry. Ihr detektivischer Ehrgeiz loderte wie eine Stichflamme auf. »Ja, sie kennt ihn – und sie schützt ihn!«

»Wäre ja echt ein dicker Hund!«, grummelte Gummibärchen und öffnete eine Tüte Haribo.

Amanda grapschte sofort zu.

»Ja, ich bin mir beinahe sicher!«, wiederholte Isy. »Natürlich kann ich mich irren, aber durchspielen können wir es ja mal. Also, was war das für ein Wagen, der gestern vor dem Haus geparkt war? Etwa ein BMW?«

»Auf jeden Fall ein großer Schlitten. Könnte ein BMW gewesen sein«, überlegte Gummibärchen. »Aber wieso?«

»War er grau?«

»Er stand im Schatten. Er sah irgendwie schwarz oder dunkelblau aus.«

»Oder anthrazit«, mischte sich Tannhäuser ein. »Unter Umständen kann die Farbe natürlich auch Dunkelgrau gewesen sein.«

»Gesa erinnert sich laut Zeitungstext an ein graues Auto. Es war dunkel und sie war verletzt und sehr geschockt.«

»Um was für ein Auto geht es überhaupt?« Amanda sah mit einem Fragezeichen in den Augen von einem zum anderen.

»Um den Luxusschlitten des Schwiegersohns, Bratwurst!«

»Also, an dem Tag, als der Unfall passierte, hat er Emily Wirsing jedenfalls von zu Hause abgeholt«, berichtete Isy eifrig. »Erst schick essen, dann Theater.«

»Man müsste sich seine Karre mal angucken«, schlug Gummibärchen vor. »Ohne einen kleinen Blech- oder Lackschaden wird es kaum abgegangen sein.«

»Wenn wir nur wüssten, wo er wohnt«, überlegte Isy.

»Das ist schnell herausgefunden. Bei dem abartigen Namen!« Tannhäuser grinste.

»Dann macht das mal, Jungs!«, entschied Isy. »Herr Rimpau ist übrigens auch nicht unbedingt überzeugt, dass die Sushi-Mädchen der Wirsing eins übergebraten haben. Er meint, es passe nicht in ihr Muster.«

»Ach, auf einmal?«, fragte Amanda spitz. »Gestern hast du doch noch ganz entschieden behauptet, dass es die Sushi-Mädchen gewesen sind.«

»Ja, aber leider haben wir bisher keinen einzigen Beweis«, gab Isy freimütig zu.

»Deshalb willst du es jetzt dem Schwiegersohn anhängen!«

»Ich will keinem was anhängen, Amanda! Ich will nur, dass der Täter gefunden wird. Und ein wenig merkwürdig steht dieser Dr. Schlumbühl-Strunz schon da, oder?«

Inzwischen öffnete Gummibärchen zischend die dritte Coladose. »Meint ihr, er hat seiner Schwiegermutter persönlich eins auf die Rübe gewummert?«

Isys Augen funkelten vor Erregung. »Ausschließen können wir es nicht.«

»Jetzt hör aber auf!«, verlangte Amanda schrill. »Spinn dir bloß nichts zusammen! Haben wir nicht schon genug Stress mit den Sushi-Weibern am Hals?«

»Natürlich, natürlich!«, versuchte Isy die Freundin zu besänftigen. »Aber du weißt doch selbst, dass wir bei der Bündig noch immer die Hauptverdächtigen im Falle Emily Wirsing sind!« Sie streichelte Amandas Hand. »Wir waren am Tatort, was wir noch nicht zugegeben haben, aber was drei

Zeugen bestätigen können. Ist das nicht Grund genug, uns unserer Haut zu wehren?«

»Haut ist gut!«, ächzte Amanda. »Ich fühle mich ja schon wie eine Fusselrolle, an der jeder miese Verdachtskrümel kleben bleibt!« Dann raffte sie ihr Umschlagtuch zusammen. »Auf geht's, Herr Rimpau wartet!«

Herr Rimpau hatte an diesem Vormittag siebenhundert Euro abgehoben und war umständlich nach Hause geschlurft. Zweimal waren ihm unterwegs vertraute Gesichter aus der Nachbarschaft begegnet und er hatte schon den Schritt gestoppt, um sie zu begrüßen, aber seine Bekannten waren mit ausdruckslosen Mienen an ihm vorübergegangen. Ja, zum Teufel, als Opa verkleidet erkannte ihn kaum sein eigener Hund! Wie gut, dass seine Frau zurzeit in Mailand Mode fotografierte. So blieb ihr wenigstens dieser Schock erspart.

Doch so zufrieden er mit seiner Maskerade auch war, seine bisherigen Bemühungen waren ziemlich unergiebig. Noch immer hatte er kein Zipfelchen von den Sushi-Mädchen erspäht. Sie werden doch nicht ebenfalls in Rente gegangen sein?, dachte er schmunzelnd.

Dann arrangierte er frische Waffeln auf einem Teller und trug ihn ins Wohnzimmer. Seine beiden kleinen Freundinnen Isy und Amanda würden jeden Augenblick kommen.

Es lief wieder einmal nichts. Außer dem Fernseher. Niemand klingelte und hielt Herrn Rimpau mit Unschuldsmiene eine falsche Sushi-Bestellung unter die Nase.

Aber Fernsehen war schon okay. Zumindest für Amanda. Wo sie doch auf dem Boot abends total in die Röhre gucken musste! Jetzt zappte sie sich selig von Serie zu Serie, während Isy in Herrn Rimpaus Büchern blätterte.

Es war ja nicht nur interessant, was ein Autor schrieb, es war auch spannend, was er selber gern las. Eine Weile schnüffelte sie zwischen Krimis, Romanen, Biografien und Reiseberichten. Dann fand sie Gedichte von Heine, Rilke, Kirsch und Hacks. Neugierig zog sie einen Band russischer Lyrik aus dem Regal. Er wirkte ziemlich alt. Eines der Gedichte hieß:

Einladung auf die Datsche.

Kommt morgen zu uns,
macht die Freude uns allen!
Bei uns gibt es Veilchen in Hülle und Fülle!
Erfrischender Regen ist heute gefallen,
kristallene Perlen in glasklarer Hülle.
Er sprühte aus winzigen Wölkchen so heiter
speziell für der Datschen Revier ohne Zweifel;
ein grollender Donner, sein treuer Begleiter,
hat in ihm gelacht wie ein trunkener Teufel …

Ja, genau so ist es auf einer Datsche, strahlte Isy. Sie konnte in den Worten des russischen Dichters die regenfeuchte Erde riechen, das nasse Gras an ihren nackten Waden spüren. Wenn der Mann die Datsche ihrer Oma gekannt hätte, wären ihm bestimmt noch viele Gedichte eingefallen.

Im ersten Impuls wollte sie die Zeilen Amanda vorlesen, aber Amanda, die Wessi-Frau, begann ja schon bei dem Wort Datsche zu kichern! In den alten Bundesländern gab es natürlich ebenfalls Datschen, nur wurden sie dort Wochenendhäuser genannt.

Mit einer Hand hielt Isy das Buch, mit der anderen kraulte sie Alfredo, er bestand darauf. Seit sie den Schnauzer und sein Herrchen auf dem Weg ins Schullandheim im Zug nach Altgrünheide kennengelernt hatte, waren sie ein Herz und eine Hundeseele.

Nach einer langen Zeit des Wartens klappte Isy das Buch zu. »Du weißt, was wir zu tun haben, wenn sie vor der Tür stehen?«, fragte sie die Freundin eindringlich.

»Wozu? Kommt ja doch keiner!«, murrte Amanda und zappte weiter.

Auch der Schriftsteller im Nebenzimmer schien dieser Ansicht zu sein. »Schluss für heute!«, verkündete er nach einer weiteren Stunde vergeblichen Wartens und riss sich den falschen Bart ab. »Habt ihr euch wenigstens nicht gelangweilt?«

»Ich habe inzwischen Gedichte gelesen«, verriet Isy. »Eins beschrieb, wie es im Spätsommer auf einer Datsche ist.«

»Ich liebe besonders Jessenins Verse über die Natur und über sein russisches Dorf. Auch seine Gedichte über die Liebe.« Das Gesicht des Autors wurde ernst. »Mit wenig über zwanzig wurde er in ein russisches Straflager gesperrt. Sein Verbrechen: Er hatte öffentlich aus seinen Gedichten gelesen. Es war eine schlimme Zeit. Sie verurteilten ihn zu dreißig Jahren Zwangsarbeit.«

»Was ist aus ihm geworden?«, fragte Isy beklommen.

Herr Rimpau senkte den Blick. »Er hat sich mit dreißig Jahren umgebracht.«

Isy schluckte. All die schönen Gedichte, die er nicht mehr hatte schreiben können! All das schöne Leben, das er nicht mehr hatte leben können! Es war schon unfassbar, was Menschen anderen Menschen an Leid zufügten.

»Ich glaube, die machen ihre Sushi-Nummer nicht mehr!«, platzte Amanda in ihre Gedanken. »Sicher haben sie schon genug erbeutet.«

»Meine Zeit wird auch langsam knapp«, gestand der Autor. »Ende der Woche treffe ich mich mit meiner Frau in Genf.« Er warf einen Blick auf sich mit der Gummiglatze im Garderobenspiegel. »Bis dahin sollte ich allerdings wieder um mindestens zwanzig Jahre verjüngt sein. Meiner teuren Gattin droht sonst ein Schlaganfall.«

»Einmal noch!«, bettelte Isy. »Sie wissen doch, was für uns davon abhängt. Ich hab das sichere Gefühl, dass die Sushi-Mädchen anbeißen werden!«

»Hören Sie bloß nicht auf Isys Gefühle!«, warnte Amanda. »Die ist immer total übermotiviert! Damit habe ich meine Erfahrungen gemacht ...«

Der Autor lachte. »Ich weiß! Wir kennen uns ja schon eine Weile. Meinetwegen also noch eine Abschiedsvorstellung, aber morgen kann ich nicht. Vielleicht übermorgen, meine Lieben?«

– 33 –

Es war nicht leicht, in dieser Nacht Schlaf zu finden. Das Schiff schaukelte stark. Von einem rüden Nordost angerempelt warf es sich ächzend hin und her. Eine Weile hörte Isy die Wellen hart an den Rumpf klatschen. Sie wunderte sich, dass Amanda schlafen konnte. Aber vielleicht war es ja gar nicht der Wind, der Isy wach hielt? Vielleicht war es auch die Tatsache, dass die Jungen, die heute Abend den Wagen von Dr. Schlumbühl-Strunz unter die Lupe nehmen wollten, sich nicht mehr gemeldet hatten? Vielleicht war es ja auch alles falscher Alarm gewesen und das Auto des Politikers war kein BMW, sondern ein Audi mit unversehrtem Lack.

Überhaupt war die Vorstellung absurd, dass der seriöse Politiker das unbeleuchtete Rad von Gesa gestreift und sich für Fahrerflucht statt für Hilfe entschieden hatte. Und noch absurder war es, sich vorzustellen, dass er seine Schwiegermutter brutal niedergeschlagen haben sollte. Das passte nicht zu einem solchen Typen. Das konnte eigentlich auch kein normaler Mensch glauben!

Aber Menschen machten Fehler, manchmal sogar schlimme, und ein Staatssekretär war schließlich auch nur ein Mensch.

Was, wenn Emily Wirsing bei dem Unfall tatsächlich neben ihrem Schwiegersohn gesessen hatte?, grübelte Isy gegen alle warnende Vernunft weiter. Was, wenn sie das schlechte Gewissen so plagte, dass sie dem kleinen Unfallopfer immer wieder Stofftiere zum Trost ins Krankenhaus trug? Und was, wenn Emily Wirsing mit ihrem Gewissen nicht fertig wurde und dem Schwiegersohn vorgeschlagen hatte sich der Polizei zu stellen? War es vielleicht zu einem Streit zwischen den beiden gekommen, zu einer unvorhersehbaren Kurzschlussreaktion des erbosten Schwiegersohnes?

Isy dachte daran, wie die alte Frau darüber gespottet hatte, wie besorgt er um seinen guten Ruf als Politiker war. Aber warum hatte Dr. Schlumbühl-Strunz die Kuscheltiere aus der Wohnung seiner Schwiegermutter entfernt? Hatte er beschlossen Emily Wirsings gute Taten klammheimlich weiterzuführen?

Isy gähnte erschöpft. Nein, in dieser Nacht würde sie das Rätsel nicht mehr lösen. Am besten, sie zählte Schäfchen, um endlich einschlafen zu können.

Als sie bei Schaf Nummer hunderteinundzwanzig angelangt war, klingelte Amandas Handy. Wer mochte das so spät um halb elf noch sein? Bevor die Freundin ganz wach war, grapschte sich Isy das pinkfarbene Handy und presste es an ihr Ohr. »Hallo?«

»Isy?«, fragte eine Stimme. Sie klang wie Gummibärchen.

»Bist du es, Hagen?«

»Ja. Es ist ein BMW. Und er ist grau. Dunkelgrau.«

»Echt?«, flüsterte Isy überwältigt und versuchte mit zittriger Hand eine Kerze anzuzünden.

»Und noch was: Es sieht so aus, als hätte Schlumbühl-Strunz selber dran rumgefummelt und ein paar Kratzer im Lack am Kotflügel ausgebessert. Man merkt es nur, wenn man ganz zart mit der Hand drüberfährt.«

»Warum hat er denn den Wagen nicht in die Werkstatt gebracht?«

»Warum wohl! Weil die vielleicht komische Fragen gestellt hätten. Zum Beispiel: ›Wie ist das denn passiert, Herr Staatssekretär?‹ Bestimmt, äh, wollte er nicht auffallen.«

Isy sah im matten Schein der Kerze, wie Amanda den Kopf hob. »Mit wem telefonierst du?«, säuselte sie schlaftrunken.

Isy antwortete nicht. Stattdessen fragte sie Gummibärchen: »Wo seid ihr denn jetzt?«

»Na, im Grunewald. In der Garage.«

»In welcher Garage?«

»In welcher schon! In der von Schlumbühl-Strunz. Er ist ja erst vor einer Stunde mit seinem BMW nach Hause gekommen. Wir sind hinter ihm in die Garage geschlüpft und dann hat uns der Typ eingeschlossen.«

»Was denn? Mit Absicht?«

»Das nun nicht gerade. Trotzdem haben wir jetzt ein Problem. Es ist saukalt hier, Reggi muss aufs Klo und der Magen knurrt uns auch.«

Isy nahm den Hörer vom Ohr und wandte sich an Amanda. »Es ist Gummibärchen. Emily Wirsings Schwiegersohn hat ihn und Reginald versehentlich in seiner Garage eingeschlossen!« Dann sprach sie wieder mit Gummibärchen. »Können wir was tun?«

»Und ob! Er soll seinen verdammten Schlitten aus der Garage fahren! Ruft ihn an, erzählt ihm, die Außerirdischen sind gelandet. Oder der Kanzler erwartet ihn auf ein Bier. Irgendwas Irres! Hauptsache, er öffnet endlich das Tor. Den Rest erledigen Reggi und ich schon allein.«

»Okay«, seufzte Isy. »Haltet durch! Wir lassen uns was einfallen.« Dann gab sie Amanda das Handy zurück, die sich sowieso mal wieder per SMS zu Hause melden wollte.

Der Wind tobte noch immer um das Schiff, die Kojen hoben und senkten sich. Eigentlich lustig, dachte Isy, wenn die Situation auch lustig wäre. Was um Himmels willen war verrückt genug, um diesen Dr. Schlumbühl-Strunz dazu zu bewegen, sich auf der Stelle in seinen BMW zu werfen? Gummibärchen und Tannhäuser hatten Einfälle! Andererseits, waren sie nicht ihnen zuliebe in Sachen grauer BMW unterwegs gewesen? Hatte sie die Jungen nicht dazu angestachelt? Und jetzt hockten sie hungrig und frierend in einer fremden Garage!

Es war einfach eine Frage der Ehre, ihnen aus der Patsche zu helfen!

Isy heftete ihren Blick auf Amanda, die zitternd bis zur Nase unter ihrer Decke steckte. »Was müsste passieren, damit du Hals über Kopf dein Haus verlässt?«

Amanda gähnte wie ein Nilpferd. »Was für ein Haus? Ich hab kein Haus.«

»Aber wenn du eines hättest!«

»Wahrscheinlich wenn's brennt. Oder wenn Hochwasser kommt.«

»Und weiter?«

Amanda zuckte die Schultern. »Vielleicht wenn mein Vater einen Unfall hätte. Wenn er plötzlich im Krankenhaus läge oder so ...«

Im nächsten Augenblick begann Isy vor Freude aus ihrer Koje zu hopsen. »Amanda, du bist ein Genie! Krankenhaus ist die Idee!« Im schwachen Schein der Kerze suchte Isy nach dem Zettel, auf dem Tannhäuser am Nachmittag für alle Fälle Dr. Schlumbühl-Strunz' Telefonnummer notiert hatte. Was sie jetzt vorhatte, war zweifellos gemein. Aber es gab im Moment leider keine andere Möglichkeit, die Jungen aus ihrem unfreiwilligen Gefängnis zu befreien. Sie schnappte sich Amandas Handy und hatte binnen drei Sekunden den Herrn Staatssekretär persönlich am Ohr. »Bitte entschuldigen Sie die späte Störung«, sagte sie im selbstbewussten Ton einer Krankenschwester. »Ich bin Schwesternschülerin Katrin und beauftragt Ihnen mitzuteilen, dass Frau Wirsing gerade eine Krise durchlebt. Wir haben gedacht, dass Sie und Ihre werte Gattin vielleicht ...«

»Selbstverständlich, vielen Dank! Wir sind in zwanzig Minuten bei ihr!«, sagte der Staatssekretär gefasst. Dann legte er hastig auf.

»Bist du verrückt geworden?«, flüsterte Amanda vorwurfsvoll.

»Es geht nicht anders, Mandi. Aber in zwanzig Minuten erfahren sie ja schon die gute Nachricht!«, versprach Isy. »Und Hagen und Reginald sind frei!«

– 34 –

Es war ein richtig schöner Oktobertag. Mit strenger Hand hatte der Sturm in der Nacht Wolken, Nebel und Regen weggeputzt und die Sonne wärmte mit ihrem goldenen Glanz noch einmal Menschen, Hunde, grüne Tomaten, zerzauste Dahlien, Amselgefieder und Glas.

Auch Beate Bündig presste ihre Stirn gegen die warme Fensterscheibe. Soeben hatte sie ein älteres Ehepaar zur Tür begleitet. Es waren die Krimskes, jene Leute, denen vor einigen Wochen von den Sushi-Mädchen wertvoller Schmuck gestohlen worden war. Gestern waren sie von einem längeren Aufenthalt bei ihrer Tochter heimgekehrt und hatten sich nun nach dem Stand der Dinge erkundigt.

Wieder hatte die Inspektoranwärterin sie vertrösten müssen. »Wir haben dieser Tage allerdings einen wichtigen Hinweis für unsere Ermittlungen erhalten«, hatte sie optimistisch verraten.

»Konnten Sie denn mit dem alten Zeitungsfoto etwas anfangen, Frau Kommissarin?«, hatte die Ehefrau wissen wollen. »Das, worin die Wanderschuhe meines Mannes eingewickelt waren?«

»Ja und nein.« Die Inspektoranwärterin hatte gelächelt. »Es hat uns auf eine Spur geführt, die aber zum Glück die falsche zu sein scheint. Wie sich gerade herausstellt, sind die Mädchen auf dem alten Zeitungsfoto zu neunundneunzig Prozent nicht identisch mit den Täterinnen.« Wozu hätten sich Amanda Bornstein und Isolde Schütze schließlich Perücken aufsetzen sollen, um auszusehen, wie sie aussahen?, dachte Beate Bündig. »Übrigens bin ich Inspektoranwärterin, Frau Krimske.«

»Wie man hört, haben sich die Räuberinnen zurückgezogen«, hatte der asthmatische Mann gekeucht. »Vielleicht waren wir sogar die letzten Opfer? In jüngster Zeit ist ja wohl nichts mehr passiert, oder?«

»Das stimmt«, hatte die Inspektoranwärterin zugegeben. »Aber wir vermuten, dass sie wieder anfangen werden und die Ferienzeit nutzen. Dann könnten wir sie vielleicht endlich erwischen!«

»Das wäre ja direkt mal eine gute Nachricht!«, hatte der Mann geschnauft.

»Ich hätte doch so gern meinen Schmuck wieder«, hatte Frau Krimske geseufzt. »Der ist ja nicht nur wertvoll, sondern auch ein liebes Andenken. Wir wären sogar bereit eine Belohnung für einen Hinweis zu zahlen, der zur Wiederbeschaffung der Schmuckstücke führt. Nicht wahr, Liebling?«

Ihr Liebling nickte.

Endlich hatten sie einander die Hände geschüttelt und Beate Bündig hatte die Tür hinter ihnen geschlossen.

Das war vielleicht vor zehn Minuten gewesen und jetzt stand sie am Fenster ihres Büros und sah auf die Straße zwischen den anderen Bürogebäuden hinab. Die meisten Angestellten schlenderten zum Mittagstisch oder holten sich rasch einen Snack vom Thailänder gegenüber. Und alle schienen sie die Herbstsonne zu genießen. Viele hatten ihre Jacken ausgezogen oder wenigstens aufgeknöpft.

Hoffentlich hatte sie den Leuten nicht zu viel versprochen. Aber es war einfach die Wahrheit, sie brannte darauf, die Sushi-Mädchen zu erwischen!

Schlagt zu! Probiert es wieder! Werdet leichtsinnig! Macht Fehler! Kurzum, lasst euch endlich schnappen, ihr gewissenlosen Gaunerinnen!, betete die Inspektoranwärterin inbrünstig. Mein Wunsch in Gottes Ohr!

In diesem Moment klingelte das Telefon. Beate Bündig wandte sich vom Fenster ab, ging zu ihrem Schreibtisch und nahm den Hörer ab. »Inspektoranwärterin Bün... – Ja, am Apparat. – Wie bitte? Was? Wo?« Die Inspektoranwärterin schnappte vor Überraschung nach Luft und sank auf ihren

Stuhl. »Aber das gibt's doch gar nicht! Bist du wirklich sicher, dass du sie gesehen hast? – Bleib dran, Christoph! Ich schicke dir Hilfe!« Einen Augenblick später legte sie feierlich den Hörer auf und saß eine Weile ganz still. Die Sonne zauberte goldene Flecke auf ihre Schreibtischplatte und musterte den Staub auf den Ordnern. Dann wanderte sie neugierig auf Beate Bündigs Stupsnase.

Dass Wünsche manchmal so schnell in Erfüllung gehen!, dachte die Beamtin. Konnte es denn sein, dass der liebe Gott tatsächlich Ohren hatte?

Und noch bevor sie ihr Versprechen halten und ihrem Chef Christoph Roth zwei Streifenwagen zu Hilfe schicken konnte, musste sie niesen.

– 35 –

Emily Wirsing war noch immer nicht aus dem Koma erwacht. Das meldete eine Zeitung, die zwischen ihren bunten, flatternden Schwestern am Kiosk steckte und von der goldenen Herbstsonne beschienen wurde.

Isy und Amanda waren auf dem Weg zu Patrick Mortimer Rimpau. Es würde das letzte Mal sein, dass sich der Autor mit Geld, Geduld und Gummiglatze für die Jagd nach den Sushi-Hexen zur Verfügung stellte.

Heute muss es passieren!, dachte Isy nervös. Immerhin stand unumstößlich fest, dass nächste

Woche die Schule wieder begann. Wenn es ihnen an diesem Nachmittag nicht gelang, die Sushi-Mädchen zu fassen, würde es ihnen vermutlich nie mehr gelingen. Dann konnten sie noch heute mit Sack und Pack das Hausboot verlassen und in der Hoffnung heimgehen, dass wenigstens ihre Eltern ihnen glaubten.

Möglicherweise schafften sie es sogar, der Polizei zu beweisen, dass sie die Wirsing nicht niedergeschlagen hatten. Dass der graue BMW des Staatssekretärs am Kotflügel beschädigt war, würde vielleicht auch die Kripo neugierig machen. Aber die Sache mit den Sushis würde an ihnen haften bleiben wie japanischer Klebreis! Wie lange noch in der Klasse hinter ihrem Rücken geflüstert werden würde, das konnte keiner sagen. Manch' Gras des Vergessens wuchs besonders langsam.

Wenn es heute nicht klappt, mache ich endlich reinen Tisch! Isy war plötzlich wild entschlossen. Internat hin oder her! Sie würde Dr. Trisch und den Schuldirektor, Herrn Rimpau und ihre Eltern bitten mit Amandas Mutter zu reden. Sie würde sich notfalls ans Sorgentelefon oder an UNICEF wenden. Auch die Medien würden ihr vielleicht helfen, dass die Freundin nicht ins Internat musste.

Doch von diesen Gedanken sagte sie der Freundin lieber nichts. Zum Glück hatte Gummibärchen an diesem Morgen mit geheimnisvoller Miene eine Überraschung angekündigt und seitdem platzte Amanda fast vor Spannung. Die Neugier beschleunigte sogar ihre Schritte.

Sie standen vor Herrn Rimpaus Wohnhaus, aber zu ihrer Verwunderung reagierte er nicht auf ihr Klingeln. Auch die Jungen hatten ihren Posten im Treppenhaus noch nicht bezogen. »Niemand da?«, wunderte sich Isy und die Mädchen machten es sich auf der Treppe vor der Wohnungstür des Autors bequem.

Schritt für Schritt ging Isy im Geiste noch einmal den Plan durch, den sie mit Herrn Rimpau gleich am Anfang für den Ernstfall geschmiedet hatten.

Endlich tauchte die Gummiglatze des Autors an der Treppe auf. »Ist heute etwas später geworden mit dem Geldabholen!«, entschuldigte er sich höflich. Er habe bei diesem Prachtwetter einem Spaziergang nicht widerstehen können und wäre gerade noch kurz vorm Schließen in die Post geschlüpft, als es an allen Schaltern knüppeldicke voll gewesen sei. »Wenn mich die Sushi-Mädchen heute ins Visier genommen hätten, wäre mir das in dem Gedränge gar nicht aufgefallen«, scherzte er.

Isy lauschte vergeblich auf das Getrappel des Hundes. »Wo ist denn Alfredo?«, fragte sie verwundert.

»Zum Trimmen. Der Termin stand schon seit Wochen fest.« Herr Rimpau ließ sie in den Flur und verschwand in der Küche, um seinen Spezialtee mit viel Zimt und Zucker zu brühen.

»Vielleicht ist das ja ihr Trick.« Isy nahm auf der Kante des Sofas Platz.

»Was für ein Trick?«, fragte Amanda und beschlagnahmte die Fernbedienung.

»Na, immer auf die letzte Minute zu kommen, damit sie in dem Gedränge an den Schaltern nicht auffallen. Ich hätte es jedenfalls so gemacht.«

»Du wieder!«, seufzte Amanda. »Möchte bloß wissen, wo die Jungen bleiben! Ob das was mit ihrer Überraschung zu tun hat?«

Bevor Isy antworten konnte, klingelte es. Erleichtert sprang das Mädchen auf. »Spricht man vom Teufel, ist er nicht weit!« Als sie durch den Flur lief, hörte sie Herrn Rimpau in der Küche rumoren. Rasch steckte sie den Kopf hinein. »Tannhäuser und Gummibärchen sind da! Ich mach auf!«

»Fein, dann können sie ja gleich Tee mit uns trinken!«, sagte der Autor und stellte zwei weitere Tassen auf das Tablett. »Aber guck erst durch den Spion!«

Isy lächelte. Es war Herrn Rimpaus Lieblingssatz. Gehorsam stoppte sie vor der Wohnungstür und spähte durch das kleine, verglaste Loch. Im selben Augenblick schien der Holzfußboden unter ihren Füßen zu schwanken.

Fassungslos sah sie in ihr eigenes Gesicht!

Nein, es war nicht ihr Gesicht. Es sah ihr nur zum Verwechseln ähnlich. Große braune Augen und dunkles, lockiges Haar, das sanft wie ihres auf die fremden Schultern fiel. Mit weichen Knien schlich sie in die Küche zurück.

»O Gott, sie sind da!«, flüsterte sie heiser. »Die

Sushi-Mädchen sind hier! Und eine sieht wirklich aus wie ich!« Erst jetzt merkte sie, dass sie am ganzen Körper zitterte.

Auch der Autor holte erschrocken Luft. Es hatte also geklappt! Die Trickdiebinnen standen tatsächlich vor der Tür!

Wieder schrillte die Türglocke.

Dass Alfredo ausgerechnet heute beim Hundefriseur sein musste!

»Moment!«, rief Herr Rimpau mit zittriger Altmännerstimme und hustete schwach. »Ein alter Mann ist doch kein Intercity!« Dann strich er Isy zart über die Wange. »Bleib ganz ruhig, Mädel!«

»Aber Alfredo …«

»Ich werde ihn würdig vertreten!« Herr Rimpau versuchte zu grinsen.

»Aber Gummibärchen und Tannhäuser …«

»Da müssen wir jetzt allein durch! Der Countdown läuft!«

Wie lange hatten sie auf diesen Moment gewartet! Und ausgerechnet jetzt glänzten die Jungen durch Abwesenheit! Dabei hatten sie doch die Aufgabe übernommen, den Sushi-Mädchen notfalls im Treppenhaus den Fluchtweg abzuschneiden.

So ein Mist!

Während Isy ins Wohnzimmer stürzte, sich das Handy und die ziegenkäsefarbene Amanda raffte, um mit beiden in der Besenkammer zu verschwinden, schlurfte der Schriftsteller zur Wohnungstür und sperrte sie auf.

»Ihre Sushi-Bestellung!«, flöteten zwei helle

Mädchenstimmen. »Zwei Futo-Maki mit Shiitakepilzen, zwei Garnelen-Temaki auf dem Wasabi-Bett, zwei Nigiri-Sushi mit frischem Thunfisch und zum leckeren Abschluss noch zwei bunte Hoso-Maki mit eingelegtem Kürbis und Gemüse.«

Nun war es an Herrn Rimpau, den Überraschten zu spielen, und das tat er so überzeugend, dass sich Isy trotz ihrer Angst auf die Lippen beißen musste, um nicht loszulachen.

»Was sind Garnelen auf dem Wasserbett?«, fragte er höflich.

»Nein, ich sprach von Garnelen auf einem Wasabi-Bett, das ist ein grüner Meerrettich aus Japan«, wurde er sofort aufgeklärt.

Und superscharf!, dachte Isy schaudernd.

»Und was muss ich mir unter bunten Hosen-Makis vorstellen? Kann man die anziehen?«

Die Sushi-Zicken kicherten geziert. »Die bunten Hosen-Makis heißen Hoso-Makis und sind besonders große, leckere Sushis.«

»Nie gehört!«, brummte der Autor.

»Dann haben Sie diese Sushis also gar nicht bestellt?« Es klang lauernd.

»So ist es.« Herr Rimpau hustete. »Ich weiß auch gar nicht, wie man diese Kunstwerke isst. Ich bin ja schließlich kein Chinese ...«

»Es handelt sich ausschließlich um japanische Spezialitäten!«, flöteten die Mädchen.

Gleich werden sie behaupten Feierabend zu haben und ihm die Sushis schenken, dachte Isy grimmig. So jedenfalls hatten es alle Opfer berichtet. Und dann werden sie fragen, ob sie hereinkommen dürfen, um ihm zu zeigen, wie man diese klebrigen, kalten Reisbatzen stilgerecht verspeist.

Während sich außerhalb der Besenkammer die Dinge entwickelten, wie Isy es sich gerade ausgemalt hatte, begannen sie und Amanda im stickigen Dunkel vor Aufregung Bäche zu schwitzen.

Schritte näherten sich der Kammertür, wurden leiser, verschwanden im Arbeitszimmer, wo Herr Rimpau unübersehbar auf dem Schreibtisch das gerade abgehobene Geld und seine wertvolle Patek-Philippe-Uhr deponiert hatte. Dieser Köder war es, der ihm am meisten Sorge machte. »Diese Uhr darf das Haus nicht verlassen!«, hatte er ihnen erklärt. »Die werde ich bis zum letzten Atemzug verteidigen! Und mit ihr meinen Vater und Großvater, die sie mir vererbt haben.« Nach diesen scharfen Worten hatte der Autor sein Pfeifchen in Brand gesetzt und schmunzelnd hinzugefügt: »Und euch selbstverständlich gleich mit!«

»Legen Sie doch statt der teuren Uhr lieber einen Fotoapparat hin!«, hatte ihm Isy vorgeschlagen, aber Herr Rimpau hatte sie daran erinnert, dass er diesen noch benötige, um die Mädchen beim Mausen zu fotografieren.

Wenn sie um ein Glas Wasser baten, was sie immer taten, würde er sie vom Flur aus durch den Türspalt mit seiner bereitliegenden Kamera aufnehmen. Diese Fotos würden als unwiderlegbarer Beweis für die Kripo dienen. Danach würde er leise die Wohnungstür für Beate Bündig und ihre Kollegen öffnen und in der Küche laut mit den Gläsern klirren als Zeichen für Isy und Amanda in ihrer Besenkammer, das Dezernat für Eigentumsdelikte zu alarmieren.

Aber nun steckte Herr Rimpau schon ganze fünf Minuten mit den beiden Verbrecherinnen in seinem Arbeitszimmer und es passierte nichts! Was war los? Hatten sie ihn vielleicht überwältigt? Ihn schon beraubt?

Isy verspürte etwas Hartes im Rücken. Wahrscheinlich ein Schrubberstiel. Der Nerz in Emily Wirsings Kleiderschrank war erheblich weicher gewesen.

»Sah die eine wirklich aus wie du?«, wisperte Amanda.

»Ziemlich. Man könnte uns schon verwechseln.«

»Und die andere?«

»Hab ich nicht sehen können. Gib mal das Handy!«, flüsterte Isy und Amanda ließ das schweißnasse Telefon in ihre Hand gleiten. Die Nummer der Kripo war bereits eingespeichert.

In diesem Moment vernahmen sie das tiefe, warme Lachen des Autors. Gott sei Dank, ihm war nichts passiert!

Bald darauf verließ er wie vorgesehen das Arbeitszimmer. Er verharrte kurz im Flur und sie hörten die Kamera klicken, bevor seine Schritte Richtung Küche verhallten. Endlich signalisierte ihnen heftiges Gläsergeklirr, dass sie nun die Kripo verständigen mussten.

»Es geht los!«, hauchte Isy und drückte Beate Bündigs Dienstnummer. Eine Weile musste sie es klingeln lassen, bis sich die Inspektoranwärterin endlich meldete. Aber was war das? Wieso klang ihre Stimme so merkwürdig quakend? Es hörte sich an, als stünde Beate Bündigs Büro unter Wasser! Isy konnte gerade noch ein blechernes »Bündig« vernehmen, dann verabschiedete sich der Akku mit einem gluckernden Geräusch. Er war leer.

Noch niemals hatte Amandas Handy versagt. Nur ausgerechnet jetzt!

»Bist du wahnsinnig?«, zischte Isy. »Hast du denn den Akku nicht geladen?«

»Wie denn?«, fauchte Amanda zurück. »Ist doch kein Strom auf dem Boot! Außerdem dachte ich, es reicht noch ...«

Das ist die perfekte intergalaktische Katastrophe!, durchfuhr es Isy. Nicht nur die Jungen und Alfredo fielen aus, sondern auch Amandas Handy, die rettende Nabelschnur zur Polizei! Wie sollten sie denn nun Herrn Rimpau helfen?

– 36 –

Noch ahnte der Schriftsteller nichts von dem Desaster. Optimistisch trug er das Tablett mit dem Wasser in sein Arbeitszimmer. Er war sich sicher, dass sie die Kripo benachrichtigt hatten und dass diese bereits auf dem Weg zu seiner Wohnung war.

Wenn sie ihm doch nur erklären könnten, was passiert war! Aber sie waren für ihn in dieser blöden Besenkammer so fern wie auf dem Mond, und das nächste Telefon, mit dem sie die Kripo rufen konnten, befand sich ausgerechnet in seinem Arbeitszimmer!

Für Isy stand fest: Wenn ihnen die Sushi-Mädchen nicht durch die Lappen gehen sollten, musste eine von ihnen die Kammer verlassen, um Hilfe zu holen, und zwar schnell. Herrn Rimpaus Nachbarn würden bestimmt bereit sein die Polizei zu alarmieren.

Aber Amanda machte ihren kühnen Plan sofort zunichte, indem sie sich wie ein Schraubstock an Isy festklammerte. »Du kannst mich doch jetzt nicht allein lassen!«, wimmerte sie.

»Dann geh du!«

»Ich? Nie!«

»Dann gehe ich!« Entschlossen drückte Isy die Klinke der Besenkammer hinunter, als sie plötzlich Stimmen an der Wohnungstür vernahm.

»Hallo! Ist hier keiner?« Schritte trappelten über den Flur. »Wir sind's!«

Bevor Isy reagieren konnte, klopften Tannhäuser und Gummibärchen an die Arbeitszimmertür des Autors und gingen hinein. Instinktiv trat sie in die Kammer zurück und rammte sich den Staubsauger in die Rippen.

Im nächsten Moment hörten sie den Aufschrei der Jungen.

»Meine Augen!«, schrie Tannhäuser.

»Ich kann nichts mehr sehen!«, heulte Gummibärchen.

Die Sushi-Hexen hatten vermutlich Reizgas versprüht. Auch Herr Rimpau brüllte jetzt, aber vor Wut. Ein Stuhl polterte um, eine Vase ging klirrend zu Boden. Irgendetwas landete splitternd im Fensterglas.

Wie gelähmt vor Entsetzen lauschten Isy und Amanda dem wilden Gerangel, bis auch der Autor mit einem Stöhnen zu Boden ging.

Was passiert jetzt?, schoss es Isy durch den Kopf, als hastige Schritte das Arbeitszimmer verließen und die Tür ins Schloss fiel.

»Das wäre beinahe schiefgegangen!«, keuchte eines der Mädchen.

»Gut, dass wir das Spray dabeihatten!«, antwortete die andere.

Sie standen jetzt direkt vor der Kammertür.

»Für einen alten Mann hat der ja ganz schön ausgeteilt, was? Ich dachte schon, den schaffen wir nicht! Hast du die Uhr?«

»Soll ich etwa eine Patek-Philippe liegenlassen?« Isy hörte ein höhnisches Kichern.

»Was meinst du?«, fragte die erste Stimme. »Ob wir uns mal in Ruhe umsehen, was hier noch zu holen ist? Die Bude sieht ziemlich edel aus.«

Das könnte euch so passen, dachte Isy empört. Sie fühlte, wie die Kraft in ihr wuchs. So musste sich ein Tiger vor dem Sprung fühlen. Trotzdem zögerte sie.

Vorsicht, die haben das Spray!, warnte ihr Kopf.

Aber wir haben den Überraschungseffekt!, erwiderte ihr Bauch.

Im nächsten Augenblick stieß Isy alle Bedenken beiseite und die Kammertür auf, wobei sie eines der Sushi-Mädchen so heftig am Rücken traf, dass es überrascht quiekend über den Flur segelte. Bevor die andere überhaupt begriff, was los war, verteilte Isy den ersten Kinnhaken ihres Lebens. Aber leider ging das Mädchen nicht im Zeitlupentempo zu Boden, sondern begann sich wie verrückt zu wehren und Isy an den Haaren zu reißen. Dabei schnaufte es: »Dir geb ich's, du kleine Angeberin! Wer bist du schon, he?«

Aber hallo! Was fiel der denn ein? Wieso war sie eine Angeberin?, wunderte sich Isy. Mit Schrecken spürte sie, wie die Hiebe dieser Schläger-Lissy immer härter wurden. »Amanda!«, schrie Isy verzweifelt.

Endlich kam Leben in die erstarrte Freundin. Tapfer warf sie sich von hinten auf die Angreiferin, um im nächsten Augenblick triumphierend eine dunkelbraune Perücke in ihrer Hand zu schwenken. »Guck dir das an!«

Die sieht mir ja gar nicht ähnlich!, durchfuhr es Isy erstaunt. Die ist ja strohblond!

Doch dann erhielt sie einen schmerzhaften Tritt gegen das Schienbein, aber es war die letzte Attacke. Amanda hatte der zappelnden Gegnerin schon die Arme auf den Rücken gedreht. In welchem Liebesfilm hat sie denn das gelernt?, dachte Isy gerade belustigt, als sie sah, wie sich am Ende des Flurs das zweite Mädchen aufrappelte und etwas aus seiner Jackentasche zog. »Vorsicht, Amanda!«, rief sie warnend. »Die hat das Spray!«

Wie sie richtig vermutet hatte, richtete die Blonde die Dose auf Amanda. »Lass sofort meine Freundin los!«

Amanda aber starrte fassungslos ihrer Zwillingsschwester ins Gesicht. Die war stattlich und blond wie sie, mit schweren Hüften und riesigen Augen von tiefstem Blau. Die hat ja sogar meine Grübchen, dachte sie entsetzt.

In diesem Moment drückte das Mädchen mit kaltem Lächeln ab.

Doch aus der Dose kam nur noch ein mattes Zischen. Das Spray war leer.

»Mist!«, fluchte die Blonde und wandte sich zur Flucht. Dabei rutschte ihr die flachshelle Kurzhaarperücke vom Kopf und eine dunkle Haarflut ergoss sich über ihre Schultern. Aus den Augenwinkeln sah Isy, wie Amanda der Mund offen stehenblieb.

»Sie darf uns nicht entwischen!«, brüllte Isy und setzte zum Sprint an. »Lass die andere Tussi auf gar keinen Fall los, Amanda!«

In diesem Moment flog die Wohnungstür auf und zwei Männer stürmten mit gezückten Waffen in Herrn Rimpaus Flur. »Kriminalpolizei! Hände hoch!«

»Gut, dass Sie endlich kommen! Nehmen Sie sie fest!«, kreischte die eben noch Blonde und zeigte blitzschnell auf Isy und Amanda. »Das sind die berüchtigten Sushi-Mädchen! Sie suchen die beiden doch schon lange, nicht wahr? Wir kamen gerade dazu, wie sie einen Überfall verübt haben!«

Während die Beamten verwirrt von einer zur anderen sahen, mahnte eine Stimme im Hintergrund sanft: »Aber, aber, wer wird denn so schrecklich lügen?« Dann glitt eine schmale, junge Frau in den Flur und breitete lächelnd die Arme aus.

Schluchzend vor Erleichterung fielen ihr Isy und Amanda um den Hals. Noch nie hatten sie sich so über den Anblick von Beate Bündig gefreut!

– 37 –

Sie hießen Rita und Leontine. Sie gingen in die Nachbarschule und kannten die Katastrophenweiber aus vielen Zeitungsberichten. Sie wünschten sich, wie Isy und Amanda zu sein. Als es ihnen jedoch nicht gelingen wollte, positive Heldinnen zu werden, versuchten sie es auf weniger rühmliche Art. Dabei nutzten sie die zufällige Ähnlichkeit mit ihren Vorbildern. Geschickt halfen sie mit Make-up und Perücken nach und stibitzten sogar Isys und Amandas Vornamen. Die Tarnung war perfekt.

Zumindest für eine Weile.

Ihre Opfer spähten sie meistens vor der Mittagspause um halb zwei im nahe gelegenen Postamt aus und folgten ihnen nach Hause, um kurze Zeit später mit den vorbereiteten Sushis vor ihrer Tür zu stehen. Dafür mussten sie die letzte Schulstunde schwänzen. Erst als ihr häufiges Fehlen Misstrauen zu erregen begann, stellten sie ihre kriminellen Aktivitäten ein und warteten auf die Herbstferien.

Jetzt saßen sie mit Oberinspektor Christoph Roth im Verhörraum und gaben alles zu. Nur den gewalttätigen Überfall auf Emily Wirsing wiesen sie empört zurück.

Eine Etage über ihnen tranken Isy und Amanda mit Beate Bündig Tee. Nachdem man Herrn Rimpau und die Jungen zur Behandlung ins Krankenhaus gefahren hatte, waren sie der Inspektoranwärterin in ihr Büro gefolgt. Natürlich wollten sie wissen, wie die Polizei von der Aktion der Sushi-Mädchen in Herrn Rimpaus Wohnung erfahren hatte.

»Gleich«, sagte Beate Bündig und zog die Stirn kraus. »Es gibt da vorher noch was zu klären. Dieser weiße Farbfleck an Amandas Jeansjacke zum Beispiel. Unsere Beamten fanden das Kleidungsstück bei der Hausdurchsuchung zusammengeknüllt in der hintersten Ecke ihres Schranks.«

Während sich Amanda wie eine Himbeere färbte, durchfuhr Isy ein siedend heißer Schreck. Diese Idiotin! Hatte sie ihr nicht versprochen den Fleck gleich zu Hause zu entfernen?

»Was für ein Fleck?«, würgte Amanda hervor. Hilflos suchte sie Isys Blick.

»Der, den du dir beim Shoppen geholt hast!«, sagte Isy hastig. »Du erinnerst dich doch noch an den Schreck?« Und mit ihrem harmlosesten Lächeln fügte sie für die Inspektoranwärterin hinzu: »Diese verflixten Flecken holt man sich schnell mal irgendwo, nicht wahr?«

»Meist dort, wo frisch gestrichen ist«, erwiderte die trocken. »Und, welch ein Zufall, dass Emily Wirsings Hauseingang ausgerechnet an dem Tag frisch gestrichen wurde, an dem euch auch drei Zeugen dort gesehen haben.«

»Ich glaube, jetzt verwechseln Sie uns wieder mit den Sushi-Mädchen!«, mahnte Isy schelmisch. Bei dieser Frau musste man wachsam wie ein Luchs sein!

»Da bin ich mir nicht sicher. Die Sushi-Mädchen streiten aufs Heftigste ab, die alte Frau noch einmal aufgesucht zu haben.«

»Das würde ich an ihrer Stelle auch tun«, gab Isy zu. »So viel, wie die schon auf dem Kerbholz haben! Aber wir sind ja total gespannt, wie Sie den beiden auf die Schliche gekommen sind!«

Wenn Beate Bündig der abrupte Themenwechsel nicht passte, so ließ sie es sich nicht anmerken. Gelassen ging sie auf Isys kleines Ausweichmanöver ein und berichtete, wie sie vor ein paar Tagen durch Zufall auf die Spur der Perücken gekommen war und wie damit zu ihrer großen Erleichterung dieser schwerwiegende Verdacht von Isy und Amanda abgefallen war. Heute in der Mittagsstunde habe sie dann einen sensationellen Anruf ihres Chefs Christoph Roth erhalten, der in der Mittagspause ein Geburtstagspäckchen an seine Nichte aufgeben wollte und vor dem Postamt zufällig auf die ihm sattsam bekannten Schülerinnen Isolde S. und Amanda B. stieß.

Freundlich hatte er sie begrüßen wollen, war aber stutzig geworden, weil sie so offensichtlich befremdet reagierten. Sofort war ihm klar geworden, dass er es hier und jetzt mit den beiden Doppelgängerinnen zu tun hatte, und nach telefonischer Absprache mit ihr war er den Mädchen auf den Fersen geblieben, bis ihn die Kollegen zweier eilig herbeigerufener Streifenwagen ablösten.

Erst als gesichert war, dass die Sushi-Mädchen einem Rentner mit Glatze vom Postamt bis in seine Wohnung gefolgt waren, hatte Beate Bündig sich in ihren Wagen geworfen, um bei der Festnahme dabei zu sein.

»Den größten Anteil an der Aktion aber habt ihr!«, versicherte sie den errötenden Mädchen. »Wenn ihr den Sushi-Mädchen nicht eine Falle gestellt hättet, wären sie vielleicht noch einige Zeit auf freiem Fuß gewesen.«

»Haben Sie Amandas Jeansjacke noch?«, erkundigte sich Isy kühl.

Die Inspektoranwärterin nickte. »Bis zur endgültigen Klärung wird sie noch bei uns bleiben müssen.«

»Wir sind also weiter verdächtig, obwohl wir der Kripo gerade geholfen haben?«, fragte Isy gespannt.

»Nur in diesem Punkt«, sagte die Polizistin liebenswürdig. »Aber vielleicht gestehen die Sushi-Mädchen ja doch noch ihre Anwesenheit in Emily

Wirsings Wohnung? Oder ihr beide erzählt uns zur Abwechslung mal, was ihr an diesem Abend in Frau Wirsings Wohnhaus gewollt habt? Geschwindelt wurde doch nun mehr als genug!« Einen Augenblick sahen Beate Bündig und Isolde Schütze einander fest in die Augen.

Dann senkte Isy den Blick.

Wenn sie dem Teenager, der ich einmal war, bloß nicht so verdammt ähnlich wäre, dachte die Inspektoranwärterin mit einem innerlichen Seufzer. Dann schüttelte sie Isy und Amanda die Hand. Sie musste die Pressekonferenz vorbereiten. »Das wird noch richtig gut gefeiert!«, versprach sie mit Wärme.

»Wenn Sie einen coolen Tipp möchten, Frau Oberinspektor!«, sagte Amanda wie aus der Pistole geschossen. »Ich empfehle das ›Georgio‹. So gut haben Sie noch nie gegessen!«

»Was gibt's denn da zu feiern?«, fragte Isy provozierend und schob ihren Stuhl zurück. »Dass die Polizei uns endlich glaubt, dass wir nicht die Sushi-Mädchen sind? Dass wir keine alten Leute beklauen? Ha!« Sie warf ihren Kopf in den Nacken. »Es gibt einen alten Spruch: Gefeiert, gefeuert, gefeiert! Aber ohne mich!«

Dann fiel die Tür hinter ihr ins Schloss. Es war vorbei! Wirklich vorbei! Wochenlang hatten die Sushi-Mädchen sie und Amanda in Atem gehalten, sie übelsten Verdächtigungen ausgesetzt, ihnen ihr Selbstbewusstsein und ihren Schlaf geraubt!

Jetzt wurden die gemeinen Trickdiebinnen in Handschellen abgeführt, verachtet und verhört.

Trotzdem. Warum, dachte Isy, fühlt sich Erleichterung manchmal bloß so schwer an? Warum lachte sie nicht? Sang sie nicht? Tanzte sie nicht? Warum zum Beispiel hatte sie vorhin nicht zugegeben, dass Amanda und sie vor zwei Wochen an dem bewussten Tatort gewesen waren und Emily Wirsing ins rettende Krankenhaus bugsiert hatten? Konnten sie etwa nicht stolz darauf sein? Jetzt, wo dieser schreckliche Sushi-Verdacht wie eine faulige Frucht von ihnen abgefallen war, konnten sie doch ganz offen darüber sprechen. Und warum hatte sie Beate Bündig nicht verraten, dass man noch andere Schlüsse über Täter und Hergang ziehen konnte, als die Sushi-Mädchen zu verdächtigen? Dass es im Grunewald eine Garage gab, in der ein BMW stand, dessen Lack frisch ausgebessert worden war?

Vielleicht bin ich ja rachsüchtig, dachte Isy beschämt. Aber warum sollte sie es der Bündig auch leichtmachen? Hatte die es ihnen etwa leichtgemacht?

Von ihr aus konnte sich Amanda ruhig bei der Dame einschleimen! Sie, Isy, hatte im Moment nur einen Wunsch: Sie wollte ihre Sachen vom Schiff holen und heimgehen! Heimgehen und die Tür hinter diesem ganzen Kapitel laut und deutlich zuknallen!

– 38 –

Am nächsten Tag fand die Pressekonferenz mit anschließendem Fototermin statt. Oberinspektor Christoph Roth überreichte ihnen Blumen und jeder von ihnen ein Buch, das sie schon im letzten Jahr für die Aufklärung der Kunstdiebstähle bekommen hatten. Die Inspektoranwärterin klatschte am lautesten und hatte vor Aufregung weinrote Flecke im Gesicht.

Tannhäusers und Gummibärchens Augen sahen noch schlimm aus. Irgendjemand erklärte, sie würden alle noch eine Belohnung von jenem Paar erhalten, dem die Sushi-Mädchen den wertvollen Schmuck geklaut hatten. Vorausgesetzt natürlich, der Schmuck wäre noch auffindbar.

Einen Tag danach klingelte Isys Telefon.

»Weißt du, dass du dich wie eine beleidigte Leberwurst benimmst?«, zankte Amanda am anderen Ende des Hörers. »Jetzt, wo die Bullen endlich mal was ausgeben wollen, vermasselst du dem armen Georgio sogar das Geschäft! Die Inspektoranwärterin sagt das auch!«

»Denk lieber daran, dass sie noch deine Jacke hat!«, erwiderte Isy kühl. »Die misstraut dir und mir doch noch immer. Wenn du natürlich gleich den Fleck entfernt hättest …«

»Du wieder! Woher sollte ich denn wissen, wie wichtig das noch wird? Aber warum sind wir eigentlich nicht endlich mit der Wahrheit herausgerückt? Wir haben doch gar nichts verbrochen!«

»Soll sie es doch selber herausfinden!«

»Also ehrlich, manchmal find ich dich voll blöd.«

»Hast du angerufen, um mir das mitzuteilen?«

»Natürlich nicht. Erstens habe ich Äschylos auf dem Boot vergessen. Zweitens ist heute auf Seite eins ein Riesenbild von uns in der Morgenzeitung, auf dem wir echt verschärft aussehen, und drittens soll ich dir ausrichten, dass wir uns in einer Stunde bei Gummibärchen treffen. Wegen der Überraschung!«

»Dann hab ich auch eine Überraschung für dich: Ich kann nicht!«

»Wieso?«

»Familientreffen. Meine Oma rollt gleich an. Sie bringt frische Brötchen mit und meine Mutter hat meinen Lieblingskuchen gebacken.«

»Käse?«

»Käse!«, seufzte Isy glücklich. »Die sind so froh, dass ich wieder zu Hause bin. Klar sind sie sauer, aber es zählt nur, dass alles gut ausgegangen ist. Und natürlich, dass ihnen die Nachbarn mal wieder zu mir gratulieren!« Isy lachte froh wie lange nicht mehr.

»Genau wie bei mir. Und von Internat kein Wort mehr! Aber sie wissen ja auch nicht alles!« Amanda gluckste. »Trotzdem! Du musst unbedingt kommen. Die Jungen meinen, die Überraschung hängt mit dem Schwiegersohn zusammen.«

»Echt?«

»Ich glaube schon. Sie wirken ziemlich angetörnt.«

Isy warf einen sehnsüchtigen Blick auf ihre Liege mit den zerknautschten Kissen und auf das aufgeschlagene Buch. Nach dieser Woche auf dem Boot, den vielen Interviews und Fototerminen, diesem ganzen Rummel um ihre Person war ihr Zuhause für sie zu einem Paradies geworden, das sie nur ungern verlassen wollte. Wenn diese lang angekündigte Überraschung allerdings wirklich mit Emily Wirsings merkwürdigem Schwiegersohn zusammenhing ...

»Kommst du?«, drängte Amanda.

»Okay, aber nur fünf Minuten!«

Sich bei Gummibärchen zu treffen hieß sich mit ihm in seinem Keller zu verkriechen. Auf dem verstaubten Sofa, im warmen Gelass. Hier hatten sie nach dem Auffinden der niedergeschlagenen Emily Wirsing zu viert vor dem altersschwachen Fernseher gehockt. Dieses Mal waren die anderen schon da und Isy rutschte eilig zu Amanda auf das Sofa. Dabei ließ sie prüfend den Blick durch den Kellerraum schweifen. Von der Überraschung war nichts zu sehen. Es musste sich wirklich um eine sehr kleine Überraschung handeln.

Während Isy das Foto von sich und Amanda in der Morgenzeitung betrachtete und stolz unter der fett gedruckten Überschrift ***Ende gut, alles gut!*** die Lobeshymne auf das Duo criminale Isolde Schütze und Amanda Bornstein las, jammerten die

Jungen eine Weile über die Wirkung des Reizgases und schmückten die Ereignisse in Herrn Rimpaus Arbeitszimmer noch einmal dramatisch aus.

»Aber unser Einsatz hat sich gelohnt!«, stellten sie abschließend zufrieden fest.

»Was für 'n Einsatz?«, motzte Amanda. »Ihr seid doch nur zu spät gekommen! Die Drecksarbeit haben wir gemacht!«

Bevor die Jungen protestieren konnten, mischte sich Isy in das Gespräch. »Wir brauchen vierundzwanzig Exemplare von dieser Zeitung!«

»Wofür denn das jetzt?«

»Für jeden in der Klasse eine! Ich bestehe darauf!«

Amanda nickte. »Und für Binette am besten gleich zwei!«

»Und wer soll das bezahlen?«, erkundigte sich Gummibärchen misstrauisch.

»Das könnte die Pressestelle der Kripo für uns sponsern.« Isy beugte sich vor. »Was ist denn nun mit der Überraschung?«

»Gleich, gleich!«, beruhigte sie Gummibärchen. »Lasst uns erst mal klären, wo die Fete stattfinden soll.«

»Nirgendwo! Isy will ja nicht mitmachen«, maulte Amanda. »Weil sie rumzickt!«

»Und weshalb zickt sie rum?«, fragte Tannhäuser verwirrt.

»Weil sie immer noch sauer auf die Bündig ist. Dabei ist die voll nett.«

»Stimmt das, Isy?«

Isy hielt es für unter ihrer Würde, darauf zu antworten. Sie war wegen der Überraschung gekommen, und wenn die nicht bald präsentiert wurde, würde sie in null Komma nichts wieder weg sein. Ihre Miene verriet es deutlich.

»Ja, also, die Überraschung!«, murmelte Gummibärchen und kratzte sich am Ohr. »Hol sie mal, Reggi!«

Tannhäuser stand auf, wobei sein tannengrüner Pulli um seinen mageren Körper schlabberte, und verschwand hinter einem Stapel Kisten.

Einen Augenblick war es erwartungsvoll still im Keller. Nur die alten Heizungsrohre knackten leise. Isy wusste nicht genau, was sie sich eigentlich vorgestellt hatte, aber als Tannhäuser mit einem schwarzen Müllsack auftauchte, war sie doch enttäuscht. Das sollte die große Überraschung sein?

»Habt ihr etwa in Dr. Schlumbühl-Strunz' Müll gewühlt?«, fragte Amanda.

»Es ist kein Müll!«, versicherte Gummibärchen.

»Wo habt ihr den Sack gefunden?«, erkundigte sich Isy. Sie hatte Erdreste an seiner schwarzen Plastikhaut entdeckt.

»Im Garten der Villa, hinterm Haus. Er war frisch vergraben. Sie haben da einen jungen Labrador, der mit uns gespielt hat, während wir auf den BMW des Hausherrn gewartet haben. Irgendwann begann der Hund plötzlich an einem frischen Erdhaufen zu buddeln und heraus kam das hier.« Tannhäuser schwenkte triumphierend den verschnürten Sack.

»Als wir den Inhalt gesehen hatten, haben wir den Sack einfach mitgenommen und in der Nähe des Bahnhofs in einem Vorgarten versteckt«, fuhr Gummibärchen fort. »So spät am Abend wären wir doch mit dem Ding überall aufgefallen!«

»Mist war, dass wir die Stelle am anderen Tag nicht gleich wiedergefunden haben!« Tannhäuser grinste. »Deshalb hatten wir uns auch so verspätet, als die Sushi-Tussen endlich in die Falle gegangen sind. Wer konnte denn das ahnen?«

»Was ist denn nun drin?« Amanda platzte fast vor Neugier. »Heroin?«

»Besser!« Gummibärchen kicherte.

Auf sein Zeichen öffnete Tannhäuser den geheimnisvollen Beutel und begann langsam seinen Inhalt auszuschütten.

»Ich fasse es nicht!«, hauchte Amanda.

»Ist ja voll krass!«, keuchte Isy.

Vor ihren aufgerissenen Augen purzelten bunt und weich Emily Wirsings Kuscheltiere auf den grau betonierten Kellerboden.

An diesem Nachmittag war Signore Georgios Ristorante gut besucht. Die besten Tische waren bereits besetzt. Wie beleibte Vögel schwirrten der Padrone und seine füllige Gattin Violetta zwischen den Gästen hin und her und versorgten sie mit Kuchen, duftendem Kaffee und leckerem Gelato. In zwei, drei Stunden würden sich die Wünsche der Gäste wandeln. Dann würden sie Pizza und Pasta bestellen, Salate und Fisch.

Amanda fand einen Tisch am Fenster und sie schlugen die Karte auf. Es war immer wieder ein Vergnügen, das richtige Eis unter den köstlichen Angeboten auszuwählen.

»Erst mal ein Glas Latte macchiato«, erklärte Amanda selig. Sie sah glücklich aus. Endlich mussten sie sich nicht mehr verstecken, sondern konnten sich wieder überall sehen lassen und ganz selbstverständlich in ein Kino, Café oder Kaufhaus gehen. Einfach auftreten, auftrumpfen, genießen!

Sie winkte Signore Georgio zu, der bei ihrem Anblick die Hände rang. »Wo seid ihr gewesen? Schmeckt es euch nicht mehr bei mir? Warum sieht man euch nur noch auf den Titelblättern der Zeitungen?« Sein Gesicht aber strafte seine Worte Lügen. Es strahlte vor Freude und Stolz.

»Wir mussten eine Weile abtauchen«, flüsterte Amanda verschwörerisch. »Es hing mit dem Sushi-Fall zusammen.«

Der Wirt nickte beeindruckt.

»Eigentlich wollten wir unseren Sieg hier im ›Georgio‹ feiern, zwei Kumpel von uns, Herr Rimpau und ein paar Typen von der Polizei. Aber meine Freundin ist leider voll dagegen!«

Augenblicklich begann Isy es zu bereuen, Amanda hierher gefolgt zu sein. Wie konnte die sie nur so blamieren?

»Wo ist das Problem?«, fragte der Padrone erstaunt. »Ihr könnt Zuppa von Tomate mit Basilikumhäubchen haben, Lasagne mit Pilzen, Involtini Lucia nach Art meiner Großmutter mütterlicherseits und das beste Tiramisu der Stadt. Es wäre mir eine Ehre!«

Da siehst du's!, sagten Amandas Augen vorwurfsvoll, aber Isy starrte wütend aus dem Fenster, wo der Wind kahle Äste bog und nagellackfarbene Autos über goldbraune Blätterteppiche heimwärts brausten. Eigentlich sollte sie auch nach Hause gehen und Käsekuchen essen! Warum bloß hatte sie sich von Amanda überreden lassen? Aber wenn sie ehrlich sein wollte, war ihr der Vorschlag der Freundin, sich einen Besuch im »Georgio« zu gönnen, gerade recht gekommen. Irgendwie hatte sie es sich nicht vorstellen können, nach diesem Schocker mit den Kuscheltieren daheim mit Mutter und Oma gemütlich auf dem Sofa zu sitzen und *Tchibo Feine Milde* zu trinken.

Während Amanda bestellte, sah Isy aus den Augenwinkeln, wie ihnen zwei Frauen am Nachbartisch neugierige Blicke zuwarfen. So war das in der ersten Zeit immer, wenn sie und Amanda mal wieder auf den Titelblättern glänzten. Natürlich war das nicht von Dauer und das war auch gut so. Wer weiß, vielleicht würden sie sonst noch eingebildet werden?

Ihr Latte macchiato kam und der Aprikoseneisbecher mit gerösteten Mandeln für Isy und ein eisiger Malaga-Traum für Amanda.

Obgleich das Eis großartig schmeckte, konnte Isy es nicht richtig genießen. Immer wieder kreisten ihre Gedanken um den Inhalt der schwarzen Tüte. Auch um den Streit mit Gummibärchen, der den Sack am liebsten gleich der Inspektoranwärterin Bündig auf den Schreibtisch geknallt hätte. Nur mit Mühe hatte Isy ihn davon abbringen können. Die vergrabenen Kuscheltiere und der beschädigte BMW waren noch lange kein Beweis dafür, dass Emily Wirsings Schwiegersohn tatsächlich etwas mit der Fahrerflucht zu tun hatte. Jeder gute Anwalt würde ihn binnen drei Minuten aus der Untersuchungshaft herausboxen.

»Musst du auch immerzu daran denken?«, seufzte Amanda.

»Hm.«

»Warum hat er denn die Kuscheltiere im Garten verbuddelt? Hat er einen Stich?«

»Einen Stich bestimmt nicht, eher … Angst!«

»Angst? Vor was denn? Vor harmlosen Stofftieren?«

»Harmlose Stofftiere? Dass ich nicht lache! Wenn er sich schon die Mühe macht, Plüschbären, Samttiger und kleine, zottelige Eselchen zu vergraben, dann sind sie ja vielleicht die Spur, die auf weichen Pfötchen zu ihm führen könnte?«

– 39 –

An diesem Morgen erwachte Isy mit einem unbehaglichen Gefühl. Sie hatte schlecht geträumt und geschwitzt, aber sie konnte sich an den Inhalt der Träume nicht mehr erinnern. Dafür kreisten ihre

Gedanken sofort um die vergrabenen Kuscheltiere. Wenn das nicht krass war! Was trieb einen seriösen Politiker, Ehemann, Vater und Schwiegersohn dazu, Samttiger und Plüschäffchen in seinem Garten verschwinden zu lassen? Da steckte doch was dahinter! Trotzdem nagten heftige Zweifel an ihr. Verdacht hin, Verdacht her – es war gar nicht auszudenken, was für einen Ärger ihnen Dr. Schlumbühl-Strunz bereiten konnte, wenn sie mit ihren Vermutungen falschlagen!

Ihr Kopf sagte: Vergiss es und schlaf noch ein Stündchen. Lass doch die Kripo ihre Arbeit tun.

Ihre Nase aber sprach eine andere Sprache und sagte: Da stinkt was zum Himmel, Isolde! Vertrau mir, auf mich war doch immer Verlass!

Mitten in diese Überlegungen platzte das Telefon. Es war Amanda. Auch sie lag noch im Bett. Gähnend schlug sie vor, um die Mittagszeit ins Wellness-Center zu gehen. Mittags würde es dort nicht so voll sein. »Man gönnt sich ja sonst nichts!«

Wie wahr. Außerdem hatten sie es sich verdient.

Das Wellness-Center hatte eine blaue Grotte, wo die Besucher mit Musik und Wasser berieselt wurden, eine afrikanische Sauna mit Eisinsel, eine Tropical-Oase, zwei Schwimmbäder mit künstlichen Wellen und Whirlpools, in denen man sich herrlich aalen konnte.

Vor Isys Fenster zogen unförmige graue Wolken ein Gesicht wie sieben Tage Regenwetter und ließen es grummeln und pladdern. »Ist gebongt!«, sagte sie zu Amanda.

Beate Bündigs Anruf erreichte Isy und Amanda, als sie sich gerade in der Oase unter einer künstlichen Palme räkelten, Ananassaft nippten und ein paar süße Typen auf der Wasserrutsche beobachteten. »Amanda kann ihre Jacke abholen«, verkündete die Inspektoranwärterin. »Obwohl ich mir sicher bin, dass ihr um die Tatzeit in Emily Wirsings Wohnhaus gewesen seid, ist das jetzt nicht mehr von Bedeutung. Frau Wirsing hat heute Morgen kurzzeitig das Bewusstsein wiedererlangt und uns versichert, dass sie nicht überfallen worden ist. Es war ein Sturz.«

Emily Wirsing war aus dem Koma erwacht? Was für eine Nachricht! Wow!

»Wie geht es ihr?«, erkundigte sich Isy erleichtert.

»Die Ärzte sagen, sie hat es überstanden. Es ist nicht ungewöhnlich, dass sie jetzt noch viele Stunden tief schlafen wird, bevor sie sich behutsam auf den Weg der Besserung machen kann.«

»Glauben Sie ihr?«, fragte sie Isy scharf. »Ich meine, das mit dem Sturz?«

»Nein«, antwortete die Inspektoranwärterin. Ihr Zögern war nur sehr kurz gewesen.

»Ich auch nicht!«, sagte Isy. Dann legten sie rasch auf.

Die Situation hatte sich mit einem Schlag verändert. Emily Wirsing würde leben! Und Emily Wirsing konnte irgendwann die Wahrheit erzählen. Aber war sie damit nicht erneut in Gefahr?

»Emily Wirsing ist aufgewacht!«, weihte Isy ihre Mitstreiter Tannhäuser und Gummibärchen in die neuesten Ereignisse ein. »Müssen wir auf sie aufpassen?«

Amanda und sie waren direkt aus dem Tropenparadies auf das verlassene Hausboot geeilt. Ihre Haare glänzten noch feucht und in ihren Armen und Beinen steckte noch immer die wohlige Anstrengung des Schwimmens. Amanda musste ohnehin noch ihren Lieblingskaktus holen und auch die Jungen hatten vorgehabt sich auf Onkel Pauls rostiger Dschunke ein wenig die Zeit zu vertreiben.

Isy beobachtete im Bullauge, wie zwei Frachter träge durch das schäumende Wasser aneinander vorbeiglitten. Sie grüßten sich fast gleichzeitig mit dem heiseren Ton ihrer Signalhörner. Irgendwie war es schon verdammt romantisch auf so einem Fluss, dachte sie wehmütig. Bestimmt würde sie die Zeit auf dem Hausboot nie vergessen.

Tannhäuser räusperte sich. »Was verstehst du unter aufpassen?«

»So genau weiß ich das nicht. Ich finde nur, wir sollten sie vorerst vor ihrem Schwiegersohn schützen. Jetzt, wo sie wieder bei Bewusstsein ist.«

»Wenn du dir nicht immer so Sachen einbilden würdest, hätten wir uns viele Scherereien erspart!«, stellte Amanda trocken fest.

»Und wie oft hatte ich mit meinen Vermutungen Recht?«

Amanda antwortete nicht. Das wusste ja jeder,

dass Isys Hartnäckigkeit schon Posträuber, Vogeldiebe, Kidnapper und Kunstklauer zur Strecke gebracht hatte.

Eine Weile hing jeder seinen Gedanken nach, während die Regentropfen stetig auf das Deck pochten oder lautlos auf der grauen Haut der Spree zerplatzten.

»Du meinst, wir müssen dort sein, wenn er sie besucht? Kann hier jemand hellsehen?«, fragte Gummibärchen ironisch.

»Man müsste es irgendwie organisieren«, überlegte Tannhäuser laut.

»Organisieren?«, echote Amanda verständnislos. »Wie denn das?«

»Frag mich was Leichteres!«, stöhnte Isy.

»Gut, dann frage ich dich, wo die Fete denn nun sein soll.«

Die hatte Sorgen! »Hier!«, sagte Isy unwirsch. »Hier auf dem Boot! Und ohne die Kripo.«

»Hiiier?«, fragte Amanda ungläubig. Sie zog ein Gesicht, als hätte ihr Isy vorgeschlagen auf einer Müllhalde zu picknicken.

»Okay, ich mach Heringssalat.« Tannhäuser streichelte sein Kinn. »Meine Spezialität.«

»Ja, der schmeckt super!«, bestätigte Gummibärchen. »Aber wie meinst du das, Reggi, mit dem Organisieren?«

»Er meint, dass wir eine Situation herbeiführen müssen, in der Dr. Schlumbühl-Strunz mit seiner Schwiegermutter zusammentrifft, während wir dabei sind.«

»Das klappt nie!«, murmelte Gummibärchen düster. »Außerdem hat die Alte doch schon eine Aussage gemacht.«

»Vielleicht ändert sie ja ihre Meinung?« Isy musste den letzten Satz fast schreien. Ein Flitzer der Wasserschutzpolizei schoss aufheulend an ihrem Boot vorbei. Dann hielt sie Amanda das pinkfarbene Handy unter die Nase. »Los, Süße, zieh noch mal deine fränkische Nummer ab!«

Amanda stellte sich an wie die Zicke am Strick. Für einen einzigen Satz als falsche Emily Wirsing nervte sie alle wie eine hysterische Diva am Set. Endlich hatte sie sich beruhigt und Isy wählte die Privatnummer von Emily Wirsings Schwiegersohn. Eine junge weibliche Stimme versprach den Vater an den Apparat zu holen. Das musste Camill gewesen sein.

»Jetzt!«, zischte Isy und Amanda sträubte sich nicht mehr, sondern las mit Emily Wirsings fränkischem Akzent im schwiegermütterlichen Drohton den Satz *»Ich wollte dir nur mitteilen, dass ich wieder bei Bewusstsein bin und auspacken werde!«* von Tannhäusers Schmierzettel ab.

Dann legte sie auf. Die Stimmung in der Kajüte war zum Zerreißen gespannt. Was würde jetzt passieren?

Im Film war das immer ganz einfach. Der Täter schnappte sich Blumen, schlich sich ins Krankenhaus, knebelte den nächstbesten Pfleger, schlüpfte in dessen weißen Kittel, betrat das Krankenzimmer und kappte unverzüglich den lebensrettenden

Fusionsschlauch. Exitus! Wie oft hatte Isy das schon im Fernsehen gesehen! Manchmal bat der Bösewicht den Patienten auch nur um Vergebung für seine schlimme Tat. Auf jeden Fall handelte er.

Wie aber würde Dr. Schlumbühl-Strunz handeln? In einer Stunde würden sie es vielleicht wissen.

Sie trafen gleichzeitig mit dem Staatssekretär im Krankenhaus ein.

»Habe ich's doch gewusst!«, flüsterte Isy triumphierend, das kleine Bund Tausendschönchen an sich drückend, das sie unterwegs erstanden hatten. »Er hat angebissen!«

Während der hochgewachsene Mann den dunkelgrauen BMW parkte und die Blumen aus dem Kofferraum nahm, erklärte Amanda in der mit üppigen Grünpflanzen und modernen Sitzmöbeln ausgestatteten Eingangshalle ein wenig nervös, dass sie ihre Oma besuchen wollten.

»Alle?«, fragte die blond gelockte Dame an der Rezeption.

Sie nickten stumm.

»Name der Patientin?«

»Na, Oma!«, sagte Gummibärchen unschuldig.

Die Frau schmunzelte.

»Wir kennen den Weg, danke!«, rief Isy, bevor ihnen noch weitere Fragen gestellt wurden.

Dann liefen sie eilig die Treppen hinauf. Dieser Schlumbühl-Strunz durfte auf keinen Fall vor ihnen dort sein. Sie mussten die alte Frau vor ihrem Schwiegersohn retten! In welcher Abteilung aber mochte sie liegen? Chirurgie? Neurologie oder in der Inneren?

»Neurologie!«, entschied Isy. »Es war ja schließlich was mit dem Kopf.«

Die Neurologie befand sich in einem Nebentrakt. Sie folgten dem roten Pfeil und befanden sich schon bald auf einem ruhigen Gang, in dem alle Türen bis auf die des Stationszimmers geschlossen waren. Sofort kam ihnen eine junge Krankenschwester mit prüfendem Blick entgegen. »Zu wem möchtet ihr denn?«

Demonstrativ hielt Isy die Tausendschönchen hoch. »Die wollten wir Frau Wirsing bringen. Wir sind nämlich mit ihr bekannt.«

»Tut mir leid. Die Patientin schläft gerade. Und der Professor hat jeden Besuch ...«

In diesem Augenblick tauchte der Staatssekretär am anderen Ende des Flures auf. Zu Isys blanker Enttäuschung hatte er keinen der Pfleger gefesselt, geknebelt und die Kleidung mit ihm getauscht. Sein Haar schimmerte glänzend, sein Schritt war fest und sein Mantel wehte elegant wie im Film. Noch im Laufen wickelte er die goldfarbenen Chrysanthemen aus und drückte sie der Schwester in die Hand. »Würden Sie die bitte ins Wasser stellen? Mein Name ist Dr. Schlumbühl-Strunz. Meine Schwiegermutter Emily Wirsing möchte mich sprechen.«

»Ich fürchte, da muss es sich um einen Irrtum handeln, Herr Doktor.«

»Irrtum? Wieso? Sie hat mich angerufen.«

»Das ist unmöglich. Im Zimmer der Patientin befindet sich kein Telefon.«

»Aber ich schwöre es! Ich kenne doch ihre fränkische Mundart!«

»Trotzdem. Es ist unmöglich. Außerdem schläft sie seit ihrem ersten, kurzen Erwachen tief und fest. Und der Herr Professor hat jeden Besuch verboten.«

»Aber ... meine Frau und ich sind ihre Familie!«

»Das gilt auch für die Familie.«

»Darf ich sie wenigstens kurz sehen? Damit ich meiner Frau berichten kann. Nur einen Augenblick. Bitte!«

Die Schwester zögerte. Im Stationszimmer klingelte das Telefon. Nervös wandte die junge Frau den Kopf. »Heidi? Schwester Heidi?« Als sie keine Antwort erhielt, eilte sie wortlos den Flur zurück und verschwand in der offenen Tür.

Diesen Augenblick nutzte der Staatssekretär, um drei Türen weiter in das Zimmer seiner Schwiegermutter zu schlüpfen.

Es war so weit! Isy wechselte einen Blick mit den anderen. Dann stürzten sie hinterher. Der Mann am Krankenbett, der sich gerade über die blasse, schlafende Frau gebeugt hatte, richtete sich erschreckt auf. »Was soll das?«, fragte er schroff. »Ihr habt euch wohl verlaufen? Macht, dass ihr rauskommt!«

»Wir sind schon richtig hier.« Isy lächelte. »Wir wollten Frau Wirsing nur ein paar Blümchen bringen. Wo sie doch heute endlich aufgewacht ist!«

»Wollt ihr behaupten, dass ihr meine Schwiegermutter kennt?«

»Klar. Wir haben sie doch damals gefunden, als sie bewusstlos war und blutete«, erklärte Amanda.

»Wir haben sie in die stabile Seitenlage gebracht und die Sanitäter gerufen!«, ergänzte Isy. »Vermutlich haben wir ihr damit das Leben gerettet.«

»Ja, ja. Gebt die Blumen am besten bei der Schwester ab!« Schlumbühl-Strunz tupfte sich mit dem Taschentuch die Stirn. Ihre lebensrettende Tat schien ihn nicht besonders zu beeindrucken. »Und jetzt lasst mich bitte mit meiner Schwiegermutter allein!«

»Nein!«

Wer hatte das gerufen?

Isy? Amanda? Gummibärchen? Tannhäuser? Oder etwa alle zusammen? Jedenfalls stand das Nein plötzlich im Raum wie eine eiserne Wand.

Der Staatssekretär musterte sie ungläubig. Dann ging er zur Tür und öffnete sie weit. »Raus!!!«

Sie rührten sich nicht. Es war ihnen einfach nicht möglich, Emily Wirsing jetzt alleinzulassen.

»Raus!«, wiederholte Schlumbühl-Strunz eisig. »Oder ich ruf den Stationsarzt!«

»Dann rufen Sie ihn doch!«, sagte Isy trotzig.

»Was ist denn hier los?«, fragte eine Stimme. Die junge Krankenschwester stand mit hochroten Wangen in der Tür. Ihre Augen blitzten vor Zorn.

»Diese Jugendlichen sind plötzlich hier eingedrungen!« Schlumbühl-Strunz hob empört die

Arme. »Bitte sorgen Sie dafür, dass sie verschwinden!«

Doch die Schwester hatte schon seinen Arm gepackt. »Alle verlassen das Zimmer! Auch Sie bitte!«

»Was fällt Ihnen ein? Lassen Sie mich sofort los!«

»Ich habe Ihnen vor fünf Minuten erklärt, dass der Professor ausdrücklich jeden Besuch verboten hat.«

»Das hat Konsequenzen!«, schnaubte der Staatssekretär kreidebleich vor Wut und rauschte hinaus. »Ich werde mich über Sie beschweren!«

Isy und die anderen folgten ihm schweigend. Auf der Schwelle zum Flur drehte sich Isy noch einmal um. Emily Wirsing lächelte im Schlaf.

– 40 –

Aber war Frau Wirsing in der Klinik wirklich vor ihrem Schwiegersohn sicher? Würde er noch einmal versuchen zu ihr vorzudringen? Und was hatte er wirklich für Absichten gehabt?

Isy saß sinnend an ihrem Schreibtisch. Ihre Vernunft sagte ihr, dass jemand, der sich einer Krankenschwester vorstellte und ihr seine Besucherblumen anvertraute, niemals die Absicht gehabt hatte, der Patientin etwas anzutun. Für so etwas brauchte man doch keine Zeugen!

Vielleicht hatte er sich ja auch nur bei Emily Wirsing entschuldigen wollen? Vielleicht bereute er seine Tat im Affekt schon lange ...

Man muss nicht immer gleich das Schlimmste denken, dachte Isy beschämt. Daran sind bloß die blöden Krimis im Fernsehen schuld! Immer sieht man alles sofort schwarz!

Andererseits, hatte Amandas Anruf mit verstellter Stimme den Staatssekretär nicht regelrecht aufgeschreckt? Er hatte ja nicht wissen können, dass Emily Wirsing der Polizei gegenüber bereits ein paar Stunden zuvor erklärt hatte, dass sie gestürzt sei.

Also doch das schlechte Gewissen?

In der Küche klapperten die Abendbrotteller. Eigentlich hatte sie ihrer Mutter versprochen beim Tischdecken zu helfen. Stattdessen malte sie gerade mal wieder sämtliche Teufel an die Wand!

Was, wenn es sich Emily Wirsing doch noch anders überlegte? Wenn sie nach ihrer Gesundung bereit war die Wahrheit über jenen Vorfall in ihrer Wohnung zuzugeben? Wie würde er dann reagieren? Und wie konnte man sicher sein, dass Emily Wirsing nicht doch noch ein zweiter »Unfall« geschah?

Vielleicht wäre es ja eine echt coole Idee, den Mann zu warnen? Gewissermaßen vor sich selbst. Isy nahm sich einen Schmierzettel und legte los:

Werter Dr. Schlumbühl-Strunz,

wehe, wenn Sie Ihrer Schwiegermutter noch einmal etwas tun! Dann sind Sie fällig! Wir wissen über alles Bescheid und haben auch die Kuscheltiere.

Die vier Schutzengel

Isy musste grinsen. Ja, genau. Sie waren Emily Wirsings Schutzengel! Dieser Brief würde im Falle eines Falles der beste Schutz für die alte Frau sein. Vielleicht würde er darüber höhnisch lachen. Vielleicht aber auch nicht.

Natürlich wäre es fair, ihr Vorhaben erst einmal mit Amanda und den Jungen abzusprechen. Aber sie würde die anderen ja morgen auf der kleinen Party auf dem Boot sowieso sehen und dann könnte ihr Einfall mit den Schutzengeln ein zusätzlicher Knüller sein. Isy beschloss den Brief gleich auf dem Computer zu schreiben und ihn unter dem Vorwand, noch einmal zu Amanda zu müssen, noch heute Abend in den Briefkasten von Dr. Schlumbühl-Strunz' Villa zu stecken.

Zum Abendessen gab es Sülze. Lustlos stocherte Isy in ihrem Essen herum.

»Sie haben ihn doch tatsächlich immer noch nicht gefunden!«, schimpfte ihre Mutter gerade und holte die Pfanne mit den Bratkartoffeln vom Herd.

»Von wem sprichst du?«, fragte der Vater.

»Mutter spricht von einem der zehntausend Kriminellen, die zurzeit in dieser Stadt gesucht werden!«, spottete Benedikt mit vollem Mund.

»Ich meine genau den, der damals mit seinem grauen BMW die kleine Gesa angefahren und Fahrerflucht begangen hat. Erinnert ihr euch?«

»Natürlich erinnern wir uns. Aber ich finde, die Hauptsache ist, dass das Bein des Mädchens gerettet wurde!«, fand Isys Vater.

»Ich fände es auch wichtig, den Namen des Kerls endlich in der Zeitung zu lesen!«, entgegnete Isys Mutter heftig.

»Er heißt Dr. Schlumbühl-Strunz«, sagte Isy gelassen. »Ein Staatssekretär.«

»Wo hat denn das gestanden?«, fragte ihre Mutter verwundert.

»Nirgendwo.«

»Und woher weißt du es dann?«

»Amanda und ich kennen seine Schwiegermutter.«

»Weiß das auch schon die Polizei?«

»Wozu? Es gibt keine Beweise! Jedenfalls keine, die ausreichen würden ihn in den Knast zu stecken. Jeder einigermaßen gute Anwalt würde ihn sofort wieder raushauen.«

Erschreckt sahen sich ihre Eltern an. »Seid ihr etwa schon wieder in irgendwas verwickelt?«

»Nicht wirklich. Wir haben noch von den Sushi-Zicken die Nase voll!« Isy schob ihren Teller weg und verschwand in ihrem Zimmer.

Fünf Minuten später rief sie im Flur: »Mir ist was eingefallen! Ich muss noch mal zu Amanda!«, und warf die Wohnungstür ins Schloss. Wenn alles gut ging, würde sie in einer guten Stunde aus der feinen Villengegend zurück sein.

»Die Sache stinkt!« Diese Feststellung traf Amanda Bornstein im Brustton leidenschaftlicher Überzeugung an der Käsetheke im Supermarkt.

Es war der letzte Ferientag und sie sollte für ihre Mutter eine Käseplatte für den Abend besorgen. Natürlich hatte sie raffiniert die größte ausgewählt, um davon etliche leckere Scheiben und Käseecken für die Party auf dem Boot zu stibitzen.

»Natürlich stinkt sie!«, gab ihr Isy Recht. »Darum war es gut, dass wir gestern Nachmittag bei Emily Wirsing im Krankenhaus gewesen sind.«

»Aber wir können sie doch nicht immer beschützen!«, murmelte Amanda hilflos.

»Frag jetzt nichts, aber es könnte sein, dass wir uns um sie keine Sorgen mehr zu machen brauchen!«, verriet Isy geheimnisvoll. »Brauchst du noch was?«

»Cracker und ein paar Trauben würden nicht schaden.« Entschlossen ging Amanda einige Regale weiter und probierte von dem blauen Wein. »Nun brauchen wir nur noch Brot!«

Mit frischem Baguette bewaffnet gingen sie zu Amanda nach Hause, um ihren Nudelsalat zu holen. Bestimmt war er inzwischen durchgezogen. Glücklicherweise hatte sie es sich von Isy ausreden lassen, eine Platte mit Sushis zu zaubern. Mochten diese Dinger noch so wenig Kalorien haben, sie schmeckten ihr nun einmal nicht. Außerdem verdankten sie dieser fernöstlichen Spezialität doch wohl alles andere als heitere Erinnerungen!

Unterwegs ließ Amanda bei jedem ihrer Schritte

allerdings keinen Zweifel daran, wie bescheuert sie es fand, auf dem unwirtlichen Boot zu feiern, statt sich von Signore Georgio und seiner Gattin Violetta mit den Köstlichkeiten der italienischen Küche verwöhnen zu lassen. »Und außerdem hätte alles die Polizei bezahlt!«, schloss sie säuerlich.

»Es ist aber auf dem Boot passender!«, gab Isy zurück. »Wir müssen ihm dankbar sein, Amanda. Immerhin hat es uns eine Woche Asyl geboten.«

»Blödsinn! Du willst ja bloß der Bündig aus dem Weg gehen!«

Isy antwortete nicht. Jede Antwort hätte die Diskussion bis ins Unendliche fortgesetzt. Amanda konnte unglaublich hartnäckig sein. Stattdessen kostete sie von dem Spaghettisalat und stieß lange »Hmms!« und »Ahhs!« aus. Diese Anerkennung würde Amanda erst mal beruhigen.

Dann schlüpften sie in dicke Pullover und packten die Lebensmittel in einen Korb. »Vergiss dein Handy nicht!«, mahnte Isy.

»Das kann ich vorläufig wirklich vergessen«, gab Amanda zögernd zu. »Meine Mutter hat nach der letzten Mammutrechnung die Krise gekriegt! Es war wohl eine SMS zu viel, die ich da verschickt habe ...«

Über der Spree lag feiner Dunst. Die Sonne hatte den ganzen Nachmittag gedrückt, aber sie hatte es nicht durch die Wolken geschafft. Die Luft roch nach Regen und feuchten Blättern und bald würden die langen schattigen Finger der Dämmerung nach dem einsamen Boot auf den kräuselnden Wellen greifen.

Am Anlegesteg entdeckten Isy und Amanda Tannhäusers und Gummibärchens Fahrräder. Also waren die Jungen schon vor ihnen gekommen.

»Heute darf ich Äschylos echt nicht vergessen!«, ermahnte sich Amanda selber. »Wer weiß, ob wir noch einmal auf Onkel Pauls Hausboot kommen.«

Dann hüpften sie die steinernen Stufen hinab, überquerten den Anlegesteg, kletterten über die Reling und schlüpften durch die quietschende Tür in den Bauch des Schiffes, das brav wie ein Hund an seiner langen, rostigen Kette lag.

Zuerst rochen sie die Kerzen. Gummibärchen hatte den festgeschraubten Esstisch in der Pantry mit einer Vielzahl bunter Lichter bestückt. Neben strahlender Helligkeit spendeten sie auch willkommene Wärme. Tannhäuser dagegen stand hochrot und konzentriert in der Kombüse und schnippelte Salzgurken in seinen Heringssalat.

»Willkommen zur Party!«, brüllte Gummibärchen und befestigte einen gelben Papiermond an der niedrigen Decke. Er hatte auch CDs mitgebracht.

»Sieht voll gut aus!«, lobte Isy die Jungen. Mit einem raschen Blick vergewisserte sie sich, dass unter den von Tannhäuser und Gummibärchen mitgebrachten Getränken keine Bierbüchsen waren.

Auch Tannhäuser nippte brav an grüner Limonade.

Sie stellten ihren Korb ab und Amanda gab ihrem stachligen Liebling Wasser. Inzwischen öffnete Gummibärchen Cola für sie. Dabei stopfte er sich laufend rote Gummibärchen in den Mund. Seit er nicht mehr rauchte, hatte er zugenommen.

»Auf unseren Sieg über die Sushi-Zicken!« Isy trank hastig und verschluckte sich fast.

»Ja, wir haben es gepackt«, stimmte ihr die Freundin zu. Es klang immer noch ein bisschen verwundert. »In der Zeitung steht, dass sie so wie wir sein wollten.« Amanda gluckste. »Ist ja direkt beleidigend!«

»In derselben Zeitung steht übrigens auch ein Interview mit eurem Freund P. M. Rimpau!«, fiel Gummibärchen ein. »Er soll im Frühjahr irgendeinen Buchpreis kriegen.«

Herr Rimpau! Isy hatte das Gefühl, einen Schlag in die Magengegend zu erhalten. Wie hatten sie es nur versäumen können, den Schriftsteller einzuladen? »Wollen wir ihn nicht noch anrufen?«, drängte sie. »Er fehlt!«

»Meinst du, wir sollen mit dem Essen noch warten?« Unlustig zog Amanda die Brauen hoch. »Wo ich solchen Hunger hab! Außerdem weißt du doch, dass ich ohne Handy bin. Vielleicht kann Tannhäuser ...?«

Tannhäuser hatte auch kein Handy mit. Er hatte es seinem Bruder geliehen.

»Komm schon! Das nächste Telefon ist gleich hinter der Brücke!«

»Ich hab den ganzen Tag nur ein Knäcke gegessen!« Seufzend folgte Amanda der Freundin an Deck. »Wer weiß, wann der kommt! Bis dahin bin ich schon tot!«

»Ach, Quatsch! Wenn er sich gleich ins Auto schmeißt, dauert es keine Viertelstunde. So lange wirst du es ja wohl noch aushalten können!«

Keine fünf Minuten später wählte Isy in der offenen Telefonzelle schon Patrick Mortimer Rimpaus Nummer, aber es meldete sich nur der Anrufbeantworter. »Herr Rimpau!«, rief sie hastig. »Hier sind Isy und Amanda! Wir haben gerade zu viert eine kleine Zusammenkunft auf diesem alten Kahn auf der Spree, wo wir uns vor der Polizei versteckt haben. Die Jungen fänden es auch prima, wenn Sie noch kommen könnten! Also, das Boot heißt *Isabella* und fortschwimmen kann es auch nicht, weil es an einer langen, rostigen Kette liegt. Und noch etwas: Tannhäusers Heringssalat soll wirklich spitze sein!« Dann beschrieb sie, wo die *Isabella* lag.

Die nächste halbe Stunde verbrachten sie mit Warten.

»Hat eigentlich schon jemand was von dem Geld gehört?«, ließ sich Tannhäuser aus der Kombüse vernehmen.

»Von welchem Geld?«

»Na, von der Kohle für den Schmuck, die diese Rentner springen lassen wollten.« Es klang ein wenig undeutlich, als stieße er beim Sprechen mit der Zunge an.

Amanda zuckte die Schultern. »Ich hab noch nichts gehört, ob die Kripo das Diebesgut schon gefunden hat. Du etwa, Isy?«

Die schüttelte den Kopf.

Dann begannen sie langsam den Tisch für fünf Personen zu decken, während die Jungen kichernd in der Kombüse den Heringssalat abschmeckten. Was amüsierte die denn so?, dachte Isy misstrauisch. Aber gleich darauf fiel ihr wieder der Schriftsteller ein. Ob Herr Rimpau es wohl noch schaffte?

Vor dem Bullauge war es mittlerweile finster geworden und nur die Lichter der Stadt schwammen als helle, glänzende Flecke auf dem Wasser.

»Wartet noch ein bisschen!«, bat Isy, als die Jungen die Schüssel mit dem Heringssalat brachten.

Doch Amanda platzte der Kragen. »Und was ist, wenn Herr Rimpau noch in Genf ist? Sollen wir dann erst essen, wenn er wieder in Tegel landet?«

»Dann heben wir Herrn Rimpau wenigstens eine Portion auf!«, lenkte Isy ein.

Mit fahrigen Bewegungen begann Tannhäuser seine Spezialität auszuteilen. Würfelchen von roten Rüben hatten dem Salat eine hübsche rosa Farbe verliehen. Er schmeckte würzig pikant.

»Ich denke, du bist Vegetarier?«, fragte Amanda. »Essen die Fisch?«

»Siehst du doch!« Tannhäuser fuchtelte wild mit seiner Gabel umher und hätte beinahe seine Limo umgeworfen.

Eine Weile genossen sie die guten Dinge auf dem

Tisch und lauschten der neuen CD von Rosenstolz. Dann hob Isy den Kopf. »Bloß dass ihr Bescheid wisst! Ich hab gestern dem Schlumbühl-Strunz einen Brief in den Kasten gesteckt.«

»Will jemand noch Cracker?«, fragte Amanda und sah in die Runde.

Tannhäuser kniff prüfend die Augen zusammen. »Was für einen Brief?«

»Einen, der Emily Wirsing vor ihm schützt! Ihr findet doch auch, dass wir sie weiter vor ihm schützen müssen, oder?«

»Will hier noch jemand Cracker?«, wiederholte Amanda ungeduldig, während Isy zu erklären begann, wie ihr die Idee zu diesem Brief gekommen war. Wort für Wort gab sie wieder, was sie geschrieben hatte. »Wetten, dass er sie nun bestimmt nicht mehr anrührt?«, schloss sie zufrieden ihren Bericht und sah Tannhäuser und Gummibärchen Beifall heischend an. »Von nun an hat er Schiss vor den vier Schutzengeln!«

»Also, will nun noch jemand Cracker oder nicht? Ich frage zum letzten Mal!«, drohte Amanda.

Tannhäuser aber musterte Isy, als sähe er einen Geist. »Bist du wahnsinnig?«, fragte er schrill. »Hast du überhaupt eine Ahnung, was du da vielleicht losgetreten hast?«

In diesem Moment hörten sie Schritte.

– 41 –

Jemand befand sich auf dem Deck!

Beklommen sahen sie zur Tür, bis sich Isy mit einem befreiten Lachen erhob. »Habt ihr vergessen, wen wir eingeladen haben?« Mit schnellen Schritten lief sie die Treppe hinauf und betrat das finstere Deck. »Herr Rimpau? Hallo, Herr Rimpau? Wir sind hier unten!«

Doch es kam keine Antwort.

Misstrauisch starrte Isy in die Dunkelheit. Was sollte das? Waren sie von einem Tier gefoppt worden? Einer Katze vielleicht? Einem Spaßvogel, der neugierig über Deck geschlichen war, weil er in den Bullaugen warmes Kerzenlicht entdeckt hatte? Waren es die Schritte eines Diebes auf der Jagd nach Beute gewesen oder hatte ein Landstreicher ein windgeschütztes Lager gesucht? Es gab ja schließlich nicht nur böse, sondern auch bedürftige Leute …

Isy trat näher an die Reling und berührte das kalte Metall. Aus dem feinen Dunst schien Nebel zu werden, der die Sicht zu verschleiern begann. Irgendwie wirkte es gruselig. Krimiwetter, dachte sie fröstelnd, aber dann schüttelte sie dieses blöde Klischee tapfer ab. Schließlich lag die *Isabella* an der guten, alten Berliner Spree und nicht an der berüchtigten Londoner Themse!

Vorsichtig zog sie sich wieder zurück und verschloss die Tür. »Niemand da!«, meldete sie der kleinen Gesellschaft.

»Aber ich habe es doch deutlich gehört«, flüsterte Amanda. »Vielleicht hat sich jemand dort oben versteckt?«

»Bestimmt ein Königstiger«, behauptete Gummibärchen und sein bester Freund kicherte wie irre, bevor sie zusammen Richtung Klo verschwanden.

»Die Jungen sollten lieber mal an Deck nachsehen gehen!«, verlangte Amanda.

»Bei der Finsternis kann keiner was erkennen, glaube mir!«, beteuerte Isy. Sie war niedergeschlagen. Mit Herrn Rimpau würde kaum mehr zu rechnen sein. Wenn sie doch bloß ein wenig früher an die Einladung gedacht hätte!

Amanda gähnte. »Es wird Zeit«, stellte sie mit Blick auf die schmelzenden Kerzen fest. »In spätestens einer halben Stunde mach ich mich vom Acker.«

»Ich auch«, versicherte Isy. »Meine Eltern sind ziemlich argwöhnisch in letzter Zeit.«

»Wem sagst du das!«

Zögernd begannen sie abzuräumen. Sie trugen die schmutzigen Teller in die Kombüse und Isy dachte, dass der alte Spruch, Fisch wolle schwimmen, stimmte. Sie war durstig. Leider war die Cola alle, aber ihr fiel Tannhäusers grüne Limo auf dem Esstisch ein. Erleichtert nahm sie einen kräftigen Schluck. Es schmeckte nicht schlecht. Ein wenig nach Zitrone, ein wenig nach Waldmeister und ein wenig nach … Schnaps! Abrupt stellte Isy das Glas ab. »Ich dachte, das ist Limonade«, sagte sie wütend. »Dabei trinkt Tannhäuser schon wieder Alkopops! Ist dir nicht aufgefallen, wie blöde er immerzu kichert?«

Stumm kostete Amanda von dem Getränk. Dann nickte sie. »Aber stark ist es nicht. Die haben vielleicht in die Gläser vorher noch was anderes reingemixt.«

Was anderes? Hm, wo denn? Isy begann die Schränke der kleinen Kombüse aufzureißen. Aber außer Geschirr und Gläsern, Fotokartons, Spalttabletten, Heftpflastern, Kerzen und stapelweise alten Seglermagazinen war nichts zu entdecken.

»Ich hab mal einen Film gesehen, da konnte man in der Pantry die Sitzbänke aufklappen!«, fiel Amanda ein. »Da hatte ein alter Mann seinen Korn vor seiner Schwiegertochter versteckt.«

»Dann klappen wir sie doch mal auf!«, schlug Isy vor, aber die Bänke ließen sich nicht aufklappen. Wo zum Kuckuck konnte Onkel Paul in diesem winzigen Schiffsbauch seinen Schnaps versteckt haben? Isys Blick streifte den Arzneischrank und in diesem Augenblick durchfuhr sie eine Idee. Warum sollte sich eine Flasche Apfelkorn nicht in einem Arzneischrank verstecken?

Es war Wodka! Kopfschüttelnd starrte Isy auf ihren halb vollen Fund. »Ist dir klar, dass Tannhäuser unsere Hilfe braucht?«, fragte sie die Freundin betroffen. »Ich seh mir das jedenfalls nicht länger mit an.«

»Okay, gehen wir zu Trischi!«, stimmte ihr Amanda zu. »Ich hoffe nur, dass es uns Reggi nicht zu übel nimmt.«

Dann stellten sie den Wodka zurück.

Keine Minute später kehrte Gummibärchen zurück. »Unser Genie schnarcht!«, teilte er ihnen mit. »Habe ihn gerade in die Koje gepackt und zugedeckt!«

»Was?«, rief Amanda bestürzt. »Tannhäuser schläft? Der war doch gerade …«

»Ist ihm die grüne Limo etwa nicht bekommen?«, zischte Isy.

Gummibärchen lächelte betreten. »Er ist eben schwach. Aber ich habe keinen Tropfen getrunken. Kannst riechen!« Zum Beweis hauchte er Isy an.

»Doch du unterstützt ihn dabei!«, fuhr ihn Isy an. »Denk nur mal an Sophies Geburtstag und den Ärger, den Amanda und ich danach bekommen haben!« Sie wollte noch etwas hinzufügen, aber ein Geräusch ließ sie verstummen.

In diesem Moment hörten sie es erneut. Schritte auf Deck! Klar und deutlich.

Vor Schreck krallte sich Amanda in Isys Arm.

»Bleib locker!«, sagte Isy sanft. Dann wandte sie sich an Gummibärchen. »Los, Dicker, wir sehen mal nach!«

»Bleib hier!« Amanda umschlang die Freundin mit der hartnäckigen Kraft einer Kletterpflanze. »Lass mich bloß nicht allein! Bitte!«

»Es kann nur Herr Rimpau sein! Er hat sich verspätet!«

»Und wenn er es gar nicht ist?«

»Wer sollte es denn sonst sein? Mach doch keinen Stress!«

Inzwischen musterte Gummibärchen Amandas Liebling. Er war stattlich und hatte die Kraft seiner spitzen Stacheln schon öfter unter Beweis gestellt. »Was ist mit der biologischen Abwehrwaffe?«

Amanda stellte sich schützend vor ihren Kaktus. »Äschylos bleibt hier!«

»Du könntest dich mit der Flasche Wodka bewaffnen, die im Arzneischrank versteckt ist!«, schlug Isy vor.

»Was für ein Wodka denn?«, stellte sich Gummibärchen dumm. Dann trottete er beherzt an Deck und öffnete die quietschende Tür. »Ist das eine Brühe!«, hörten sie ihn verwundert ausrufen.

Auch Isy stellte fest, dass der Nebel mittlerweile dick wie Erbsbrei geworden war. Eine undurchdringliche Nebelsuppe hüllte die *Isabella* ein. Trotzdem glaubte Isy einen Schatten an der Reling wahrzunehmen. »Hagen?«, fragte sie zögernd. »Herr Rimpau?«

Niemand antwortete ihr.

Vergeblich versuchte sie die Gestalt in dem bleichen Dunst zu erkennen, doch als diese sich endlich von dem Geländer löste, trat Isy vor Überraschung einen Schritt zurück. »Was machen Sie denn hier?«, rief sie erschrocken.

– 42 –

Die Kerzen waren heruntergebrannt. In der Pantry wurde es langsam frisch, aber sie saßen gespannt am Tisch und lauschten, was die Inspektoranwärterin zu berichten hatte. Sie trug einen Hosenanzug. Er war aus wolligem Tweed und stand ihr gut. Seit sie Isy als Nebelgespenst fast einen Herzschlag beschert hatte, war bestimmt eine Viertelstunde vergangen.

In erster Linie hatte Beate Bündig Amanda die Jacke wiederbringen wollen. In zweiter Linie war sie als Bote einer guten Nachricht gekommen und in dritter war sie neugierig auf das Boot gewesen, das den Mädchen eine Woche lang als Versteck gedient hatte. Wo genau es sich befand, hatte sie ihren Akten entnommen. Schließlich lagen ihr seit der Festnahme der zwei Sushi-Mädchen Isys und Amandas freimütige Berichte über ihren geheimen Aufenthaltsort vor, und als die Inspektoranwärterin an diesem Nachmittag keines der Mädchen zu Hause antraf, war sie spontan auf die nebelumwaberte *Isabella* geklettert.

Im Stillen hoffte sie, bei ihrem Besuch noch etwas erledigen zu können, das ihr am Herzen lag. Sie wollte Frieden mit Isolde Schütze schließen, diesem Mädchen, das ihr in seiner mutigen Eigenwilligkeit so ähnlich war.

Doch die machte es ihr nicht leicht. Isy blieb auf Distanz, und auf die Frage der Inspektoranwärterin, ob sie gerade in eine Party platze, hatte sie erklärt:

»Wir feiern unseren Sieg über die Sushi-Mädchen. Allerdings wollten wir keine Polizei dabeihaben, aber wie Sie sehen, ist uns das nicht gelungen!«

Die Inspektoranwärterin hatte diese Unfreundlichkeit geschluckt und statt einer verärgerten Antwort einen Briefumschlag gezückt, dem sie vier Zweihundert-Euro-Scheine entnahm. Augenblicklich gingen in allen Augenpaaren am Tisch wahre Weihnachtskerzen an. »Das Ehepaar Krimske hat mich beauftragt mich herzlich bei euch zu bedanken! Sie sind froh, dass sie dank eurer Hilfe ihren Familienschmuck wiederbekommen werden. Die Täterinnen haben ihn noch nicht veräußert.«

Isys Herz machte einen Freudensatz. Zweihundert Euro für sie!

»Hat denn Dr. Hecker seine Rente und die Krawattennadel zurückgekriegt?«, fragte sie, während Amanda und Gummibärchen gierig nach dem Geld grapschten. »Und Agathe Rosenbusch den Ring mit dem Aquamarin und ihre Pension?«

»Über schwebende Verfahren darf ich leider keine Auskunft geben«, bedauerte Beate Bündig. »Wo steckt denn überhaupt Reginald?«

»Der hat sich in die Koje gehauen!« Gummibärchens Antwort kam schnell.

»Ist er krank?«

»Nein, nein. Nur … müde.«

»Er ist einfach nur besoffen!«, korrigierte Isy den Klassenkameraden wütend. »Wieder mal. Aber jetzt ist Schluss damit, Hagen, auch wenn du ihn immer wieder deckst!« Isy starrte entschlossen in

Gummibärchens feindseliges Gesicht. »Er braucht Hilfe! Amanda und ich gehen am Montag gleich zu Dr. Trisch. – Er ist der Drogenbeauftragte an unserer Schule«, fügte sie für die Beamtin hinzu. »Und wenn du wirklich Tannhäusers Freund bist, dann kommst du mit!«

»Ihr gemeinen Petzen!«, fauchte Gummibärchen fassungslos.

Die Inspektoranwärterin hatte schweigend zugehört. »Ich glaube, es ist wirklich richtig, was Isolde vorhat. Es gibt keinen anderen Weg. Wenn er so weitermacht, wie ihr sagt, ist er bald ein menschliches Wrack ...« Beate Bündig schluckte. »Ich war vier Jahre mit einem Alkoholiker verheiratet. Und ich habe ihn auch eine sehr, sehr lange Zeit ... gedeckt!«

»Aber Reggi ist doch kein erwachsener Mann!«, wehrte sich Gummibärchen schwach. »Und sooo viel trinkt er ja nun auch wieder nicht!«

»Aber er hat vielleicht keine Chance, erwachsen zu werden, wenn er sich jetzt nicht in Behandlung begibt!«

Isy nickte. Die Inspektoranwärterin sprach ihr aus dem Herzen. Stark, wie ehrlich sie über ihren Ehemann gesprochen hatte! »Es war auf dem Geburtstag von Sophie«, sagte Isy leise. »Es gab Alkopops im Kühlschrank und Bier. Tannhäuser ist dann einfach umgekippt und wir mussten den Notarzt rufen. Natürlich haben wir es vertuscht. Sophies Vater ist Polizist. Der wäre gleich in die Schule gerannt. Und Gummibärchens Vater trinkt selber und Hagen kriegt immer wegen jeder Kleinigkeit schreckliche Dresche. Amanda hätte vielleicht ins Internat gemusst! Ihre Mutter hat schon die Unterlagen besorgt. Deshalb haben wir einander das Ehrenwort gegeben und keiner durfte die Wahrheit sagen ...«

Nun war es endlich heraus!

»Und das passierte am Nachmittag des 12. Septembers, nicht wahr?«

»Ja«, seufzte Amanda. »Ich wünschte, wir wären niemals dort gewesen ...«

»... dann hättet ihr den Verdacht, die Sushi-Mädchen zu sein, sofort ausräumen können«, ergänzte die Polizistin. »Ja, wenn das Wörtchen *wenn* nicht wär!« Beate Bündig sah auf ihre Uhr und schob Isy die Geldscheine über den Tisch. »Für Reginald und dich. Ich muss noch mal ins Büro und mein Moritz wartet auch!« Sie schluckte, bevor sie fortfuhr. »Aber ich würde mich gern mit dir aussöhnen, Isy, bevor ich gehe.«

Abweisend starrte Isy auf die ausgestreckte Hand, bevor sie zögernd einschlug.

In diesem Augenblick erzitterte das Boot von einem ohrenbetäubenden Lärm.

»Was ist das?«, fragte Beate Bündig verwirrt.

»W-w-wahrscheinlich der Motor!«, stotterte Gummibärchen und sprang auf. »Da spielt jemand dran rum!«

»Aber wir liegen doch an einer Kette!«, sagte Isy und verlor das Gleichgewicht, als ein heftiger Ruck durch den Bootskörper ging.

»Ketten lassen sich lösen!«, rief die Inspektoranwärterin und lief die Treppe hinauf, um auf das Deck zu gelangen. Doch die Tür war verschlossen. »Was hat das zu bedeuten?«, fragte sie scharf.

»Das ist bestimmt Tannhäuser!«, schrie Amanda. »Der spinnt, der Kerl!«

Sie rannten alle gleichzeitig in die Kabine, um Tannhäusers leere Koje zu besichtigen, aber Reginald Häuser lag friedlich zusammengerollt in seinem Schlafsack und schnarchte mit trockenem Hals.

»Wer weiß davon, dass ihr auf dem Boot seid?«, fragte die Inspektoranwärterin beherrscht, aber Isy sah, wie sehr sie sich um Gelassenheit bemühte.

»Niemand!«

»Da waren vorhin Schritte an Deck, eine halbe Stunde bevor Sie gekommen sind«, erinnerte sich Gummibärchen. »Isy hat nachgeguckt, aber nichts entdeckt.«

»Ich dachte, es wäre Herr Rimpau«, erklärte Isy. »Wir haben ihn angerufen und wollten ihn einladen, weil er uns geholfen hatte, aber es war keiner da.«

»Isy hat auf seinen Anrufbeantworter gesprochen!«, fügte Amanda hinzu.

»Rimpau kenne ich ja nun. Den können wir ausschließen«, sagte die Kripofrau mehr zu sich selbst. »Los, denkt nach! Wer könnte noch davon wissen, dass ihr euch gerade heute und jetzt auf dem Boot befindet?«

Ein weiterer Ruck durch das Schiff sorgte dafür,

dass Amanda gegen den Tisch kippte und dabei Gummibärchen umstieß. »Ein Verrückter!«, stammelte er, sich aufrappelnd. »Der will das Boot klauen.«

»Ach, es gibt weniger Verrückte, als ihr denkt«, verriet Beate Bündig. Dann packte sie Isy bei den Schultern. »Es ist ernst, Mädel! Gibt es etwas, das ihr mir erzählen solltet? Habt ihr Ärger? Ist es möglich, dass jemand eine fürchterliche Wut auf euch hat? Euch vielleicht verfolgt hat? Gibt es jemanden, Isy, der euch vielleicht … loswerden will?«

Alles Blut war aus Isys Gesicht gewichen. Einen Moment hatte sie sogar das Gefühl, ihr müsse das Herz stehenbleiben. Das konnte nicht sein! Hatte Reginald am Ende doch Recht behalten? Hatte sie ahnungslos eine Lawine losgetreten?

Sie öffnete gerade zitternd den Mund, als Amandas schriller Schrei den Raum durchschnitt.

»Wir fahren!«

Alle Blicke flogen zu den Bullaugen hin. Obgleich der Nebel wie ein schmutzig grauer Store vor den Fenstern hing, konnte man doch das wechselnde Licht der Uferlaternen wie ferne Scheinwerfer wahrnehmen. Mit rhythmischem Motorstampfen glitt die alte *Isabella* hinaus in die finstere, undurchdringliche Nacht.

– 43 –

Wer aber war der Kapitän der gespenstischen Fahrt? Beate Bündig tastete ihre Jacke ab. Vergeblich. Ihr Handy befand sich in der Wildlederjacke, die in ihrem Büroschrank hing. Verdammt! Jetzt konnte sie nicht einmal ihre Kollegen erreichen! »Hat jemand von euch ein Handy mit?«

Betreten schüttelte Amanda den Kopf. »Meine Mutter hat es einkassiert und Tannhäuser hat seins heute seinem Bruder geliehen. Die anderen haben keins.«

Es ist zum Verzweifeln, dachte die Inspektoranwärterin. Kein Handy! Wie in der prähistorischen Zeit! »Du weißt was, Isolde!«, stellte sie fest. Sie konnte sich nicht mehr länger zusammennehmen und holte ihre Zigaretten heraus.

»Vielleicht ist es ja dieser Dr. Schlumbühl-Strunz!«, flüsterte Isy. »Wir waren vorgestern im Krankenhaus bei seiner Schwiegermutter, damit er sie nicht eventuell … umbringt.«

Die Inspektoranwärterin hustete überrascht. »Warum sollte er das tun?«

»Weil …« Errötend berichtete Isy von dem Anruf mit Amandas verstellter Stimme.

»Aha!«, sagte Beate Bündig trocken. »Das erinnert mich an was: Ist es möglich, dass ihr Amandas mundartliches Talent schon mal für einen notärztlichen Anruf aus Emily Wirsings Wohnung genutzt habt?«

Mit gesenkten Köpfen nickten sie.

»Wie seid ihr auf diesen Mann gekommen?«, fragte die Kriminalistin erstaunt.

»Über die Kuscheltiere!« Zur Abwechslung erzählte dieses Mal Gummibärchen von ihrem heimlichen Besuch in Emily Wirsings Wohnung, den Kuscheltieren, dem Artikel über die kleine Gesa und den erstaunlichen Entdeckungen im Garten und in der Garage der Grunewalder Villa.

»Trotzdem!«, beharrte die Inspektoranwärterin. »Woher sollte er wissen, was ihr über ihn wisst?«

»Fragen Sie Isy!«, schluchzte Amanda. »Die macht immer so einen Bockmist! Sie hat ihm einen Brief geschrieben, in dem sie ihm gedroht hat, dass er seine Schwiegermutter in Ruhe lassen soll, weil wir alles wissen! Sie hat ihn mit *die vier Schutzengel* unterschrieben!«

»Den hab ich ihm gestern Abend in den Briefkasten gesteckt«, gab Isy tonlos zu.

»Hat er dich dabei gesehen?«

»I-i-ich weiß es nicht.«

»Auf alle Fälle war das außerordentlich leichtsinnig, ihn so zu reizen!«

»Ich wollte doch nur Emily Wirsing vor ihm schützen«, flüsterte Isy.

»Das sieht er sicher anders.« Beate Bündig sah sich suchend in der Pantry um. »Womit könnten wir die Tür aufbrechen?«

»Haben Sie denn keine Pistole?«, fragte Isy entsetzt.

»Wozu? Das ist doch kein Einsatz. Das ist der Besuch bei vier Schülern auf einem harmlosen

Schiff! Braucht's dazu eine Waffe?« Die Inspektoranwärterin strich nervös ihr Haar aus der Stirn. »Jedenfalls habe ich bisher so gedacht. Lasst uns mal nach Werkzeug suchen!«

»Ich seh mich mal um«, schlug Gummibärchen vor und begann die Kajüte zu durchforschen, während sich die Polizeibeamtin zu den Mädchen setzte.

»Was hat der denn mit uns vor?«, heulte Amanda und lehnte ihr tränennasses Gesicht an die Schulter der Inspektoranwärterin. »Und warum spricht er nicht mit uns? Müssen wir jetzt alle ertrinken?«

»Beruhige dich, Amanda. Erstens kommen wir hier raus – das verspreche ich! Meine Jahre auf der Polizeischule sind nicht umsonst gewesen. Ich war die Zweitbeste meines Jahrgangs. Zweitens: Wir bilden jetzt ein Team! Und drittens duzen wir uns. Wir sitzen nämlich alle im selben Boot. Wörtlich genommen!« Sie lächelte aufmunternd. »Ich bin Beate. Okay?«

»Okay!«, hauchten Isy und Amanda mit trockenem Mund.

Sie ist echt cool!, dachte Isy beeindruckt und Beate Bündig fuhr fort: »Unsere Situation ist folgende: Nehmen wir an, der Mann an Deck ist wirklich Dr. Schlumbühl-Strunz. Dann befindet er sich in einem Ausnahmezustand. Ich vermute, er hat Isy gesehen, als sie den Brief eingeworfen hat, und ist ihr gefolgt. So wusste er, wo sie wohnt. Da wird er sich vielleicht postiert haben und konnte ihre

Schritte bis zur *Isabella* verfolgen.« Die Inspektoranwärterin holte tief Luft. »Und die Gelegenheit schien günstig. Bestimmt wollte er zu euch in die Pantry kommen, mit euch reden, euch vielleicht eine Lügengeschichte auftischen, um euer Mitleid zu erregen. Vielleicht wollte er euch auch Geld für euer Schweigen anbieten. Wir wissen es nicht. Doch nun geschah etwas, das er in seinem Plan nicht vorgesehen hatte. Eine Frau betrat plötzlich das Boot! Eine neue Gefahr für ihn, und obgleich er mich nicht kennt und nicht weiß, dass ich Polizistin bin, vereitelte mein Auftauchen seinen Plan. Panik ergriff ihn. Er muss jetzt alles neu überdenken. In dieser Phase befindet er sich momentan und wir müssen ihm helfen, damit er nicht die Nerven verliert, versteht ihr?«

Sie nickten stumm.

Ich träume, dachte Isy, gleich wache ich auf und erzähle meiner Mutter beim Frühstück diesen verrückten Traum!

Und Amanda dachte dasselbe.

»Es ist sehr wichtig, dass ihr mir alles berichtet, was ihr über ihn wisst! Alter, Aussehen, Familienstand und so weiter und so fort! Aber zunächst brauchen wir neue Kerzen, sonst sitzen wir hier gleich im Dunkeln.«

»Im Küchenschrank sind welche!« Isy sprang auf und brachte Haushaltskerzen. Inzwischen erzählte Amanda von Schlumbühl-Strunz' Tochter. »Er ist bestimmt ein Familienmensch!«, versicherte sie. »Das erinnert mich an meinen Dad.

Wenn der in einer solchen Situation wäre, würde er nur auf einen einzigen Menschen hören, nämlich mich!« Das klang stolz. »Auf meine Mutter jedenfalls nicht und auf meine Oma schon gar nicht.«

»Wie heißt seine Tochter?«, fragte die Inspektoranwärterin.

Ja, wie hieß die Tochter nur gleich? »Camill!«, sagte Isy. »Ein schöner Name, finde ich.«

»Gut!«, lobte Beate Bündig. »Weiter!« Bald wusste Beate Bündig alles über den Staatssekretär Dr. Schlumbühl-Strunz, was auch die Mädchen wussten.

Mittlerweile war Gummibärchen fündig geworden. Er hatte Schraubenzieher und Zangen entdeckt, mit denen man das Schloss ausbauen konnte. Für den Notfall hatte er sogar Onkel Pauls kleine Bohrmaschine gefunden, die allerdings Krach machen und darum erst eingesetzt werden würde, wenn die Schraubenzieher und Zangen keinen Erfolg brachten.

»Gummibärchen hat schon mal ein Schloss ausgebaut«, erinnerte sich Amanda. »Weißt du noch, Isy?«

»Dann wird er uns ja eine gute Hilfe sein!« Die Inspektoranwärterin spähte durch das Bullauge. Das Boot fuhr, sein Motor arbeitete gleichmäßig. Hoffentlich verstand Dr. Schlumbühl-Strunz was von Schiffen!

»Können Sie ... äh, kannst du was erkennen? Sind wir noch in Berlin?«

»Ich schätze, wir haben die Spree verlassen. Hier ist der Nebel nicht mehr so dicht. Wir sind jetzt auf einem Wasser ohne Begrenzung. Ich vermute, es ist ein See. Der Müggelsee vielleicht«, antwortete Beate Bündig.

»Dass die alte Kogge überhaupt noch so viel Fahrt macht!«, staunte Gummibärchen.

»Der Müggelsee?«, schrie Amanda. »Was will er denn auf dem Müggelsee?«

»Er fährt nur ziellos umher. Sucht nach einem Ausweg. Hagen und ich bauen jetzt mal das Schloss aus.« Beate Bündig streichelte Amandas Hand. »Wenn der Weg frei ist, werde ich mich auf die Suche nach unserem Steuermann machen. Anschleichen kann ich mich gut. Und dann werde ich versuchen mit ihm zu reden. Auf solche Gespräche bin ich trainiert.«

»Kannst du ihn nicht überwältigen?«

»Nur wenn es nötig wird.«

»Nimm ein Messer aus der Kombüse mit!«, drängte Gummibärchen.

»Ich gehe ohne Waffe. Das ist eine alte Weisheit: Wer eine Waffe hat, benutzt sie auch. Das ist ihr Fluch. Außerdem kann ich Karate.«

»Wow!«, stöhnte Gummibärchen und sabberte vor Aufregung. »Ich komme mit!«

»Nichts da! Du bleibst nach dem Öffnen der Tür bei Isy und Amanda unter Deck.« Das klang streng. »Und passt auf, dass Reginald in seiner Koje bleibt!« Nach diesen Worten huschte die Inspektoranwärterin mit Gummibärchen die Treppe hinauf, wo sie innerhalb weniger Minuten geräuschlos das Schloss ausbauten.

Doch als sie ihn zurückschicken wollte, weigerte er sich. »Ich werde dich beschützen!«, sagte er sanft.

»Hau ab!«

»Ich hab Mumm!«

»Das glaub ich dir.«

»Aber er ist ein großer Kerl und du bist bloß eine Frau.«

»Das Wort *bloß* will ich nicht gehört haben! Und jetzt lass mich meinen Job machen! Ich ruf dich, wenn ich Hilfe brauche.«

»Versprochen?«

»Versprochen!«

Beate Bündig sah ihm nach, wie er bedrückt in der Kajüte verschwand. Einen Augenblick flogen ihre Gedanken zu ihrem kleinen Sohn Moritz, zu ihren Eltern, die auf einem alten Bauernhof in der Lausitz lebten, und zu den vier Jugendlichen unter Deck. Eine ganz schöne Verantwortung habe ich da, dachte sie und faltete für einen winzigen Augenblick die schmalen Hände. Dann straffte sie sich und begann sich lautlos in die Nähe des verzweifelten Mannes zu pirschen, den es auf Biegen und Brechen zu stoppen galt, bevor ein Unglück geschah.

– 44 –

Isys Uhr zeigte kurz vor halb acht. In der Pantry hätte man eine Stecknadel fallen hören! Atemlos und dicht aneinandergepresst lauschten Isy und Amanda auf die Stimmen an Deck, während Gummibärchen sprungbereit an der Treppe lauerte. Bisher hatten sie nur Satzfetzen vernommen, verständnisvolle, beruhigende von Beate Bündig, kaum hörbare, abwehrende von dem Mann.

»Sie haben einen Schock bekommen, als Sie sahen, dass Sie das Kind mit dem unbeleuchteten Rad … aber als Sie im Rückspiegel erkannten … wieder aufstand, sind Sie einfach … Flucht ist ein natürlicher Reflex … nur dass wir ihm eben nicht nachgeben dürfen …. Sie hätten … vielleicht an Camill … wenn ihr das passiert wäre!«

Der Antwort des Mannes war etwas wie »Mein Amt …«, »… hätte ich bloß nicht den Sekt …«, »… Medienrummel …« und »… Pressemord …« zu entnehmen gewesen.

»Aber noch ist nichts verloren …«, kam von der Inspektoranwärterin.

»Alles ist verloren!«, hatte Dr. Schlumbühl-Strunz gebrüllt. »Ich … ruiniert! Wer … Sie überhaupt?«

Die Erwiderung der Inspektoranwärterin war nicht zu verstehen gewesen. Es war, wie wenn ein Radio plötzlich einen Sendeausfall hat. Gummibärchen sah zu ihnen hinüber. Soll ich?, fragten seine Augen.

Aber Isy schüttelte den Kopf. Hatte die Inspektoranwärterin nicht gesagt, sie würde rufen?

Qualvoll schlichen die Minuten dahin. Der Papiermond schaukelte sanft an der Decke und grinste.

Was haben wir nicht schon alles zusammen erlebt!, dachte Isy bedrückt und streichelte Amandas gletscherkalte Hand. Sie waren auf einem Dachboden, in einem stinkenden Raubtierstall und in einem menschenleeren Schullandheim eingeschlossen gewesen. Man hatte sie in eine heiße Sauna gesperrt, über Dächer verfolgt und durch Geheimgänge gejagt. Aber auf einem Boot hatte sie noch niemand gefangen gehalten! Das war wirklich das erste Mal.

»Alles wird gut!«, raunte sie. »Wir sind doch immer davongekommen, oder?«

»Wenn du bloß diesen blöden Brief nicht geschrieben hättest!«

»Ich hab's aber nun mal gemacht.« Isy starrte auf ihre Schuhspitzen. Wie konnte eine gute Absicht bloß so danebengehen? Und sie hatte nicht einmal gemerkt, dass ihr dieser Mann gefolgt war ...

»Ich hab mir was überlegt«, murmelte Amanda. »Wenn wir hier heil rauskommen, dann rauch ich nicht mehr!«

»Ich denke, du rauchst sowieso nicht mehr?«

»Na ja, manchmal werd ich noch rückfällig. Zu Hause.«

»Mit anderen Worten, ich hab die Wette gewonnen!«, triumphierte Gummibärchen. »Aber keine

Sorge, wenn wir hier nicht rauskommen, brauchst du keine Zigaretten mehr. Ich hab noch nie gehört, dass Wasserleichen rauchen.«

»Äääh!«, ächzte Amanda. »Du Ekelpaket!«

Ein heller, überraschter Laut an Deck ließ sie zusammenfahren. War das ein Schrei gewesen? Ein Zeichen?

»Ich geh hoch!«, entschied Gummibärchen. »Und ich nehme ein Messer mit. Wenn wir uns nicht wehren, ersaufen wir wie die Mäuse.«

»Aber Beate hat doch extra gesagt …« Isy blieb der Satz im Halse stecken, denn Tannhäuser erschien mit zerzaustem Schopf in der Pantry und taumelte zur Treppe.

»He, hiergeblieben!«, befahl Gummibärchen. »Du kannst nicht auf Deck!«

»Wieso nicht? Ich brauch frische Luft!«

»Weil Dr. Schlumbühl-Strunz unser Boot entführt hat und Beate Bündig ihn gerade zum Aufgeben bringen will«, erklärte Isy.

»Wir dürfen sie übrigens duzen«, fügte Amanda stolz hinzu.

Einen Moment starrte Reginald Häuser seine Mitschüler an. Dann fragte er ungläubig: »Seid ihr besoffen?«

Isy hätte gern gekichert, aber an Deck war jetzt ein grobes Poltern zu hören, so dass ihnen der Schreck lähmend durch Mark und Bein fuhr und Gummibärchen zu tun hatte, um Tannhäuser daran zu hindern, die Treppe hinaufzustürzen. Er drehte ihm die Arme auf den Rücken.

»Halt ihn fest, ich schau nach!«, entschied Isy. Nein, sie wollte lieber etwas tun! Dasitzen und stumm abwarten war nicht ihr Ding! Bevor Amanda einen Heulkrampf kriegen konnte, war sie bereits an Deck verschwunden, wo sie eiskalte Dunkelheit empfing. Das Schiff glitt durch eine Abendluft, die klar war und ohne eine Spur von Nebel. Merkwürdig war das mit dem Klima auf Gewässern! Hatten sie in Bio nicht einmal von einem sogenannten Kleinklima gesprochen?

Isy spähte in die Richtung, wo sie das Steuerhaus vermutete. Bis auf das Tuckern des Motors und das Klatschen der Wellen herrschte absolute Stille an Bord. Links an der Reling entdeckte sie das einsame Glühen einer Zigarette. Wer aber rauchte sie? Die Inspektoranwärterin oder Dr. Schlumbühl-Strunz?

Isy machte ein paar lautlose Schritte vorwärts und kauerte sich auf die feuchten Planken neben dem Rettungsring, den Gummibärchen vor ein paar Tagen sauber geschrubbt hatte. »Damit ihr ihn im Notfall nicht für einen Adventskranz haltet!«, hatte er ihnen erklärt. Würden sie ihn heute Abend noch brauchen?

»Das haben Sie sich alles selbst zuzuschreiben!«, zischte Schlumbühl-Strunz gerade hasserfüllt und es war klar, wen er meinte. Es war auch nicht verwunderlich, dass Beate ihm nichts erwiderte. Wer kann schon mit einem Knebel im Mund antworten?

Es musste ein besonders fieser Trick gewesen

sein, mit dem er diese kluge Frau hereingelegt hatte. Er schien allerlei auf dem Kasten zu haben, was er bestimmt nicht im Bundestag gelernt hatte.

Krampfhaft überlegte Isy, was sie zur Rettung der Situation unternehmen konnte, aber die Antwort lautete schlicht und einfach: nichts! Sie besaß rein gar nichts, womit man einen Mann wie diesen überwältigen oder in Schach halten konnte.

Der grollte inzwischen weiter: »Ich bin Staatssekretär! Ich kann Ihnen eine Menge Ärger bereiten, Sie kleine Presseschnüfflerin! Ich habe einflussreiche Freunde und Verbindungen. Ha, und ich wette, dass ich mit Ihrem Chef schon seit sieben Jahren Skat spiele! Und wissen Sie was? Kein Mensch wird Ihnen ein Wort glauben und Sie werden in die hinterletzte Provinz zum hinterletzten Blättchen versetzt!«

»Sie ist nicht von der Presse!«, hörte sich Isy rufen. »Sie ist von der Polizei. Und sogar Kommissarin. Ihre Kollegen werden auch gleich hier sein. Denken Sie bloß nicht, dass wir kein Handy mithaben! Die Kripo ist schon alarmiert.« O Gott! Hatte sie das wirklich alles gebrüllt? Angstvoll starrte Isy in die Dunkelheit. Was würde jetzt passieren?

Es passierte nichts.

Ihre Worte schienen dem Herrn Staatssekretär die Sprache verschlagen zu haben!

Warum sollte er ihr nicht glauben, dass sie Handys hatten und die Polizei benachrichtigt war? Immerhin war es ihnen auch gelungen, die verschlossene Tür aufzubrechen und an Deck zu gelangen.

»Du bist die, die den Brief geschrieben hat, oder? Ich hab dich beobachtet.«

Isy zuckte erschreckt zusammen, jetzt, da er sie direkt ansprach. »Stimmt. Haben Sie mich etwa … verfolgt?«

»Selbstverständlich. Ich kannte dich ja aus dem Krankenhaus.«

»Und was haben Sie jetzt vor?«

»Darüber denke ich gerade nach.«

»Geben Sie auf!«

»Ich gebe nie auf!«

»Komisch. Ich auch nicht«, gab Isy zu. Sie hörte ein leises, erstauntes Lachen. Dann war es wieder still an Deck. Erneut begann ihr Herz heftig zu schlagen. Ihre Drohung hatte ihnen ganz klar einen Zeitaufschub verschafft. Doch in spätestens zehn Minuten würde er ihr nicht mehr glauben, wenn kein Polizeiboot auftauchte. Aber zehn Minuten waren eine lange Zeit, wenn man sie geschickt nutzte.

Lieber Gott, dachte Isy, ich weiß, es ist nicht richtig von mir, dass du mir immer erst dann einfällst, wenn schon alles im Eimer ist, aber vielleicht kannst du ja doch noch mal eine Ausnahme machen? Verzweifelt blickte sie über den See, auf dem um diese herbstliche Abendstunde nur selten noch ein Boot unterwegs war.

Ein Geräusch von der Treppe ließ sie erschaudern. Im Gegenlicht erkannte sie ihre Freundin. Sie hielt Äschylos so dicht an sich gepresst, wie es seine Stacheln erlaubten. Hastig winkte Isy sie zu sich.

»Wo ist Tannhäuser?«

»Gummibärchen hat ihn an die Koje gefesselt.«

»Echt?« Trotz des Ernstes der Situation musste Isy beinahe lachen.

»Ich vermute, dass der Typ Beate überrumpelt hat!«, berichtete sie flüsternd. »Aber ich hab ihm gedroht, dass wir die Kripo bereits mit unseren Handys verständigt haben.«

»Handys? Was für Handys?«

»Stell dich doch nicht so blöd an!«

»Ach so. Du hast geblufft. Und das glaubt er wirklich?«

»Warum denn nicht?«

Angespannt starrten sie in die Finsternis.

In diesem Moment änderte die *Isabella* ihren Kurs. Sie beschrieb einen engen Bogen auf dem aufschäumenden Wasser und preschte zurück. Demnach befand sich Dr. Schlumbühl-Strunz also jetzt im Steuerhaus. Eine wichtige Standortbestimmung für Gummibärchen, dessen massiger Körper gerade über den glitschigen Schiffsboden auf sie zurobbte. Flüsternd berieten sie die Lage.

»Ich seh mal nach, wo er Beate abgelegt hat!«, entschied er. In seiner Hand blitzte ein Küchenmesser.

»Bist du wahnsinnig? Das hatten wir doch schon geklärt«, fauchte Isy. »Wirf es weg!«

»Und wie soll ich bitte ihre Fesseln lösen?«, flüsterte Gummibärchen listig.

Dagegen war schwer etwas einzuwenden.

Tannhäusers Freund richtete sich auf und sog die Luft ein. »Wo will der hin?«

»Offenbar zurück.«

»Dann mach ich mich mal auf die Spur!«, versprach der Gorilla der 7b und verschwand in der Dunkelheit.

Die *Isabella* hielt unverändert Heimatkurs. Weißflockige Gischt spritzte über die Reling. Der Herr Staatssekretär schien es jetzt eilig zu haben. Vielleicht wollte er das Boot ja ganz friedlich wieder auf der Spree an die rostige Kette legen und sich vom Acker machen? Vielleicht schwebte ihm ja auch eine ganz andere Lösung seines Problems vor? Nicht nur einmal hatte Isy in Filmen gesehen, wie Leute ihr Boot mit Absicht gegen einen Brückenpfeiler oder ein anderes Hindernis gerammt hatten!

Ein eisiger Schauer lief ihr über den Rücken, und das nicht nur wegen der feuchten Kälte an Deck. Ohne die Inspektoranwärterin fühlte sie sich hilflos. Wo nur Gummibärchen blieb? Die Minuten verstrichen und Isy versuchte ruhig zu atmen. Schließlich fasste sie einen Entschluss. Hatten Amanda und sie sich nicht immer am eigenen Schopf aus dem Sumpf gezogen? Genau das würden sie jetzt wieder tun. Sie durften nicht warten, bis etwas passierte!

Bevor die Freundin protestieren konnte, hatte sie

sich Äschylos geschnappt und schlich Richtung Steuerhaus.

»Was willst du? Du kannst doch nicht ... Bist du verrückt?«, keuchte Amanda neben ihr. »Wir müssen auf Beate und Gummibärchen warten!«

»Psssst!«

Isy hatte das Steuerhaus erreicht, dessen Tür nur angelehnt war, und im fahlen Licht der Positionslampen konnten sie Emily Wirsings Schwiegersohn erkennen. Von Beate Bündig und Gummibärchen war nichts zu sehen und zu hören. Herr Schlumbühl-Strunz trug eine helle Lederjacke. Er stand mit der ruhigen Sicherheit eines Mannes am Steuer, der genau wusste, dass er den wichtigsten Gegner ausgeschaltet hatte und jetzt seine ganze Konzentration brauchte, um dem angekündigten Polizeiboot zu entkommen.

Von Isolde Schütze und Amanda Bornstein, den Katastrophenweibern der 7b, mit ihrer grünen, umweltfreundlichen Geheimwaffe in seinem Rücken ahnte er nichts. Deren stachlige Bekanntschaft machte er erst, als Isy ihm Amandas Liebling mit voller Wucht auf den Hinterkopf knallte. Mit einem überraschten Schrei fiel der Politiker auf die Planken. Die *Isabella* war mit einem Schlag führerlos geworden!

Entsetzt starrte Isy auf den Bewusstlosen, und auch ohne Amandas Miene im schwachen Schein der Instrumentenskala genau zu erkennen, wusste sie, dass die Freundin derselbe Schreck durchfuhr.

Was jetzt?

»Gummibärchen?«, rief Isy zitternd über das pechschwarze Deck. »Beate? Er ist ohnmächtig!«

Vom Bug lösten sich zwei schemenhafte Gestalten und die Inspektoranwärterin rieb sich die taub gewordenen Hände. »Seid ihr verletzt?«, fragte sie hastig. Ihre Stimme klang noch rau von dem ekligen Knebel. Der Herr Staatssekretär hatte sich Gummibärchens alten Putzlappens bedient.

»Zum Glück hat er uns nicht kommen sehen«, sprudelte es aus Isy aufgeregt hervor. »Bist du okay?«

Beate Bündig nickte. »Der Schuft hat mich auf die Bretter gelegt! Ein wahrhaft schlagkräftiges Mitglied seiner Partei!«

»Beate war schwieriger aufzuschnüren als ein Weihnachtspaket!«, teilte ihnen Gummibärchen stolz mit.

Die Inspektoranwärterin berührte den Staatssekretär mit der Schuhspitze.

»Wir müssen ihn aufwecken. Er muss uns fahren ...«

»Kannst du nicht lieber das Boot steuern?«, fragte Gummibärchen hoffnungsvoll.

Die Inspektoranwärterin schüttelte den Kopf. »Leider nein. Schöpf mal ein bisschen Wasser auf unseren Steuermann!«

Mit Freuden begoss Gummibärchen den Feind. Einen Augenblick später kam Leben in den Körper am Boden und Dr. Schlumbühl-Strunz tastete stöhnend seinen Hinterkopf ab.

»Sucht mal irgendetwas, womit wir ihm die

Füße fesseln können!«, forderte Beate Bündig. »Nur die Hände bleiben frei, die braucht er zum Steuern.« Dann beugte sie sich zu dem Mann am Boden. »Sie sind vorläufig festgenommen, Dr. Schlumbühl-Strunz!«

»Was Sie nicht sagen!« Der Staatssekretär richtete sich ein wenig auf. »Wo ist denn Ihr Haftbefehl, he?«

»Das ist nur eine Formalität, die wir am Ufer nachholen!«

»Aber woher wollen Sie wissen, ob ich wirklich ans Ufer fahre oder nicht doch lieber gegen einen schönen, großen Brückenpfeiler?«

»Weil Sie Camill lieben und Sie gewiss nicht wollen, dass sie die Tochter eines Mörders wird. Das tun Sie ihr nicht an! Womit haben Sie übrigens Camills Großmutter niedergeschlagen?«, fragte Beate Bündig.

»Mit gar nichts, gnädige Frau! Denn ich habe sie nicht niedergeschlagen.«

»Doch! Er hat wahrscheinlich Emily Wirsings alten Vorderlader benutzt!«, rief Isy dazwischen. »Sie hatte ihn immer in der Nähe, wenn es geklingelt hat. Der Raubzug der Sushi-Mädchen hat sie vorsichtig gemacht. Und ich hatte mich schon gewundert, weil er verschwunden ist, aber der Herr Staatssekretär vergräbt ja so mancherlei in seinem Garten!«

»Hören Sie immer auf den Rat von Minderjährigen, Frau Kommissarin?«, höhnte Emily Wirsings Schwiegersohn. »Außerdem bluffen Sie doch die ganze Zeit! Wo bleibt denn das angekündigte Polizeiboot?«

»Drehen Sie sich nur mal um, Herr Staatssekretär!«, rief Beate Bündig und zeigte erleichtert auf zwei aufblendende Scheinwerfer, die plötzlich über den See auf die *Isabella* zugeschossen kamen. Gleichzeitig vernahmen sie ein gellendes Signalhorn. »Da kommt es schon, um Sie mitzunehmen. Übrigens bin ich Inspektoranwärterin. Ich glaube, Isy hat mich da ein wenig zu schnell befördert.«

Die stand wie versteinert an der Reling und starrte ungläubig auf das Wasser. Wo kam denn plötzlich das Boot der Wasserschutzpolizei her? War das ein Zufall? Oder hatte dort oben jemand tatsächlich ihr Stoßgebet erhört?

»D-d-du hast w-w-wieder mal g-g-gehext!«, stammelte Amanda schlotternd.

»Das gibt's nicht mal in Hollywood!«, murmelte Gummibärchen fassungslos, als das Boot beidrehte und an der *Isabella* festmachte.

Männer in Uniform erklommen geschickt das Deck. »Hauptwachtmeister Sokkoro«, stellte sich ein Mann mit lockigem Haar vor. »Wir haben den Auftrag, festzustellen, ob sich an Bord dieses Schiffes die Jugendlichen Isolde Schütze, Amanda Bornstein, Hagen Golz und Reginald Häuser befinden.«

Beate Bündig nahm Haltung an und nannte ihren Namen und Dienstgrad. Dann zeigte sie lächelnd auf Isy, Amanda und Gummibärchen. »Die genannten Personen befinden sich an Bord. Die vierte schläft. Alle sind wohlauf. Gestatten Sie,

Herr Hauptwachtmeister, dass ich Ihnen und der Crew Dr. Schlumbühl-Strunz übergebe. Er ist von mir wegen des Verdachts auf Fahrerflucht, des tätlichen Angriffs auf seine Schwiegermutter und der Entführung von vier Jugendlichen vorläufig festgenommen worden!«

»Ich will meinen Anwalt sprechen!«, kreischte der Staatssekretär, bevor er von den Männern der Wasserschutzpolizei auf ihr Boot gebracht wurde, und versuchte um sich zu schlagen. Er schien völlig die Kontrolle verloren zu haben.

Isy platzte fast vor Neugier und konnte sich nicht länger beherrschen. »Woher wussten Sie denn, dass wir hier auf dem Schiff sind?«, wandte sie sich an Herrn Sokkoro.

»Von mir!«, rief eine vertraute Stimme und aus der Kajüte des Polizeibootes trat ein Mann in schwarzem Trenchcoat, der genauso aussah, wie ein Mann aussehen sollte, der Kriminalromane schrieb.

»Aber das ist ja Herr Rimpau!«, riefen Isy und Amanda fassungslos. »Hallo! Wo kommen Sie denn her?«

»Wenn ich mich nicht irre, hat man mich heute per Anrufbeantworter zu einer kleinen Feier auf die *Isabella* eingeladen. Da ich ungern eine Einladung von lieben Mitmenschen versäume, hat es mich gekränkt, als ich etwas verspätet plötzlich an einem leeren Kai vor zwei verlassenen Fahrrädern und einer einsamen Schiffskette stand. Es war ja nicht nur das angekündigte Abendessen, das mir sozusagen davongeschwommen war! Auch meine beiden Freundinnen Isy und Amanda samt Schiff und Mitschülern schienen sich in Nebel aufgelöst zu haben. Und da wurde ich stutzig …«

»Und haben uns wieder mal gerettet!«, trompeteten Isy und Amanda erleichtert und beugten sich mit strahlenden Augen über die Reling.

»Bitte, keine großen Worte!« Der Autor winkte ab. »Eigentlich bin ich ja nur dem angekündigten Heringssalat hinterhergefahren. Ist denn noch eine Portion da?«